生誕祭にて

アルヴィス・ルベリア・ベルフィアス
従弟の尻拭いで王太子に
エリナ・ルベリア・リトアード
ルベリア王国王太子妃

エドワルド・ハスワーク
アルヴィスを補佐する侍従
ハーバラ・フォン・ランセル
ランセル侯爵家令嬢
ジラルド
廃嫡された元王太子
リティーヌ・ルベリア・ヴァリガン
ルベリア王国第一王女

「ルシオラ、貴女の子孫の一人として
務めを果たすこと、お約束します」

ルベリア王国物語 6
～従弟の尻拭いをさせられる羽目になった～

紫音【Shion】

イラスト：凪かすみ【Kasumi Nagi】

ルベリア王国物語
～従弟の尻拭いをさせられる羽目になった～
登場人物紹介

アルヴィス・ルベリア・ベルフィアス
従弟の尻拭いで王太子に。

エリナ・ルベリア・リトアード
婚約破棄された公爵令嬢。

ルベリア王家

ギルベルト・ルベリア・ヴァリガン
ルベリア王国国王。

シルヴィ・ルベリア・フォーレス
ルベリア王国王妃。

キュリアンヌ・ルベリア・ザクセン
ルベリア王国側妃。

リティーヌ・ルベリア・ヴァリガン
ルベリア王国第一王女。

キアラ・ルベリア・ヴァリガン
ルベリア王国第二王女。

ベルフィアス公爵家

ラクウェル・ルベリア・ベルフィアス
ベルフィアス公爵。アルヴィスの父。

オクヴィアス・フォン・ベルフィアス
ベルフィアス公爵夫人。
アルヴィスの実母。

レオナ・フォン・ベルフィアス
ベルフィアス公爵ラクウェルの第二夫人。

マグリア・フォン・ベルフィアス
ベルフィアス公爵家嫡男。
アルヴィスの異母兄。

ラナリス・フォン・ベルフィアス
ベルフィアス公爵家令嬢。
アルヴィスの実妹。

ミント・フォン・ベルフィアス
ベルフィアス公爵家嫡男マグリアの妻。

リトアード公爵家

ナイレン・フォン・リトアード
リトアード公爵。エリナの父。

ユリーナ・フォン・リトアード
リトアード公爵夫人。

ライアット・フォン・リトアード
リトアード公爵家嫡男。

ルーウェ・フォン・リトアード
リトアード公爵家次男。

ルベリア王国関係者

リードル・フォン・ザクセン
ルベリア王国宰相。

レックス・フォン・シーリング
ルベリア王国近衛隊所属。
王太子専属。

マキシム・フォン・ヘクター
ルベリア王国騎士団団長。

フィラリータ・フォン・アムール
ルベリア王国近衛隊所属。

サラ・フォン・タナー
エリナの専属侍女。

アンナ・フィール
アルヴィスの専属侍女。

ティレア・フォン・グランセ
アルヴィス付きの筆頭侍女。

セイラン・ボワール
王族専属執事。

ハーバラ・フォン・ランセル
ランセル侯爵家令嬢。
エリナの友人。

ジラルド
廃嫡された元王太子。

ノルド
元ヴェーダ幹部。

ルーク・アンブラ
ルベリア王国近衛隊隊長。

ハーヴィ・フォン・フォークアイ
ルベリア王国近衛隊副隊長。

ディン・フォン・レオイアドゥール
ルベリア王国近衛隊所属。
王太子専属。

ミューゼ・アービー
ルベリア王国近衛隊所属。

エドワルド・ハスワーク
アルヴィスの専属侍従。

ナリス・ベルフェンド
アルヴィスの専属侍女。

イースラ・ハスワーク
アルヴィスの専属侍女。

リヒト・アルスター
王立研究所職員。
アルヴィスの友人。

シオディラン・フォン・ランセル
ランセル侯爵家嫡男。
アルヴィスの友人。

リリアン・チェリア
元男爵令嬢。

CONTENTS

プロローグ

「皇太子殿下、ミンフォッグ令嬢がその……」

「また、ですか。仕方ありませんね」

深々と溜息《ためいき》を吐《つ》きながら、グレイズは書類を片付ける。執務室を出て向かう先は、兵たちの訓練場だ。訓練場とはいっても、城とは離れた場所にある。なるべく時間を掛けずに向かえば、一人の令嬢が槍《やり》を持って数人の男たちと対峙《たいじ》しているのが見えた。まだまだ少女とも言うべき年齢の令嬢が成人を迎えた大人である男たちを相手にしている光景は、何度見ても慣れるものではない。

「テルミナ、そろそろおやめなさい」

「あ、グレイズ様！」

満面の笑みを浮かべて令嬢が駆け寄ってくる。その手に物騒なものさえなければ、可愛《かわい》らしいと思わなくもない。

「手加減をするようにと言ったではないですか」

「ちゃんと加減はしましたよ？」

不思議そうに首を傾ける令嬢に、頭が痛くなるのを感じた。彼女はテルミナ。ミンフォッグ子爵家の令嬢だが、ある事情ゆえに兵たちの訓練にも参加している。悩みの種は、テルミナの実力が、帝国の一般兵よりも上であるということだろう。それも数人を相手にしても負けることはない。流石《さすが》に隊長クラスであればいい勝負をするらしいのだが、あまり好ましい状況ではなかった。

「グレイズ様、どうかされましたか？」

「……テルミナ、私は貴女《あなた》に淑女教育を優先するようにと指示をしたはずです。何故《なぜ》、ここにいるのですか？」

「あ……えっと、その……息抜きに、えへへ」

目を泳がせながら笑うテルミナに、グレイズは何度目かわからない溜息を吐く。

「これでは迎えることが出来るようになるのはいつになるのか。先が思いやられますね」

「グレイズ様？」

「こちらの話です」

テルミナには皇族の妃《きさき》になってもらうと伝えているが、その相手がグレイズだという話まではしていない。淑女には程遠いテルミナを御せるのは、グレイズくらいだろう。他の連中では手に余る。無駄に行動力がある子だ。

「それよりも貴女には他にもやるべきことがあるでしょう。戻りなさい」

グレイズがそう言うと、テルミナは目に見えて不満そうに頬を膨らませた。そういうところが淑女らしくないというのだが。

「……逐一嫌味を言われに行けっていうのですか？」

「嫌味、ですか……貴女もそれくらい理解できるようになっていたのですね。驚きです」

「酷《ひど》いです!! 私だってわかりますよ。そもそも私は望んで来たわけじゃないのに、なんであんなことを言われなきゃいけないんですかっ」

テルミナの今日の予定は、グレイズの妹たちを含めた貴族令嬢のお茶会だ。今この時間は、その準備をしていなければならないはずだった。忘れていたわけではなく、嫌で逃げ出したらしい。その理由もわからなくはないが、それでもテルミナには行ってもらわなければならない。

「では本当に逃げますか? この城から、貴族という柵《しがらみ》から。そして私からも」

「え」

「まぁ意外と保《も》った方だとは思いますが、元々貴女には荷が重かったでしょうし」

チラリと視線を落とせば、テルミナの瞳には怒りに似た感情が出ていることがわかった。馬鹿にされていると思ったのだろう。グレイズはそのつもりで言葉を発しているのだから、そう感じてもらわなければ困る。

「私から離れるということであれば、もうアルヴィス殿やエリナ妃にもお会いできませんが、仕方ありませんね」

「馬鹿にしないでくださいっ! そもそもあの程度の嫌味なんて、グレイズ様に比べたら可愛いものです!」

「心外ですね。私は事実しか言っていませんが?」

「それが嫌味だって言ってるんです！」

テルミナは頬を膨らませながら腰に手を当て、随分とご立腹の様子だ。それがまた面白くてグレイズはクスリと笑った。己の行動が更にテルミナを搔《か》き立てると知っているからだ。案の定、テルミナは槍をぽいと投げ捨てた。訓練への参加はこれで終わりらしい。

「わかりました。行ってきますよ。その代わり、ルベリア王国に行くときは絶対に私も連れていってくださいね。一人で行ったら加護を使ってでも全力で追いかけますからっ」

真《ま》っ直《す》ぐに伸ばされた人差し指はグレイズを指している。皇太子に対するこのような態度は不敬罪に問われても仕方のない行為だ。しかし、グレイズにそのつもりはない。テルミナだからこそ許している行動ともいえる。

「貴女に全力で追いかけられるのは怖いですからね。肝に銘じておきますよ」

「絶対ですからね、約束ですよ！」

それだけ言い捨てると、テルミナは急ぎ訓練場を後にした。テルミナの後ろ姿を見ながら、グレイズは肩を竦《すく》める。

「さ、流石皇太子殿下です。ありがとうございました」

「テルミナは負けず嫌いですからね。それにまだまだ子どもですから、扱いやすいですよ」

物事を素直に受け止めるし、挑発にも弱い。皇太子妃となるのであれば、及第点には程遠いのがテルミナの現状だ。しかしテルミナには神の契約者という強みがある。現在の情勢を見れば、その力は何よりも優先すべきことだ。

「ただ、もう少しだけ淑《しと》やかさを身に付けていただきたいところですがね」

「そ、そうですね……」

ほんの少しでも慎みがあれば、黙ってさえいればそれなりに見える。といっても、テルミナらしさが失われることが寂しいと感じるのもまた事実だ。

「私も随分と絆《ほだ》されたものです」

「殿下？」

「何でもありません。戻りましょうか」

落ち着いた日の夜

　例の茶番も含めたお茶会を終えた数日後のこと。アルヴィスは日が沈む前に王太子宮へと戻ることが出来た。夕食前に王太子宮へと戻れたのはいつ以来となるだろうか。新婚当初でさえも、早く帰宅することなどなかった。それくらい久しぶりなのは間違いない。

　エリナの出迎えはサロンだ。まだ目立った変化はないと言っても、身重のエリナに負担を強いるような真似《まね》などアルヴィスが許可しなかった。

「お帰りなさいませ」

「ただいま、エリナ。体調は変わりないか？」

「はい。大丈夫です」

　帰宅した際にエリナが起きている場合、必ずと言っていいほど繰り返される台詞《せりふ》だ。自分だけの身体《からだ》ではないとエリナも理解しているので、以前ほど無理をすることはなくなった。体調が優れなければ、寝室で横になっていることもある。それでも聞いてしまうのは、もはや癖のようなものだった。

「そうか」

　エリナの顔色を見てから、アルヴィスは安堵《あんど》の息を漏らす。そしてエリナの頭にポンと手を乗せたかと思うと、優しく撫《な》でた。エリナはそれを照れる様子もなく受け入れる。暫《しばら》くされるがままだったエリナだが、ふと何かを思い出したかのように顔を上げた。反射的にアルヴィスも手を止める。

「アルヴィス様、明日なのですが」

「明日？」

エリナの予定が入っていただろうかと記憶を手繰り寄せる。すると、端に控えていたエドワルドがわざとらしい咳払《せきばら》いをした。

「エド」

「ランセル侯爵令嬢様がお越しになる日ですよ、アルヴィス様」

「……そうか明日だったな」

最近の予定は全て頭に入れてあるはずだったのだが、一瞬でも忘れていたことに不甲斐《ふがい》なさを感じる。

「ランセル嬢か、約束を果たさないといけないんだったな」

「お約束ですか？」

怪訝《けげん》そうに首を傾《かし》げるエリナ。ハーバラとの約束をした場にエリナもいたはずだが、恐らくはそれどころではなかったため記憶にないのだろう。

「あぁ、恐らくエリナにもお願いしてくるだろう」

「ハーバラ様のお願いならば、私も力になりたいです」

エリナならばそう言うと思っていた。きっとハーバラも同じことを考えているだろう。ハーバラの願いはアルヴィスの許可が必要だから事前に言伝《ことづて》を頼んでいたが、それ以上の後押しは本人同士の意志が必要となる。アルヴィスはチラリと己の侍従を見た。

「どうかされましたか?」

「いいや、何でもない」

恐らくこの侍従は想像さえしていないはずだ。一体どうなるのか。

「お手並み拝見といったところだな」

アルヴィスが請け負ったのは、ハーバラとエドワルドを引き合わせること。その先は、ハーバラの出方次第となるだろう。

友人のお茶会後で

この日、ハーバラは王太子宮へと招かれていた。エリナが普段過ごすことが多いというサロンに来ると、そこは落ち着いた雰囲気でどことなく学生寮のエリナの部屋と似ている。

「先日はお招きありがとうございました、エリナ様。とても楽しかったですわ」

「そう仰《おっしゃ》ってもらえて嬉《うれ》しいです」

「性懲りもなく絡んできた人もおりましたけれど、それはそれで懐かしかったですもの」

「ハーバラ様ったら」

クスクスとエリナと笑い合う。こうしてのんびりとした時間を過ごすのは久しぶりだ。最近のハーバラはというと、誰かと話をする時には気を張っていることが多かった。その道を選んだのはハーバラ自身。腹の探り合いなどもあるが、令嬢が商売に口を出すだけで「生意気」だの「碌《ろく》な物がない」だのと、難癖をつけられてきた。

その点、令嬢というのは優しいものだ。とりわけ彼女のような存在は。

「とはいえ、あの方が妃《きさき》候補に名乗りをあげることを考えていたのには驚きましたけれど……口約束ですらないことを持ち出してくるところは変わっていませんのね」

「えぇ」

今回のお茶会の趣旨の一つ。それに彼女は見事に引っかかったわけだが、いい加減現実を見た方がいいと思ったのはハーバラだけではないだろう。エリナとアルヴィスの仲の良さをあんな風に見せつけられても尚《なお》、間に入れると思うならばもう一度教育をやり直すべきだ。

複数の妻を持つことは確かに認められてはいる。だが、その前に仲が良い夫婦を引き裂くような真似《まね》を進んでしようと考えることが人として間違っているのではないだろうか。アルヴィスが求めているのならばまだしも、望んでいないのならば退《ひ》くことこそが忠義のはずだ。

「まぁいいですわ。また何かするようならば、私も黙っていませんから」

「ありがとうございます。ハーバラ様も私でお力になれることがあれば、何でも言ってください。頼ってばかりではなくて、私もハーバラ様のお力になりたいですから」

エリナも本当に変わらない。今回の問題の当事者の一人であり、心穏やかであるはずがないのにハーバラのこともちゃんと気にかけてくれる。こういう人だからこそ、次期王妃として敬おうと思うのだ。

何かエリナに力を貸してほしいこと。宣伝という意味では学園時代から十分に力を貸してもらっている。それ以外にエリナにお願いしたいことと言えばあの件だろうか。

「エリナ様、ご相談をさせていただいても宜《よろ》しいですか？」

「はい、勿論《もちろん》です」

昨年の建国祭の折、学園の競技大会中にも少しだけ触れた件。それはハーバラが将来を共にしたいと考えるパートナーのことだった。ただその彼が、あまり歓迎されないだろう立場の人なのである。それをどう説明すべきか迷っていると、エリナがハーバラの両手を優しく包む。

「エリナ様？」

「思ったことをそのまま仰ってください。どのようなことでも私は歓迎しますから」

確かにエリナならば、ハーバラが何を伝えても否定などしないだろう。ただその相手には驚くはずだ。驚かせるならばそれでもいいかと、ハーバラは腹を括《くく》った。

「実は、私には気になる方がいるのですわ」

「まぁそうなのですね」

「その方というのが、ハスワーク卿《きょう》なのです」

ハーバラの言葉に、エリナは目をパチパチさせていた。可愛《かわい》らしい驚き方に、ハーバラはクスリと笑う。

「あ、あのハーバラ様、ハスワーク卿というのはそのアルヴィス様の侍従である――」

「はい、そうですわ。あの方です」

「ではアルヴィス様がハーバラ様と交わした約束事というのは、もしかしてその件でしょうか？」

アルヴィスとの約束事。確かにそう言われればそうかもしれない。だが、その言い方ではまるで勘違いされてしまいそうだ。

「約束事と言われますと大袈裟《おおげさ》ですが、卒業式の折に遣いをする代わりに、時間を頂けるようにと

お願いをさせていただきましたの」

アルヴィスの侍従と会うことが出来るようにと。ハーバラとしてはエリナならば知られても構わなかった。それでもハーバラの許可なく伝えなかったのは、アルヴィスの優しさなのだろう。

「そうだったのですね。ですが、ハスワーク卿は何も知らないのですよね？」

「エリナ様にもお伝えしていないのですから、きっと王太子殿下は誰にも話していらっしゃらないのかもしれませんわ」

エドワルドに対して口を閉ざしてくれているのは助かる。こういった場合、ハーバラの兄であるシオディランなら、直《す》ぐに話をつけてしまうだろう。良かれと思って事前に動いてくれるのは有り難くもあり、迷惑でもある。

「はい。恐らく、この後でハスワーク卿が来られるとは思いますが、何も聞かされていないと思います」

「お膳立てはするけれども、その先は私次第ということですわね」

エリナの学友であることから考えるに、ハーバラについてはある程度情報を持っているはずだ。婚約破棄をされたことがあることも含めて。ランセル侯爵家の事業のことも、ハーバラが実際に開発を手掛けていることも知っている可能性は高い。

「ご歓談中失礼いたします」

「サラ、どうしたの？」

そこへ入ってきたのは、エリナの侍女であるサラだ。学生寮でもエリナの傍《そば》にいたので、その存在は既に見慣れたものだった。

「エリナ様、ハスワーク卿がいらしておりますがお通ししても宜しいでしょうか?」

エドワルドが来ている。思わずエリナとハーバラは顔を見合わせた。タイミングが良すぎる。これもアルヴィスの指示なのか。それとも偶然か。

「ハーバラ様、宜しいですか?」

「えぇ。お願いしますわ」

「承知しました」

承諾の旨を聞いたのだろう、彼が入口から入ってくるのが見えた。学園以外でも何度か顔は見かけている。そのどれもがアルヴィスの傍だった。アルヴィスが華やかな容姿をしていることもあり、エドワルドはあまり目立つ存在ではない。黒髪黒目という容姿も影響しているのだろうが、それでもハンサムな男性の中に含まれるだろう。ハーバラの隣に立っても問題ないはずだ。

それよりも問題は、相手は欠片《かけら》もハーバラのことを意識していない相手だということ。そして恐らく、いや確実に彼は将来を共にする相手を欲してはいない。縁としては貴族に連なるものの、彼自身は貴族の生まれではなく平民だ。それでも王太子の侍従という立場から、彼はいずれ爵位を持つ可能性が高い。そういう打算的な考えもあるのだが、それ以上にハーバラが気にしていることは一つ。彼ならばきっとハーバラを裏切るような真似はしない。それが何よりも重要だった。

「どう反応してくださるのか、楽しみですわ」

◆◆◆

その日の夜。先日とは違って、アルヴィスはまだ執務室で仕事をしていた。何枚目かわからない書類に署名をし終えたところで一息つく。

「……エド？」

「……」

普段ならばアルヴィスに小言を言いそうなエドワルドが今日は大人しく、引き留める様子がなかった。この時間になれば、呆《あき》れたように小言を言うのが常だ。それがないことに違和感を抱く。アルヴィスが名を呼んでも上の空で、反応を示さない。アルヴィスはわざと音を立てて立ち上がった。そこでようやくエドワルドが反応を示す。

「どうした？　珍しく気もそぞろになっているようだが」

「いえ……何でもありません」

「ハーバラ嬢と何かあったか？」

アルヴィスが言うと、エドワルドが深い溜息をついた。

「やはりアルヴィス様は知っていらっしゃったのですね」

「いや、俺は何も聞いていない。ただ、お前と会わせてほしいと言われただけだ」

「そう、なのですか」

ハーバラが何を求めてエドワルドと会いたかったのか。それはアルヴィスの与《あずか》り知らぬところだ。

ただ、何となく想像はつく。アルヴィスはエドワルドの前に来ると、そのまま机に腰を預けた。エドワルドは背筋を伸ばして、アルヴィスと視線を合わせる。

「ランセル侯爵令嬢様から、恋人になっていただきたいと言われました」

率直すぎる言葉に、アルヴィスは驚いた。思い起こすのは、友人の姿だ。彼も思ったことをそのまま口にする。正直すぎるのは、ランセル家の特徴なのかもしれない。

「……それで、お前は何て答えた？」

「私は生涯をかけてアルヴィス様と共に在るつもりです。それ以外の誰かのために時間を割くことはできません。そうお伝えしました」

真っ直ぐ向けられる視線に、アルヴィスは申し訳ない気持ちになる。エドワルドがこれほどにアルヴィスのことを案じているのは、シュリータとの件が原因だ。三年ほどアルヴィスの傍を離れている間に起きたこと。そのことをエドワルドが今でも後悔しているのはアルヴィスも知っていた。

しかし、それは既に過去のことだ。未《いま》だに痛みが消えたわけではないが、それでも以前のように考えたりはしない。何よりも今のアルヴィスにはエリナが傍にいるのだ。己を蔑むようなことは二度としないと断言できる。

「エド、俺はお前にも大切な相手を作ってもらいたいと思う。ハーバラ嬢にかかわらず、お前にも幸せになってもらいたいんだ」

「私は十分に幸せですよ。アルヴィス様がご結婚され、この先アルヴィス様が父となる姿を見ることができるのですから」

だから恋人などは不要だと、エドワルドは話す。誰かと添い遂げることが必ずしも幸せに繋《つな》がるとは思わない。エリナと婚約する前まで、アルヴィスもエドワルドと同意見だった。

「エド」

「それに、ランセル侯爵令嬢様と私では身分も何もかもが釣り合いません。あの方には、もっと相応《ふさわ》しい方がいらっしゃいますよ」

何もかもという点には異論を呈したいところだが、ただハーバラをランセル侯爵令嬢と見るならば、エドワルドの言う通りだろう。ハスワーク伯爵家の遠縁と言ってもエドワルドの身分は貴族ではない。それに比べてハーバラはランセル侯爵家の令嬢。普通に考えれば、釣り合いなど取れない。他の貴族家からも婚約の申し込みは沢山来ていることだろう。

しかし、それでもハーバラには他の令嬢たちと違うところがある。

「シオから聞いたんだが、ハーバラ嬢が結婚相手に求めることは家柄ではないらしい」

「……」

「一番でなくてもいい。ただ、ハーバラ嬢を裏切らないこと。それが彼女の望む条件だと」

ハーバラを一番大切にするのではなく、ハーバラを裏切らない相手。それだけでエドワルドは思い出したらしい。ハーバラがエリナと同様の立場に置かれた令嬢だったということを。

「お前が俺を一番に考えていることなどハーバラ嬢は知っている。その上で、お前を指名したということは、お前ならば裏切るような真似をしないと確信しているからだろうな」

ハーバラはエリナの友人。エリナはアルヴィスの妃だ。そしてアルヴィスは王太子であり、その侍従がエドワルド。それもベルフィアス公子であった頃からの繋がりだ。身元は確かであり、エドワルドのアルヴィスに対する献身はエリナから聞いているのだろう。

「その評価は有り難いことではありますが……」

「いずれにしても、お前が直ぐに頷《うなず》くことなどないとハーバラ嬢もわかっているはずだ。宣戦布告のつもりなんだろうさ」

ハーバラほどの令嬢なら、エドワルドが断ることなど想定済みのはず。そもそもエドワルドとハーバラは、アルヴィスが学園に出向いた時に話をした程度で、それ以降はほとんど関わりがない。初めからエドワルドへ知らせることが目的だと考えた方が納得もいく。

「わかりました。そういうことであれば、今は心に留《とど》めておくだけにします」

「あぁ」

「ゴホン、ところでアルヴィス様」

それまでの悩んでいるという空気をガラリと変えたエドワルドは、わざとらしい咳払《せきばら》いをする。

突然どうしたのかと、アルヴィスは首を傾《かし》げた。

「今の時間ですと、既に妃殿下はお休みになっている時間かと思いますが、まだお帰りにならないのでしょうか？」

「今それを言うのか……」

深く息を吐き、アルヴィスは机から腰を上げてその場に立つと窓際を見つめる。その先にあるのは王都の城下。まだ光が点々としているのが見えるものの、その数は少ない。

「今夜は私のせいでお時間を取らせてしまいましたので」

「そんな大した時間じゃないさ」

エドワルドが悩んでいるのならば力になりたい。いつだってアルヴィスはエドワルドを悩ませる側であり、幼い頃から何度も助けられてきた。だからこそ、もしエドワルドが望んでいることがあるのならば、出来る範囲で力になるつもりだ。それこそハーバラと婚約をしたいと言われれば、喜んでそのために動くくらいには。

「アルヴィス様？」

「何でもない。そろそろ帰るか」

既に机の上は片付けてある。後はこのまま王太子宮へ戻るだけだ。アルヴィスはそう言うとそのまま執務室を出る。エドワルドもその後に続いた。

二度目の生誕祭

　エリナが主催したお茶会から暫《しばら》くして、二度目となるアルヴィスの生誕祭の日を迎えた。

「エリナ体調は大丈夫か？」

「大丈夫です。フォラン特師医からも問題ないとお墨付きを頂いておりますから」

「ならばいいのだが……」

　既に支度を終えて控室に来ているアルヴィスとエリナ。前回の国王生誕祭と叙勲式を欠席したこともあって、公的な行事に妃《きさき》として参加するのは結婚式以来となる。そのこともあって張り切っている様子のエリナだが、安定期に入ったとはいえ大切な身体《からだ》だ。言葉で「大丈夫」だと聞かされても、どこか不安に感じてしまうのはアルヴィスが男だからなのか。

「クスクス、アルヴィス様は心配性ですね。本当に大丈夫です。それに、辛《つら》いと感じたらちゃんと下がりますから」

「……わかった」

「うふふ」

　渋々といった様子で頷《うなず》いたアルヴィスに、エリナは口元を押さえながら笑う。これは昨日から二人の間で何度もされているやり取りだ。エリナが心配であるアルヴィスと、大丈夫だと言い張るエリナ。普通の女性ならば「しつこい」と糾弾されてもおかしくないのだろうが、エリナはどこか嬉《うれ》しそうに見える。

「そろそろ怒ってもいいところだと思うが」

「怒りませんよ。だって、それだけアルヴィス様が私とこの子のことを想《おも》ってくださっている証《あかし》ですから。私はとても嬉しいのです」

「稀有《けう》な女性《ひと》だな、本当に君は」

ただのアルヴィスの自己満足で繰り返される会話を、エリナは嬉しいと言ってくれる。受け取り方次第で気持ちは変わるというが、これは妃教育の成果というよりはエリナ自身の性格なのだろう。

「アルヴィス様だって同じです。男性は、女性の仕事だって放置される方も多いと聞きます」

「まぁそういう側面もあるのは知っているが……無理だろ？」

実際、男には何も出来ない。任せるしかないことだ。ただ覚えておかなければならないのは、その仕事は命がけだということ。子どももそうだが、女性だって死に至る可能性がゼロではない。貴族女性で死亡率が少ないのは、万が一の時には医師に診てもらえるからだ。平民であれば、その確率はもっと上がる。エリナの妊娠が発覚してから、そういった医学書にも目を通すようになったのだが、知らない方が良かったのではないかと時折後悔することもあるほどだ。公爵家に生まれたアルヴィスは本当に恵まれていた。何もかもが。

知ってしまった以上、見て見ぬ振りは出来ない。己が傷つくのならば全く構わないのだが、これがエリナとなるとどうしても不安を感じてしまう。

「自分の性格が恨めしいとこれほど思ったことはない」

「私もアルヴィス様がお怪我《けが》をなさる度に、不安でその御身の代わりになりたいと何度も思っておりますよ？」

エリナがアルヴィスの顔を覗《のぞ》き込むようにして顔を近づけてくる。アルヴィスが思っていることは、エリナだって同じように思っているのだと。そう言われているらしい。アルヴィスが返せば、同じ言葉がエリナからも返されることだろう。これまで幾度となく行ってきたやり取りに、アルヴィスは苦笑した。

「全く……これではいつもと同じだな」

「ふふふ、そうですね」

そうして二人で笑いながら顔を見合わせていると、控室の扉が開かれる。アルヴィスとエリナは扉の方へと身体を向けた。すると、そこから現れたのは国王と王妃の二人だ。

顔を合わせるのは前回のやり取り以来となる。側妃を持たないと決めたこともあるのか、アルヴィスは想像よりも気持ちが落ち着いていることに気付く。笑みを浮かべながら立ち上がり、二人を出迎えた。

「伯父上、それに伯母上」

「待たせてしまったか、すまないな二人とも」

「いいえ俺たちもそれほど待っていませんから」

そうしてアルヴィスの前に立つと、国王はゴホンと咳払《せきばら》いをする。

「改めてになるが……アルヴィス、誕生日おめでとう」

「ありがとうございます」

「お前も二十二歳か。早いものだな」

国王の言葉に、アルヴィスは苦笑いをする。

「去年から考えると、むしろ遅いようにも感じます」

「昨年は色々とあったから、な……」

あの日から一年が経《た》った。濃すぎる一年だったせいで、一日一日が長く感じられる。アルヴィスからすればようやく一年といったところだ。

「おめでとうアルヴィス、それにエリナもありがとう。私も随分と二人には迷惑をかけてしまって」

「お気になさらないでください。そのおかげで今の私たちがいるのですから」

王妃はエリナへと声を掛ける。その表情が優れないように見えるのは、気のせいではない。迷惑をかけたという中には、ヴィズダム侯爵令嬢との橋渡しをしたことも含まれているのだろう。王妃の立場では断りにくい件だったかもしれないが、エリナからすれば嬉しいことではなかったはずだ。

だがそれを全て承知の上でエリナは微笑《ほほえ》んでいる。

「ありがとうエリナ……本当にごめんなさい」

「シルヴィ様」

王妃を気遣うように、エリナが王妃の手を握る。貴族令嬢として嫁いできたエリナには、王妃の行動が理解できたのかもしれない。ようやく王妃から笑みが零《こぼ》れた。

「体調は大丈夫なの？」

「はい。順調だとフォラン特師医から」

「そう、良かった。数か月後が楽しみね」

にこやかに会話をする王妃とエリナの横で、国王はアルヴィスだけに聞こえるように話しかけてきた。

「例の件、余の耳にも入ってきた」

「……」

例の件というのはお茶会での一件だろう。アルヴィスはむしろ伝えるつもりで行動をした。国王へというだけでなく、貴族へも。どうやらしっかりと役割は果たせたようだ。

「お前がそういうつもりならば余はこれ以上何も言わん」

「伯父上？」

「……女神の逆鱗《げきりん》に触れるような真似《まね》はしないということだ。お前も考えたな」

女神の逆鱗。そういう言い方をするということは、国王の耳に入れたのはヴィズダム侯爵か。つまりは令嬢が父へ報告したということになる。

「侯爵から話はなかったことにさせてほしい、と言われた」

「そうですか」

食い下がってこなくて何よりだ。安堵《あんど》しつつ、アルヴィスは表情に出ないように気を引き締める。話はまだ終わりではない。

「何もしないというのは、後押しはしないというだけですか?」

「そうだ。側妃が必要だという考えは変わらん。だが、二人が本気だということは理解した。お前が相当頑固だということもな」

呆《あき》れたように話す国王へ、アルヴィスは首を傾《かし》げる。

「父から何か話でもありましたか?」

突然の容認。疑ってしまうのは無理もないと思う。この件について、アルヴィスは両親や兄へ伝えたことはない。しかし、国王に対して意見を言うというのならば弟である父が何かしら動いた可能性もある。そう考えて尋ねたのだが、国王は首を横に振った。

「ラクウェルからは特に何も言ってこん。そもそもアルヴィス、何も伝えてないのではないか?」

「はい」

そもそも父に話をするという考えさえ浮かんでいない。ただ国王へ何かしら苦言を呈するならば、父ラクウェルだろうという程度だ。アルヴィスが即答すると、国王は深く息を吐いた。

「であろうな。お前は一度としてラクウェルを頼ったことはないと聞いておる。一度として、だ」

一度もない。それはその通りだ。そもそも必要なことではないと考えているから話をしないのであって、そこまで強調されるようなことではない。少なくともアルヴィスはそう考えていた。

そんなアルヴィスの思考に気づいていたのか、国王は首を横に振った。

「まぁいい。使えるものは使え。それが父や兄だとしてもだ。今回のようにな。余が言いたいのはそれだけだ」

肉親であろうと利用できるものは利用する。それが最善だと考えるならば尚《なお》のこと。アルヴィスは胸に手を当てて目を閉じる。

「肝に、銘じます」

「うむ」

そうして国王はエリナと話す王妃へと視線を向ける。アルヴィスもつられるようにそちらへと身体を向けた。すると国王はどこか遠くを見るような目をして呟《つぶや》く。

「今回は余の負けだ。引き下がろう。王妃にも伝えておる。ただ……キュリアンヌはわからんがな」

「キュリアンヌ妃、ですか?」

言われてみれば、リティーヌをアルヴィスの側妃にするよう推薦したのは、他ならぬキュリアンヌ妃だ。リティーヌの実母である彼女が何を考えているのか。それは国王にもわからないという。

「何やら思うところがあるやもしれん。そろそろリティーヌの嫁ぎ先を決めなければならん頃でもある」

「そう、ですか」

国王がリティーヌの嫁ぎ先を決める。それはそれで一波乱がありそうだ。素直に受け入れるとは思えない。

「リティの嫁ぎ先、ですか……」

「白状すれば、お前が近衛《このえ》にいたままだったならば、あれを降嫁させても構わんという思いは余にもあった」

実際、アルヴィスとリティーヌはその関係が長い間噂《うわさ》されていたので、そう考えていたのは国王だけではないはずだ。二人とも肯定も否定もしていなかったことが、余計にそれを助長させていた。先日のお茶会で、ある程度噂は払拭されたらしいが。

「確かに俺ならば王家にとって都合はいいかもしれませんが、外聞的には宜《よろ》しくありませんでしたね。王女が降嫁するには身分的に釣り合いません」

「爵位ならばどうとでもなる。お前が嫌う方法だろうが……」

リティーヌが誰か不本意な相手に嫁ぐというのならば、たとえ嫌な手段だとしてもアルヴィスとて受け入れただろう。それでリティーヌが生き生きと好きなことが出来るならば、いくらでも防波堤の役割を果たしていたはずだ。尤《もっと》も、そのような未来は既になくなっている。

「何があろうとも、お前はリティーヌの味方をするのだろう？」

「当然です。たとえ相手がキュリアンヌ妃でも、それは変わりません。きっとエリナも同じだと思います」

「そうか」

どのような形であろうとアルヴィスにとってリティーヌは従妹《いとこ》であり、大切な幼馴染《おさななじみ》でもある。リティーヌが望まない道を歩ませようとするならば、キュリアンヌと相対してでも阻止するつもりだ。それこそどのような手を使ってでも。

反抗心を示したつもりだが、国王はどこか満足そうな表情を見せていた。国王も本心ではリティーヌの意を汲《く》みたい、と考えているのかもしれない。


王太子の生誕祭のパーティーが開始された。昨年と同様に、アルヴィスは国王と最後に入場となる。違うのは、隣にエリナがいることだ。国王と王妃は、隣の部屋に移動している。

「はぁ」

「アルヴィス様？」

アルヴィスが溜息《ためいき》をつくと、エリナが心配そうな表情で顔を覗き込んできた。ポンと、エリナの頭に手を乗せてアルヴィスは苦笑する。

「ちょっと複雑な気分というか」

「複雑ですか？」

これも仕事のうち。そうは思っていても、つまるところアルヴィスの誕生日祝いだ。今日で、アルヴィスは二十二歳となる。祝いの言葉を嬉しいと思いつつも、こうして国を挙げて祝う必要はないと思う自分がいるのも事実だった。

「子どもならともかくとして、この年齢になってまでパーティーというのが慣れないんだ」

「そうでしょうか？」

アルヴィスの言葉に、エリナは首を傾げる。エリナにとって誕生日祝いのパーティーは当たり前のような感覚なのだろう。聞けば、公爵邸では毎年必ずパーティーを開いてお祝いをしていたらしい。前回は結婚式と同日だったこともあって、どちらかというと式の方へ力が入ってしまったので誕生日パーティーをすることは叶《かな》わなかったが。

「そうか」

「アルヴィス様のご実家ではされなかったのですか？」

最後に実家で誕生日を祝われたのはいつだったたか。正直なところ、あまり覚えていない。幼い頃は誕生日を喜んでいた気もするが、貴族連中からの無用な親切を受けるようになってからは、面倒という思いが強かった。

「今の時期は、何かと忙しい時期でもあったしな。学園を休んでまで実家に帰ることはしなかったよ」

学園に入学した年には、王都にある公爵邸で行うという手紙をもらったような気がする。しかし、アルヴィスは学園に入学して以来、誕生日にパーティーを開いた記憶はない。恐らくは、戻らないだの忙しいだのと言って断ったのだろう。

その頃のことをアルヴィスは少しだけ思い出して、今更ながら申し訳ない気持ちでいっぱいになる。

「アルヴィス様……」

そんな心境を感じ取ったのか、エリナも気づかわし気な視線をアルヴィスに向けてきた。そんなエリナにアルヴィスは微笑み、その頬に手を添える。

「シュリの件以来、俺は誰にも迷惑をかけずにただ役割を果たすことだけを考えて生きてきた。でも、そんな俺の傍《そば》にはミリーたちがいてくれたんだ」

「ミリアリア様たち、ですか？」

「こんな俺のことを兄と慕ってくれる。それがただ嬉しかった」

アルヴィスが兄や両親と今のような関係を築くことが出来るようになったのは、間違いなくミリアリアとヴァレリアのおかげだ。そうでなければ、今も両親から向けられる感情に反発していたことだろう。

「元々俺は学園を出たら家と距離を取るつもりだったんだ。俺を大切だと思ってくれる家族を、俺は一度裏切っていたから」

何もかも諦めたことがある。生きることさえも。それは間違いなく、両親たちにとっての裏切りだ。アルヴィスがそんな風に考えていたことなど、両親は知らない。兄も弟妹たちもだ。

だが、心のどこかで、それを申し訳なく思っていたのかもしれない。だからこそ離れるべきだと考えた。

「それにあの時期は色々と拗《こじ》らせていたから……覚えてないが、冷たく断ったんじゃないかと思う」

そして恐らくは両親たちも、アルヴィスの気持ちを優先させ強行することもなかった。アルヴィスが落ち着くのを待っていたのかもしれない。手紙とプレゼントは毎年のように貰《もら》っていた。それだけでアルヴィスにとっては十分だった。

黙って聞いていたエリナは、頬に添えられているアルヴィスの手に己の手を重ねる。

「お義父様《とうさま》もお義母様《かあさま》も、アルヴィス様のことをとても大切にしていらっしゃること、私にも伝わってきます」

「……あぁ」

ただし、幼い頃は一度も感じたことがない。ナリスやレオナの話によると、アルヴィスが知らないだけで夜中には傍で寝ていることもあったらしいし、アルヴィスのハンカチなどの刺繍《ししゅう》は全てオクヴィアスが自ら施したものらしい。それでも当人に伝わらなければ意味がないだろうが。

エリナから手を離し、アルヴィスは腕を組んで壁に寄りかかった。エリナもその隣へと陣取る。

「兄上も昔はもう少しおとなしかったよ……いつからあんなに腹黒くなったのだろうか」

「腹黒い、ですか？」

意外そうに驚いているエリナに、変わらず外面はいいのだと実感した。義妹となっても、エリナにはまだ猫を被《かぶ》っているらしい。それも時間の問題かもしれないけれど。

「あぁ。逐一わざとらしいことをするし、兄上が笑っていると碌《ろく》なことがない」

そんなマグリアとの思い出といっても、幼い頃は多く関わった記憶がない。人の顔を見れば、ジッと見つめてくるだけで何も言わないことも多かった。だが、アルヴィスの誕生日にはマグリアもぬいぐるみやら本やらを渡してくれた。会話らしい会話をしたわけではないが、あれもきっとマグリアなりの弟への愛情だったのだろう。今ならばそう理解できる。

そのことを話すと、エリナはクスクスと笑い声を漏らした。

「どうした？」

突然笑い出したので、アルヴィスは怪訝《けげん》そうにエリナを見る。

「ラナリス様からお聞きしたんですけど、マグリアお義兄様《にいさま》はアルヴィス様が可愛《かわい》らしかったので、本当にお小さい頃はお顔を合わせるのが恥ずかしかったそうですよ」

「…………はぁ!?　なんだそれは」

衝撃的すぎる告白だ。アルヴィスは驚きを通り越して怒りを覚えた。

「小さい頃、アルヴィス様はラナリス様と本当によく似ておられたとお聞きしました」

「それは……よく言われるが、馬鹿か兄上は」

よりにもよって、会話が少なかった理由がそんなことだったとは。アルヴィスからすれば、嫌われぬように邪魔をすまいと必死だったのに。右手で顔を覆いながら、溜息をつく。

「絵姿を見せていただきましたが、本当に可愛らしかったです」

だが、続いて紡がれた言葉にアルヴィスは動きを止めてしまう。絵姿を見た。アルヴィスの小さい頃の。それは女と間違われることが多かった時代のものだ。

「見た、のか……?」

「はい！」

そんな風に嬉しそうに頷かれては、何も言い返せない。アルヴィスは肩を落とした。

こんな風に昔の家族のことを話したのは、エリナが初めてだ。あまり良い思い出ではないはずだが、不思議と暗い気分にはならなかった。そんな自分の変化を、好ましいと感じる。

「すみません、アルヴィス様」

「嬉しそうに謝られてもな」

エリナにつられるようにしてアルヴィスも笑った。

そんな風に話をしていると、小さく鐘が鳴る。そろそろ、入場する時間らしい。もう一度深く息を吐いてから、アルヴィスは姿勢を正す。エリナもそれに倣った。

「国王陛下、並びに王太子殿下、ご入場です」

ゆっくりと扉が開く。それを見て、アルヴィスは隣にいるエリナに手を差し出した。重ねられる手を己の腕に移動させる。

「では行こうか、エリナ」

「はい、アルヴィス様」

そうしてゆっくりとアルヴィスは会場へと向かった。

エリナと共に会場へ入ると、会場内の視線が一斉にこちらへと向けられる。エリナは当然として、アルヴィスも最早《もはや》慣れたもので、堂々と二人は歩みを進めた。やがて王族用のシートへと到着して、アルヴィスはエリナを座らせる。

「ありがとうございます、アルヴィス様」

「あぁ」

エリナに優しく微笑むとアルヴィスはその隣に座った。

「少しでも辛くなったら教えてくれ」

「はい、わかりました」

二人の会話は届いていない。だが、エリナとアルヴィスを知っている人々は、その雰囲気が柔らかくなっていることに気づくだろう。以前とは違う何かが二人の間にあるのだと。

国王の開催宣言、そしてアルヴィスからのお礼の言葉を皮切りに生誕祭は始まった。国王と王妃、そしてアルヴィスたちの下には順次貴族たちが挨拶に訪れる。それが終わると、ダンスの時間だ。昨年と同様、ファーストダンスはアルヴィスとエリナが務める。

エリナの手を引いて、アルヴィスは中央へと移動した。体調は問題ないと聞いているし、下手に抑えて踊ると周囲に違和感を与えてしまう。出来るだけ平常心でいようとしているものの、心のどこかで不安は拭いきれない。

「エリナ」

「私は大丈夫です。いつも通りで問題ありませんから」

「……わかってはいるんだけどな」

特師医からもダンスをすることについては「問題ない」とお墨付きをもらっている。だというのに何度も声をかけてしまうのは、アルヴィスには決して共有できないものだからだ。病気ではないと言われても、体調の悪い状態のエリナをアルヴィスは見てきている。それゆえか、直《す》ぐに気持ちが切り替えられない。そんなアルヴィスにエリナは首を横に振った。

「動かないのも良くないですから。それに」

「それに?」

「こうして踊るのは久しぶりなので、楽しいです」

「そうか」

エリナが楽しめている。その言葉がアルヴィスの不安を少しだけ払拭してくれる。会話をしているとあっという間にダンスの時間は終わりを迎えた。周囲に挨拶をすると、アルヴィスとエリナはその場を空ける。この後は、各々がダンスを楽しむ時間だ。

王族用に用意された席には戻らず、そのまま立食用の食事が用意されているテーブルへと向かった。そこにはシオディランともう一人、珍しい友人が傍にいる。アルヴィスに気が付くと、その友人が手を上げた。

「よっ、王太子殿下」

「……言葉遣いと呼び方が合ってない。せめてここではどっちかに統一しろ、リヒト」

屈託ない笑みを浮かべた友人、彼はリヒト・アルスターだ。平民であるリヒトがこういった社交の場に呼ばれることはほとんどない。アルヴィスも聞かされていなかったし、事前の参加者名簿にも載っていなかったはずだ。横にいるシオディランを見ると、彼は肩を竦《すく》める。

「私も知らない。ここに来て、見知った顔がいたから声を掛けただけだ」

「どういうことだ？」

疑問をリヒトへ投げかける。すると彼は、迷惑そうな顔で説明してくれた。

「急に決まったんだ。上司が昨日風邪を引いたんだけど、でも王太子殿下の生誕祭に欠席するなどあり得ん、とかなんとかうるさくてさ」

「別に欠席しても構わないだろうに」

王太子の生誕祭に欠席したとしても、それほど支障はない。王族が揃《そろ》う場を見たいという一部奇特な連中がいることは耳にしているがその類なのか。

「まぁお前が顔を見せる場はそれほど多くないしな。しかも妃殿下も揃ってというならば尚のこと。それに王太子殿下のご尊顔を見たいという輩《やから》はそれこそ多い」

「あはは、懐かしいな。よく学園でも見張りかよっていうやつらが群がっていたっけ」

「……嫌なことを思い出させるなよ」

リヒトが楽しそうに笑う。だが、アルヴィスからしてみれば楽しい思い出ではない。項垂《うなだ》れるアルヴィスの隣で、珍しくシオディランも目を細めていた。

「ったく、お前たちは」

「いいじゃないか、こうして三人顔合わせるの久々だろ？」

「お前と顔を合わせたいと思ったことなどないがな、アルスター」

口ではそう言いながらも、最初にリヒトへ声を掛けたのはシオディランだ。王城勤めといっても、リヒトは平民。学園時代も遠巻きにされていたこともあって、貴族の知り合いも多くないはず。現にシオディランが声を掛けるまでは一人でいたらしい。一人でいることを苦に感じるような繊細さは持ち合わせていないリヒトだが、そういう気遣いを見せるくらいにはシオディランもリヒトに気を許している。

「あの、アルヴィス様」

三人で話をしていると、エリナが遠慮がちに声を掛けてくる。そういえば、顔は知っているものの紹介したことはなかった。アルヴィスはエリナの肩をそっと抱き寄せて、リヒトを紹介する。

「学園での友人で、今は研究室にいるリヒト・アルスターだ。リヒト、紹介するまでもないだろうが……彼女がエリナ・ルベリア・リトアードだ」

「宜しくお願いします、アルスター殿」

エリナがドレスの裾を持ち上げて淑女らしく挨拶をする。対するリヒトはというと、腰を折って頭を下げた。

「リヒト・アルスターです。王太子殿下の悪友をやっていますので、どうか宜しくお願いします」

「はい」

エリナが微笑みを返すと、リヒトは満面の笑みを浮かべてアルヴィスを見る。怪訝そうに首を傾げるとリヒトの表情がニヤリと何か企《たくら》んでいるようなものへと変わった。

「妃殿下が学園時代のアルヴィスのことで聞きたいことがあれば、何でもお話ししますよ。例えば、こいつがどれだけ令嬢を泣かせてきたかとか」

「おい、リヒトっ」

アルヴィスが思わず声を荒らげても、ニヤニヤするだけでリヒトは意にも介さない。対するエリナは目を見開いてパチパチと瞬《まばた》きをしている。

「えっと……」

「聞き流してくれていいから。リヒトも、あまりエリナを惑わせないでくれ」

戸惑うエリナの肩を抱き、アルヴィスはリヒトから離す。

「お前はいいだろうけどさ、きっと妃殿下は知りたいだろうって思ってな」

「知らせなくていい」

「私は、是非聞かせてほしいわ」

聞き覚えのあるその声にアルヴィスが振り返ると、そこにはにっこりと微笑むリティーヌが立っていた。

「リティーヌ様」

「リティ……」

乱入してきたリティーヌは、まずアルヴィスへと向き直るとドレスの裾を軽く持ち上げた。

「アルヴィス兄様、誕生日おめでとう」

「あ、あぁ。ありがとう、リティ」

いつから傍にいたのか全く気付かなかった。普段のアルヴィスならば絶対に気付いていたはずだ。それだけ気を抜いていたらしい。アルヴィスは肩を落として息を吐いた。そんなアルヴィスの背中をリティーヌはポンと叩《たた》く。

「いつからいたんだ……？」

「ごめんなさい。驚かそうと思ってコッソリ近づいたの。それほど驚くとは思わなかったものだから」

笑いながら言っている辺り、謝りつつも全く悪いと思っていないようだ。次にリティーヌはエリナの前へと足を動かす。

「エリナも、調子良さそうで安心したわ」

「はい、色々とありがとうございました」

エリナとも挨拶を交わした後、リティーヌは改めてシオディランとリヒトへ身体を向けた。リティーヌの動きに合わせるように、シオディランは胸に手を当てて頭を下げる。リヒトもシオディランの動きに合わせた。

「お二人ともお顔を上げてください。この場では、アルヴィス兄様の従妹として扱っていただけると嬉しいです」

「王女殿下のおおせのままに」

「お噂通り真面目なのね、ランセル卿《きょう》は。それと……久しぶりかしら、アルスター殿」

「お久しぶりですね、王女殿下」

クスクスと笑いながら、リティーヌが声を掛けたのはリヒトだった。二人の会話から、初対面ではないらしい。接点がなさそうな二人がどうやって会ったのだろうか。

「リティ、リヒトと会ったことがあるのか？」

「えぇ。ちょっとあの人にイラッとして、その後休憩していたら偶然ね」

「そう、か」

リティーヌが国王にイラつくなど日常茶飯事だ。特に最近は多い。その矛先が、国王だけでなくリティーヌの母にも向けられている。例の側妃にするという件が未《いま》だ二人の間では尾を引いているようだ。

「それにしても、貴方《あなた》にそういう話し方をされるとちょっと気味が悪いわね」

「一応、あんたは王女で俺はしがない平民研究者だからな」

「一応なのね。まぁいいわ。その方が貴方らしいもの」

「そりゃどうも」

「……」

アルヴィスを始めとして、シオディランもエリナも目を丸くしてリティーヌとリヒトの二人を見ていた。親し気というよりも気安い関係に見える。

じっと見られていたことに気づいたのか、リティーヌが首を傾げた。

「どうしたの、兄様?」

「いや、ちょっと驚いて」

リティーヌとリヒトのやり取りは、王女と誰かというよりも友人同士のようだった。そもそもリティーヌが友人と呼べる相手などほとんどいない。だからこそ、驚きが強かった。

「リティがそうやって話す相手がいるとは思わなかったんだ」

正直に告げれば、リティーヌは苦笑する。

「そうね。私の世界は狭いから」

ずっと王城内にいたリティーヌにとって、親しく話せる相手は限られている。少し寂し気に呟いたリティーヌに、アルヴィスはポンと肩を叩いて言った。

「これから、だろ？」

「そうね、ありがとうアルヴィス兄様」

「……全く身内には女にも優しいんだよな」

「当たり前だ」

リヒトが呆れたように吐いた言葉に、アルヴィスは即答する。リティーヌは従妹《いとこ》という以上にアルヴィスにとって家族も同然。当然と答えたアルヴィスに、リヒトは肩を竦めた。

「はいはい」

「アルヴィス兄様……外でどれだけ酷《ひど》い扱いをしていたのよ」

「一年の時はそうでもなかった気がするんだけどな。酷かったのは二年の時か？」

「知らん」

同意を求めてくるリヒト。それに対しアルヴィスは、頭に手を当てて首を横に振った。あまりいい思い出ではないし、それ以上に過去に囚《とら》われていたアルヴィスにしてみれば記憶に残すほどのものでもなかった。懲りずによく話しかけてきたフィラリータのことは覚えているし、クラスメイトの名前と顔くらいはわかるが、それだけだ。

「どんな風だったの？」

「王女殿下は学園に行ったことないのか？」

「……アルスター、仮にも王城に勤めているならば王族の方々のことくらい知っておけ」

貴族子女にとっては常識の範囲内の知識だ。第一王女リティーヌが学園を卒業せず、王城内に留《とど》められているということは。その理由については様々な憶測がされているが、主たるものは当時の王太子であったジラルドを立てるためと思われていた。王女の身分でジラルドの立場を脅かすことはないのだが、側妃が波風を立てないようにと指示したと。

「王女って大変なんだな、ほんと」

「長子として生まれたからには、仕方ないわね。それで、学園ではどうだったの？」

興味津々に尋ねるリティーヌの隣には、黙ってはいるものの期待に満ちた表情をしたエリナの姿がある。アルヴィスにしてみれば、過去の話など面白くもなんともない。だがリティーヌはともかくとして、エリナの嬉しそうな顔を見ると止めることを躊躇《ためら》ってしまう。

「はぁ」

「それだけ、望まれてる証だ。諦めろ」

エリナとリティーヌに意気揚々と話をしているリヒトから少し離れると、シオディランがアルヴィスの隣へとやってきた。

「わかってはいるが……シオだったら諦めるのか？」

「私の話など聞いて、喜ぶ者などいないだろ？　特段変わったことはしていない。お前と違ってな」

アルヴィスだって変わった行動をしていたつもりはない。面白い話もないはずだ。ただ、目立っていた自覚だけはある。尤も、シオディランもアルヴィスとは別の意味で目立っていた。近寄りがたいのに加えて、世辞を交えることのない言葉。アルヴィスはクラスメイトらから、何故《なぜ》一緒にいるのかとよく聞かれたものだ。

「シオは率直すぎるだろ？　だから俺以上に学園では変わり者扱いだったと思う」

「後ろ暗いところがあるからそう映るだけのこと。そもそも、そんな私に付き合うお前の方が変わり者だろう」

口の端を上げてニヤリと笑うシオディラン。こういった顔を見せるのは、アルヴィスやリヒトの前だけだった。

「お互い様か」

「そういうことだ」

そんな風にシオディランと話をしていると、誰かが背後から近づいてくる気配を感じた。アルヴィスとシオディランは同時に後ろを振り返る。そこには、どこか見覚えのある令嬢が立っていた。

「王太子殿下、お話をさせていただいても宜しいでしょうか？」

「君は……」

アルヴィスが何かを言う前に、シオディランが前に立つ。

「王太子殿下の御前です。貴女《あなた》の行為は無礼にあたるとご存じですか？」

ただの貴族令嬢が王太子へ声を掛けるな、シオディランは遠回しにそう伝えていた。だが、目の前の令嬢は少しだけ不快感を顔に表すと、アルヴィスへと再び視線を向ける。

「私はブルックラント子爵家が娘、ミリアと申します」

ブルックラント子爵。アルヴィスはその名を聞いて、目の前の令嬢が自信あり気に声をかけてきた理由を察する。

「ブルックラント家というと、ベルフィアス公爵閣下の奥方のご実家の縁戚か」

「あぁ」

顔だけをアルヴィスへ向け、シオディランが確認してくる。その情報に間違いはない。アルヴィスの母であるオクヴィアスの実家は伯爵家。そこと縁戚関係にある家にブルックラント子爵家があるのは確かだ。ただ縁戚といってもアルヴィスと血の繋《つな》がりはなく、本当に縁があるという程度だ。子爵とならばまだしも、令嬢と会ったことなど一度もない。

「覚えていてくださって嬉しいですわ。アルヴィス様と呼ばせていただいても宜しいでしょうか?」

彼女の行動に、どこか既視感を覚えた。アルヴィスが公子であった頃もこういった令嬢にはよく遭遇していたので、驚くことではない。ただこの場でそれを行う愚か者がいたことに、正直呆れていた。

「母上の実家との縁があるとはいえ、私と貴女には何の関係もありません」

オクヴィアスとも付き合いがあるとは聞いていない。ベルフィアス公爵家は、王家と繋がりが強い家だ。縁戚だというだけでは、付き合いをする理由として弱い。あくまでオクヴィアスの生家とブルックラント子爵家との縁。アルヴィスと彼女は全くの無関係だ。

「それに、親しくもない相手の名を呼ぶのは貴女自身の不名誉にも繋がりますので、お断りさせていただきます」

「私のことを心配してくださっているのですね。嬉しいです」

「……」

いや、どこをどう解釈すればそうなるのか。アルヴィスは頭に手を当てて、首を横に振る。そんなアルヴィスの様子に気づいているのかいないのか、令嬢は言葉を続けた。

「私、幼い頃からアルヴィス様に嫁ぐのが夢でしたの。ですから、是非とも末席に加わらせていただきたいのですわ」

こちらの話については、自分に都合のいい部分だけを聞いている、ということだろう。随分と都合のいい思考回路をしているものだ。

そもそも、令嬢自ら申し出てくることも意外すぎる。お茶会などならともかく、この場はアルヴィスの生誕祭であり公式行事だ。多くの貴族たちがいる中で、一体何を考えているのか。真面目《まとも》に対応するだけ無駄になるかもしれないが、はっきりと言葉で示すことも必要だろう。

「……望んでいただけるのは光栄ですが、私はエリナ以外を妃とするつもりはありません。お引き取りください」

「何故ですの？　エリナ様は確かに綺麗《きれい》なお方ですけれど、他にもアルヴィス様を癒す女性が必要だと思います」

自信満々にそう言い放った令嬢に、シオディランとアルヴィスは視線を合わせる。お互い目を合わせただけで、何が言いたいのかはわかった。これは関わりたくない部類の人間だと。

（おい、これどうする？）

（知らん……）

正直な気持ちを話せば、さっさと逃げ帰りたい。この場がアルヴィスの生誕祭でなければ、確実にそうしていた。だが、ここで退場することは出来ない。まだ去るには早すぎる。

アルヴィスたちが辟易《へきえき》しているのを余所《よそ》に、令嬢は勝手に話を続けた。

「それにずるいと思います。お一人がアルヴィス様を独占するなんて。私たちにも権利はあるはずです」

「権利って……」

呆れて物も言えないとはこのことか。それでも放置するわけにはいかない。仕方なく、アルヴィスはシオディランの前に出ようと足を動かす。

「アルヴィス、これに何を言っても無駄だと思うが」

「わかっている」

これまでの経験上、何を言っても令嬢には届かない。しかし、周囲も今の状況に気が付きつつある。このままでは本当に令嬢の将来が潰れかねない。

辺りを改めて見回してみれば、真っ青になり、ふらつきながらこちらに来ようとしている男性の姿があった。ブルックラント子爵だ。今にも倒れそうな様子から、彼の意図したことではないのは明白だった。穏便に済ませたいのはやまやまだが、既になかったこととするのは難しい。

「アルヴィス様、この場は私にお任せください」

「エリナ？」

振り返れば、そこにはエリナが来ていた。その後ろでは、面白そうな顔をしているリヒトと呆れた顔のリティーヌがこちらを見ている。

「聞いていたのか」

「アルヴィス様が困っていらしたので」

「……」

どこから見ていたのだろうか。ほんの少しだけエリナの頬が赤く染まっている。どうやら、アルヴィスがエリナ以外を妃としないということは聞かれていたらしい。

「アルヴィス様が私を想ってくださる。ならば、私もそれに応えたいのです。それに私からお話しする方が、理解してくださると思いますし」

アルヴィスもシオディランも男だ。ならば、女性同士の方が話を通しやすいというのは道理かもしれない。気になるのは、相手の理解がそこまで及ぶかどうか。

「常識で話をしても通じない令嬢だ」

「大丈夫です。慣れていますから」

慣れている理由の一端を思い浮かべて、アルヴィスは戸惑う。常識を説いても理解しない相手。心当たりと言えば、一つだけだ。エリナを傷つけた出来事ではあるものの、糧となっているならば掘り返す必要はない。

チラリとかの令嬢を窺《うかが》えば、不満だということがありありと見て取れた。アルヴィスをというより、エリナを睨《にら》みつけているようにも見える。当然、エリナも気が付いているはずだ。

「はぁ、仕方ないな」

いずれにしても不名誉を被ることは致し方ない。高位でないにしても令嬢としての教育を受けているならば、絶対にしない暴挙だと言える。だがアルヴィスの方に何か案があるわけでもない。エリナに任せる方が得策だろう。アルヴィスはそう判断した。

「わかった。君に任せるよ」

「はい、お任せください！」

そうして前に出ようとするエリナの腕を、アルヴィスはそっと引っ張って己の胸に抱き顔を寄せた。令嬢からは、口づけているようにも見えるはずだ。

「あの、アルヴィス――」

「牽制《けんせい》だ。俺が君を大事にしているのはこれで嫌でも理解するだろう」

「……ありがとうございます」

盗み見るように令嬢の様子を確認すると、目を大きく開けて驚いていた。と思ったら、エリナへと先ほど以上に鋭い視線を注いでいる。あまりいい結果にはならないだろう。エリナを見送った後で、アルヴィスはこっそりとエドワルドを呼んだ。


エリナがアルヴィス、シオディランの前に出る。と同時に、アルヴィスは数歩下がった。ミリアの前に立ったエリナはミリアへと微笑みかける。

「ブルックラント子爵家のミリア様でございますね、先日十五歳になられたとお聞きしています。デビュタント、お祝い申し上げます」

「ありがとうございます。エリナ様からお言葉を頂けるなんて光栄ですわ」

不機嫌そうだった顔を一気に明るくしたミリア。だが次に飛び出してきたミリアの言葉に、アルヴィスとシオディランは顔を見合わせた。エリナを名前で呼んだことといい、あまり令嬢としての教育レベルは高くないらしい。

「喜んでいただけて何よりです。ですが、ミリア様。ご存じかとも思いますが、お許しもなく王太子殿下のお名前を呼ぶのはお控えくださいませ」

エリナは敢《あ》えて、アルヴィス様ではなく王太子殿下という呼称を使った。王太子という立場にある者だということを強調したのだ。

「私とアルヴィス様は親戚ですのよ」

そんなエリナの気遣いは全く伝わっていない。否、ミリアにとってはアルヴィスと王太子というものが同一に見えているのだ。エリナは更に砕いて説明する。

「縁戚であろうとなかろうと、身分が上である方、ましてや王族の方を許しなく名前でお呼びすることは叶いません。ご理解いただけますか？」

あくまでエリナは諭すように、やんわりと忠告する。だがそれも気に食わないのか、ミリアはきゅっと唇を真一文字に引き結ぶ。

「エリナ様もお名前でお呼びではありませんか」

当然だ。エリナはアルヴィスの妃なのだから。ミリアの発言に周囲はざわざわとし始めた。

「私は殿下の妃です。そして殿下よりお許しを得ています」

「それは義務だから仕方なくではございませんか！」

ミリアの言葉が、アルヴィスの胸に突き刺さった。エリナに名前で呼ぶように告げたのは、昨年のことだ。負傷したアルヴィスを看病してくれたエリナを見送った日。あの時アルヴィスの脳裏にあったのは、エリナとの表面的な関係の改善だ。打算があった行動だったのは間違いない。いつまでも他人行儀では、アルヴィスもエリナを貴族令嬢として、政略結婚の相手としてしか見なかったはずだ。

「……耳が痛いな」

「別に構わないだろ。義務で許可することの何が悪いのか、私にはわからん」

アルヴィスの葛藤を余所に、シオディランは鼻で笑う。

「シオ」

「お前が許可を出した。その事実だけがあればいい。感情云々《うんぬん》は関係がない、違うか？」

そこに至る理由が何であろうとも、アルヴィスが許可したのであればそれが全てだとシオディランは話す。それはエリナも同意見らしい。

「義務であろうとなかろうと、関係ありません」

「冷たい言い方をなさるんですね。私、聞きましたのよ？　エリナ様がまだご在学の頃、アルヴィス様とご婚約されてから登城される回数が減ったと」

よく見ているというか、どこからそういう情報を得てくるのだろうか。ミリアはエリナと同時期に在学していたわけではない。学園の先輩か、もしくは令嬢同士のネットワークでもあるのだろうか。

エリナは良くも悪くも社交界から一目置かれていた。その動向は、アルヴィスが考えている以上に注目されていたのだろう。今になって、あの時王妃がアルヴィスへ忠告した言葉が蘇《よみがえ》ってくる。

王太子という立場に慣れるため必死に動いていた頃は、エリナと会うことなど考えていなかった。それを指摘されたことがあった。不仲であると周囲に思われると。事実、そう考えていた人たちは多かったのかもしれない。

「礼儀や作法は全くだが、そういうことには頭が回るんだな」

「そうみたいだな」

呆れを通り越して、シオディランは感心していた。貴族令嬢としては必要なスキルだろうが、常識的に相手を見る場合は礼儀と作法が先にくる。それもよりによって生誕祭で披露してしまった。閉鎖的な場所ならば、まだやり直しが出来たかもしれないが、もうそれは叶わない。

「つまりアルヴィス様とお二人でお会いになる機会がなかったということでしょう？　お二方とも、義務以上のものがあったとは思えませんわ」

「私も殿下も納得した上でのことです」

「言い訳ですか。であれば私がエリナ様の代わりに――」

「ミリアっ！」

と、そこへミリアの話を遮るかのように名を呼ぶ声が聞こえてきた。先日のお茶会でも見かけた伯爵令嬢だ。彼女は焦りからか、ひどく汗を掻《か》いている。

「あら、クレイユお姉様？　どうかされましたの？　私がお姉様の代わりに――」

「何をしているのっ！」

やや乱暴気味にミリアの腕を引っ張った令嬢は、己の背後にミリアを隠すとエリナに深々と頭を下げた。

「妃殿下、申し訳ございません。従妹が失礼をいたしました」

「お姉様、どうしてですの!?」

クレイユの突然の登場、そして謝罪にミリアは納得がいかないのか、声を荒らげる。だがクレイユはキリッと鋭い眼差《まなざ》しをミリアへと向けた。ビクリとミリアの肩が揺れる。

「黙りなさい、ミリア」

「な、何故ですの!?　お姉様は私のためにアルヴィス様の側妃になるのを断ったのでしょう？　お父様も取り次いでくれませんからこうして直接っ――」

「黙りなさいと言っているのがわからないの!?」

更にきつくクレイユがミリアを睨みつけると、その勢いに押されたのかミリアが押し黙った。

「で、でも……」

「私は、貴女のために諦めたわけじゃないわ」

「え?」

自分のためではないという言葉に、ミリアの顔は驚愕《きようがく》に染まった。クレイユは驚くミリアではなく、奥にいるアルヴィスへと顔を向けた。

「ただ……私では王太子殿下のお傍に相応《ふさわ》しくない。そう悟っただけよ。殿下がお望みなのは、エリナ妃殿下だけだと……理解させられたから」

その表情はどこか少し寂しそうにも見える。視線を受けたアルヴィスは、令嬢をただ見返すだけ。心が動くことはない。冷めたような視線を受けた令嬢は、アルヴィスから顔を逸《そ》らした。

「そんな――」

「もうやめなさい」

そんなクレイユに尚も言い募ろうとするミリア。それを止めたのは、細身の男性の少し震えた手だった。先ほど垣間見《かいまみ》た時と変わらず、顔面蒼白《そうはく》のブルックラント子爵。そのすぐ後ろにはエドワルドがいる。エドワルドがアルヴィスの方を見る。ブルックラント子爵を連れてくるようにとアルヴィスが指示したのだ。これで役目は終わりとアルヴィスが頷けば、エドワルドがその場から離れる。

一方で、連れてこられた形となったブルックラント子爵はというと、声が震えないように手を力いっぱい握りしめながらミリアへと近づいた。

「お父様……」

「これ以上……殿下方にご迷惑をかけてはならん」

想像以上に必死な父の姿に、流石《さすが》のミリアも戸惑っている。

「ですが、私は……」

「ブルックラント子爵様、クレイユ様、お待ちください」

「ひ、妃殿下!?」

「エリナ妃殿下」

エリナから声を掛けられて、ブルックラント子爵の声が少し上擦る。徐々に人の目が集まってきている中、子爵にとっては直ぐにでも逃げ出したいところなのかもしれない。しかしミリアの言動は騒ぎになりすぎてしまった。このまま何もなかったかのように帰すことは残念ながらできない。

エリナはミリアの正面に立ち、真っ直ぐな視線を彼女へ向けた。そしてミリアを押さえようとしていたクレイユへと視線を移すと、クレイユはミリアから離れる。場を読んでくれたクレイユにエリナは微笑んだ。

「ありがとうございます」

この言葉にクレイユは無言で深々と頭を下げ、後ろへと移動した。改めてエリナはミリアと目を合わせる。

「ミリア様、お話ししておきたいことがございます」

「……何ですか」

未だ納得がいかない様子のミリアは、不満そうに口を尖《とが》らせる。

「私と殿下は政略結婚です。王太子殿下に側妃という存在が必要であるならば、許容しようと思ってもおりました」

「でしたらっ――」

「それでも、私はアルヴィス様を愛しております。誰にもこの想いは負けません」

誰にも。それを強調するかのようにエリナは宣言した。その意図に気が付いているのは、アルヴィスだけかもしれない。その中には、シェリータが含まれているということに。

後ろでそれを聞いていたアルヴィスへと、一瞬だけエリナが視線を向けた。そして深呼吸をして胸に手を当てたエリナは、そのまま瞳を閉じる。

「優しく臆病で無茶や無謀も多い方ですし、もう少しご自分を大事にしていただきたいところではありますが、そんなあの方を私は愛しています」

言い終えたエリナは再び目を開き、ミリアへと微笑む。

「もしミリア様が私以上にアルヴィス様を想うと仰《おつしや》るのであれば、受けて立ちましょう。その想いを、是非私にお教えくださいませ」

ほとんど満面と言っていいほどの笑みで話す。予想外のエリナの言葉に、アルヴィスはもちろんのこと周囲がシーンと静まり返った。拒否するのではなく受けて立つ、とエリナは言ったのだ。このようなことは、誰も予想しなかった。まさにこの言葉はエリナの自信の表れだ。エリナ以上にア

ルヴィスを想うならば、その想いを認めると。ただし、側妃として認めるとは一言も言ってないけれども。

パクパクと何かを言い返そうとしては口を閉ざすミリア。それはそうだろう。ミリアとアルヴィスの接点などないに等しい。当たり障りのない言葉を繕ったところで、この場では意味がないというくらいは理解しているようだ。

「すげぇな、妃殿下」

「茶化すなアルスター」

友人たちの冷やかしに似た言葉にアルヴィスは苦笑する。堂々と言われては、引き下がるしかない。ミリアは子爵に連れられてこの場から去っていった。エドワルドに再び視線を向ければ、心得たとばかりに頭を下げる。騒ぎを起こした件については後ほど詳しく話をする、ということだ。会場にいられなくなった子爵には、夫人と共に控室で待機していてもらう。

「お騒がせして申し訳ありません。引き続き、パーティーをお楽しみくださいませ」

にっこりと笑ってエリナは周囲に挨拶をする。そうしてこの場を収めるエリナの周りには、令嬢たちが集まってきた。

声を掛けられたエリナは、とても生き生きとしているように見える。まるで言いたいことを言えてスッキリしたかのようだ。その言葉が己に対するものだということに、アルヴィスが嬉しくないはずがない。

アルヴィスがエリナの傍へと近づくと、令嬢たちがそっと道を譲ってくれた。

「アルヴィス様？」

近づくアルヴィスにどうしたのかと首を傾げるエリナ。アルヴィスはそのままエリナを抱き締める。近くで悲鳴が聞こえたが、そのようなことなどどうでもよかった。

「俺も……今は君だけを愛している。その先もずっと君だけだ」

そっと耳元で囁《ささや》けば、エリナの顔が少しずつ真っ赤に染まっていく。囁いたとはいえ、周囲には聞こえていただろう。令嬢たちとの距離はほぼなかった状態だったのだから。それでも言わなければいけない。そんな衝動にかられたのだ。

「ありがとう、ございますアルヴィス様」

「俺の方こそ、な」

退却した令嬢

その後、クレイユは王城の一角にある貴族専用の控室までやってきた。ブルックラント子爵が連れ出したミリアについてきたのだ。そのブルックラント子爵は控室にミリアを入れるなり慌てて会場へと戻っていった。後始末をしてくるのだろう。

一方でその問題を起こしたミリアはというと、遅れて入ってきたクレイユを不満気な表情で睨《にら》んでいる。クレイユは深く息を吐く。

「お姉様、どうして止めたのですか？　私は納得できません。なぜ私が退出しなければならないのですか？」

何もわかっていない様子に、クレイユは頭が痛くなった。

「貴女《あなた》、あの場にまだ留《とど》まる勇気があるの？　だとすれば、本当に周りが見えていないのね」

「そんなことっ……」

この子を連れ出すことが出来て本当に良かった。あの場の空気は、完全にエリナのものだった。堂々とアルヴィスへの想《おも》いを披露し、その上で真っ向からかかってこいと言われたのだ。それだけエリナは自信がある。アルヴィスに愛されているという自信が。

あの時のエリナは、悔しいほど美しかった。恐らくその気持ちが出ていたのだろう。その時、アルヴィスと目が合った。怜悧《れいり》な瞳でクレイユたちを見ていたのだ。クレイユが知る穏やかな雰囲気とは違う、冷たい瞳。一瞬恐怖を覚えて反射的に目を逸《そ》らしてしまった。あれはエリナへ失礼な言い方をしたことに対して、ミリア共々失望させたということなのかもしれない。それだけでもうアルヴィスの妃《きさき》になる道は閉ざされたも同じだ。

クレイユは確かに今は退いた。今のアルヴィスとエリナの間に入ることは誰も出来ない。そう悟ったのだ。だが、時がくればきっと考えも変わる。二年程度ならば、クレイユの年齢からみてもまだ待っていられるはずだ。そんな希望が、可能性が全くなくなってしまう。印象が悪くなれば、アルヴィスの考えが変わったとしても候補にさえ入れてもらえないかもしれない。否、既に手遅れだ。あのような瞳を向けられて、彼の隣にいられると思えるほど愚かではない。それはミリアも同じだ。

「……ミリア、諦めなさい」

「どうしてですかっ!?　お母様だって、私なら問題ないって仰《おっしゃ》っていましたわ」

「でもおじ様はやめなさいと仰っていなかった？」

あまり気が強くないブルックラント子爵が、あの場で出ていって娘を止めた。もしかしたら、傍《そば》にいたアルヴィスの侍従に無理やり連れてこられたのかもしれないが、だとしても十分に勇気がいることだったはずだ。それ以上に娘の強行を止めたかったのかもしれないが。既に遅かった。

「お父様は気が小さい人だから、そんなことしか言えないのです。私は、きっといつか妃になれると、そのために頑張ってきたのですよ」

クレイユは頭を抱える。王子様のお嫁さんになりたい。それがミリアの小さい頃からの夢だったのは知っている。ミリアの母もそんな娘が可愛《かわい》いと応援していたことも。いつか王子様のところへ嫁がせてあげるからと。

だがそれは、王族の下へという意味ではない。ミリアは確かに努力してきた。淑女となるため頑張ってはいた。だが、エリナを前にするとどうしても幼さが勝ってしまう。あまりに堂々としたエリナの前では、その努力が欠片《かけら》も見えなかった。学園でも社交界でも、常に周囲から評価される側だったエリナとは精神的な部分が大きく違うのだろう。

「貴女が頑張っていたことは知っているわ。でも、貴女は王太子殿下を知らない。あの方の社交界での様子を知らない。だから、今の王太子殿下との違いがわからないのよ」

「私だって聞いていますわ。王女殿下と親しくて、たまに顔を見せるパーティーでもパートナー同伴の時は王女殿下を伴うって聞きました。でも政略結婚されたってことは、それだけの関係だったのではありませんか！」

王女殿下と親しいというのは、当時の社交界では皆が知っていることだった。王女殿下を愛称で呼ぶのもアルヴィスだけだ。皆が勘繰っていたし、今でもそう考える人がいることもまた事実。だが、その時のアルヴィスを知っている人からすれば、それが偽りだったことがよくわかる。

「王太子殿下は、いつも笑みを絶やさない方よ。それでいて女性とはある程度距離を保って接する。

それがあの方の当たり前。でも……妃殿下は違う」

「違うってどういうことです？」

ふくれっ面をしながら尋ねるミリア。ミリアはあのお茶会に参加していない。だから見ていないのだ。あの甘い顔でエリナに微笑《ほほえ》むアルヴィスの姿を。それに当たり前のように笑いながら応えるエリナの姿を。あれを見て、相思相愛が演技だとは思えない。あのアルヴィスがあんな風に女性に触れるなんて、相手が王女殿下の時もなかったことだ。

「とにかく、諦めなさい。相手にされないどころか、おじ様に迷惑がかかるだけじゃない。下手をすれば、貴女は嫁ぎ先がなくなるわよ」

「私はアルヴィス様のところへ嫁ぎたいと言っていますわ」

「だからそれは出来ないと言っているでしょう。それとも、妃殿下以上に王太子殿下が好きだと豪語出来るほど、王太子殿下のことを知っているとでも？」

「アルヴィス様はカッコよくて、強くて綺麗《きれい》です。お優しくて、ダンスもお上手で」

「そんなこと誰だって知っているわよ……」

呆《あき》れて物も言えないとはこのことか。クレイユとて、あの時のアルヴィスの姿を見ていなければ、自分が側妃になれると今でも思っていただろう。だが、だとしてもあの場のエリナ以上の言葉は出てこない。ミリアと同程度だ。つまり、ミリアのことをとやかく言える立場にないということ。

「はぁ……」

だとしても、この従妹《いとこ》を止めなければならない。ミリアは決してアルヴィスが好きなわけではない。ただ理想の相手だというのは間違いないだろう。

「とにかく、王太子殿下の名を呼ぶことだけでもやめなさい」

「……親戚だからいいじゃないですか」

「ご実家であるベルフィアス公爵家の方々でさえ、あのような公式の場では王太子殿下とお呼びになっているわよ」

「え……」

これには流石《さすが》のミリアも驚いたらしい。血のつながった親や兄妹《きょうだい》でさえそうしている。ならば、ミリアが呼ぶことなど叶《かな》わない。それをようやく理解してもらえたようだ。顔色を変えたミリアに、クレイユはやっと前に進めた気がしていた。

「馬鹿な従妹がいると、目も覚めるわね」

少し前の自分に言ってやりたい。無駄なことはしない方がいいと。

◆◆◆

再び和やかになった会場の中で、アルヴィスはブルックラント子爵と話をしていた。傍にはシオディランとリヒトもいる。リティーヌはエリナの傍へ行ったので、ここにはいない。とはいえ、シオディランも次期侯爵という身分であるし、その冷たい視線は威圧感を与えるものだった。加えて、視線もあちらこちらから向けられる。ブルックラント子爵は完全に委縮してしまっていた。だが、ここで逃げることなど許されない。ブルックラント子爵は深々と頭を下げる。

「申し訳ございませんでした。この度は、王太子殿下にも妃殿下にも大変なご迷惑を。この良き日に、娘が水を差すような真似《まね》をしてしまい、本当に申し訳ありません」

「……ご令嬢が独断で行ったというのは、彼女自身から言質を取っている。子爵の本意ではなかったことも」

「ありがとうございます」

「だが、かといって貴殿に非がないわけではない。それは理解してもらえるか？」

家長として抑えることが出来なかった。それだけでも非はある。子爵の意思に反していようとも、あの令嬢は子爵の娘なのだから。

「承知しております」

「そうか」

あの場でエリナが発した言葉は、社交界へ広まっていくことだろう。そういう意味では、いい仕事をしたと言えなくもない。結果的に、場をかき乱したというだけのことだ。たったそれだけのことで、令嬢に処分を与えたりはしない。令嬢として相応《ふさわ》しい在り方ではないということは、アルヴィスが言うまでもなく認識させられてしまった。この先、令嬢の選択肢は限られてしまうこととなる。高位貴族への嫁入りなどは到底無理だし、下位貴族も性格的に難がある令嬢を嫁に迎えるとは考えにくい。それだけでも令嬢にとっては十分な処分だ。

「それがわかっているならばいい。私の妃も、罰を求めているわけではないだろうからな」

「殿下……寛大なお言葉ありがとうございます」

もう一度深く頭を下げてから、子爵はアルヴィスたちから離れていった。そのまま会場を出ていくようだ。恐らく、令嬢たちが下がった控室へと向かうのだろう。

「アルヴィス、ひとまずは終わりか？」

「あぁ」

多少の後始末が残るだけで、これ以上特別なことをする必要はない。胸をなでおろしていると、リヒトが隣でどこか不満そうな顔をしていることに気づく。

「リヒト、どうかしたのか？」

「いや、なんていうかさ」

アルヴィスが声を掛ければ、リヒトは頭を掻《か》きながら答えた。

「あのよ、あんだけでいいのか？　もっとこう、何かするかと思ったんだけど」

「口を慎め、アルスター。アルヴィスは今の時点で十分だと判断しただけだ」

「十分？　だってお咎《とが》めなしと同じだろ？」

騒ぎを起こして何もお咎めなし、というのがリヒトにとっては意外らしい。ならばとアルヴィスは逆にリヒトへと問いかけた。

「リヒトならどんなことを考える？」

「罰当番とか。あとは、出入り禁止とかだろうな」

「っておい」

それじゃあ学生と同じだ。どこかズレている答えに、思わずアルヴィスが突っ込む。普段は研究室におり、王城にいるとはいっても社交界とは関わりがなく生きてきたのがリヒトだ。そういう考えに至ってもある意味で仕方ないとは思う。そんなリヒトの言葉にシオディランは呆れ顔で告げる。

「……アルスター、ここは学園ではない」

「それはわかってるって」

わかっていてどうしてその言葉が出てくるのだろうか。呆れるアルヴィスの前で、シオディランが眉根を寄せる。

「なら罰当番はないだろうが。それに、お前はサボってばかりで余計に罰を増やされていた。そのフォローをさせられていた身にもなってみろ」

罰当番と聞けば、確かに思い浮かぶのは学園時代の話だ。リヒトはある意味で問題児でもあったので、その類の罰は頻繁に受けていた。最終的にはシオディランとアルヴィスが手伝って終わらせていたのも、今では懐かしい思い出だ。

「まぁまぁ昔のことはいいじゃん。それで、どうして何もしなかったんだ？」

「いいわけあるか……」

吐き捨てるシオディランだったが、リヒトの中ではもうその話題は終わっているらしい。それほど短い付き合いでもないので、シオディランも呆れつつそれ以上蒸し返すことはしない。二人とも無駄なことはしない性質《たち》なのだ。

アルヴィスは苦笑しながら、リヒトの質問に答えた。

「確かに、俺から直接的なことは何もしていない。だがこの先、あの令嬢は爪弾《つまはじ》きにされる。社交界でも、恐らくは学園でもな」

「どういうこと？」

まだ腑《ふ》に落ちていないリヒトが首を傾《かし》げる。

「あの令嬢は王太子妃殿下を軽んじた。それも王太子殿下の生誕祭という場でだ」

「それが不敬だというのは、俺もわかるさ。だからこそ、なんか目に見える形で罰とか与えるんじゃねぇの？」

シオディランの言葉に理解を示すものの、それがどうして令嬢が弾かれることになるのかまでは、平民出身であるリヒトには想像しにくいらしい。アルヴィスは、「罰を求めていない」と言った。ならば尚《なお》のこと、何の不利益もあの令嬢には与えられないのではないかと。

「覚えておくがいい。社交界という場は、女性たちにとって戦いの場。そして、社交界に出る夫人や令嬢たちは、大層噂《うわさず》好きだ」

「……貴族が噂好きなのは知っているさ。嫌っていうほど思い知らされたからな」

チラリとリヒトから視線を向けられて、アルヴィスは肩を竦《すく》めた。そうして、どこか納得したようにリヒトは頷《うなず》く。

「なるほどね。そういうことか。つまり、さっきのも直《す》ぐに広まるってことか」

「そういうことだ」

「なんでアルヴィスの嫁さんに突っかかるかな。どう見ても、勝ち目はないだろうに」

「妃殿下、と呼べ」

リヒトの呼び方を聞いたシオディランが、頭を小突く。大して痛くはないだろうが、リヒトは大《おお》袈裟《げさ》に痛がってみせた。苦笑しつつ二人を見ながら、アルヴィスはあの令嬢のことを考える。

ここがアルヴィスの生誕祭という場でなければ、恐らく諸々《もろもろ》注意されるだけで済んだだろう。それこそ、知っている人たちだけが彼女を避ける程度で終わったかもしれない。

しかし彼女はわざわざこの場で、人が多い場所で仕掛けた。その後、何が起きるのか想像することもしなかったのだろう。もしくは、自分がアルヴィスに選ばれるとでも考えていたのか。自分が選ばれないはずはない。そんな自信が彼女には見えていた。エリナという女性を既に知っているアルヴィスが、そのような常識外のことを実行する彼女を選ぶ要素がどこにあるのか、逆に聞いてみたい。

「ランセルは本当、俺には容赦ないよな」

「私は誰かに対して容赦したことなどないが？」

「ひでぇ」

二人のじゃれ合いは今に始まったことではない。学園内ではないというのに、こういう姿をもう一度見られるとは思わなかった。微笑ましく二人を見ていると、視線を感じる。そちらを見れば、エリナがアルヴィスの方を見ていた。笑みを浮かべながら軽く手を上げれば、エリナも微笑んでくれる。直ぐに令嬢たちへと視線が移されてしまったが、楽しそうな時間を過ごせているようで何よりだ。今のエリナに無理はさせられない。

「この後の発表で騒がしくなりそうな気がしていたが、ある意味では助かったかもな」

「アルヴィス？」

「何でもない。俺はそろそろ戻るとするよ」

そろそろ刻限だ。国王らの下へ戻らなければならない。

「そうか、わかった。またなアルヴィス」

「あぁ。二人ともありがとう」

二人に別れを告げて、アルヴィスはエリナの下へと向かった。


国王らの下へ戻ったアルヴィスとエリナ。まだまだ会場は賑《にぎ》わいを見せており、アルヴィスたちが戻ったことに気が付いているのは一部だけだ。

昨年、この時間帯には既に会場を去っていた。あの時は周囲を確認するような余裕がアルヴィスにもエリナにもなく、生誕祭がどうやって終わったのかも知らない。だがあの後、アルヴィスたちが途中退場したことが話題に上ることはなかった。機転を利かしてくれただろう国王らには感謝しかない。

「たった一年なのに、随分と長かった気がするな」

「そうですね」

エリナがアルヴィスの腕に触れる。昨年、アルヴィスが怪我《けが》をした箇所に。矢に射貫《いぬ》かれた痛みはもうない。しかし、痕は残ってしまった。背中の傷といい、エリナにとっては苦い思い出となっていることだろう。どちらもエリナの目の前で、エリナを助けるために負ってしまった傷なのだから。

「エリナ？」

「あの日から始まった、ように思います。私がこの想いを自覚することが出来たのは、あの出来事があったからです」

「そうか」

そんなエリナの手に己の手を重ねる。アルヴィスがエリナに想いを抱いていることをはっきりと自覚したのは、その後だ。建国祭の初日。エリナから告白された時、そしてエリナがカリバースに触れられている姿を見た時だ。

「自覚したのは、俺の方が随分と遅かったな」

はっきりと口に出したのは、結婚式の後。初夜の時だ。随分と待たせていたことだろう。いつだってエリナから言葉を贈られてきた。待つだけでは何も得られない。ジラルドとの婚約が破棄されてから、エリナはその言葉を胸に行動してきたという。逆にアルヴィスは前に進むことを躊躇《ためら》い、いつだって義務を理由に逃げていた。

「わかっていました。アルヴィス様がそういう想いだということは」

「すまない」

「いいのです。それにアルヴィス様はちゃんと言ってくださいました。待ってほしいと」

王城から帰るエリナを見送った時のことだ。確かにアルヴィスはエリナへ「少し時間が欲しい」と言った。あの頃のアルヴィスは、エリナとどう接すればいいのかがわかっていなかった。婚約者としてもう少し距離を縮めなければと思う一方で、本当に自分でいいのかという考えが抜けなかった。シュリータを死に追いやったという罪の意識が消えていなかったのも迷っていた理由の一つだ。

踏み出すことを躊躇っていた理由全てが解消されたわけではない。今でも罪の意識はある。だが、それを理由にこの手を放すことはしない。それだけは断言できる。

「ありがとう、エリナ。それと、これからも宜《よろ》しく頼む」

「勿論《もちろん》です、アルヴィス様」

顔を見合わせて笑い合う。二人で話をしている間に、頃合いになったらしい。国王が立ち上がり、人々が徐々にこちらへと集まってきた。

「皆の者、直《じき》にこの催しも終わりとなるが、その前に一つ報告したいことがある」

国王の言葉にどよめきが広がった。この場でわざわざ報告をすること。一体それは何かと、勘繰りが始まる。

「アルヴィス、お前から伝えるといい」

「わかりました」

エリナから手を離し、アルヴィスはその場で立ち上がった。そしてそのまま国王の隣へ並ぶ。アルヴィスたちがいる場は、ホール全体が見渡せる位置にある。見下ろす形で会場を見渡すと、アルヴィスは胸に手を当てて深呼吸をした。

「今宵《こよい》は私の祝い事に集まっていただきありがとうございました。それに合わせての報告となりますが、先日我が妃であるエリナの懐妊がわかりました」

エリナが懐妊した。そのことを告げると、会場が一斉に沸く。待ちに待った報告だったからだろう。

「懐妊!?」

「まさかエリナ様が!?」

「これはめでたい!!」

「王太子殿下、妃殿下もおめでとうございます!!」

たくさんの祝いの言葉と拍手が会場中に広がった。アルヴィスは振り返り、座ったままのエリナの下へと近づきその手を取る。ゆっくりとエリナを立ち上がらせれば、エリナもアルヴィスのエスコートに従うように自然と隣に立った。

「ありがとうございます」

アルヴィスの手を取ったまま少し腰を落とす形で感謝の意を示す。祝福の言葉は更に大きくなった。エリナの目には涙が滲《にじ》んでいる。それを見たアルヴィスは己の指でそれを拭った。そしてそのまま顔を近づけ、額に口づけを贈る。

「ア、アルヴィスさま!?」

顔を真っ赤に染めたエリナが口づけしたところを手で押さえた。動揺するエリナが微笑ましくて、アルヴィスは笑う。すると、顔を赤くしながらもエリナは仕返しとばかりにアルヴィスの頬へと口づけをしてくる。

「お、お返しですっ」

「そうか」

「っ〜〜」

動揺しないアルヴィスにエリナは不満そうに顔を背けた。だがエリナの左手とアルヴィスの右手はしっかりと繋《つな》がれている。珍しく照れが隠しきれていないエリナに、アルヴィスは口元が緩むのを抑えられなかった。

その場にいた人々

――ベルフィアス家の場合

国王から報告があると告げられ、一同が国王からアルヴィスへと注目する。静かな音楽が流れる中でアルヴィスから告げられたのは、エリナの懐妊だった。

それを聞いた時、ラクウェルは言葉を失う。まさかこんなに早く朗報を聞くことになるとは思ってもみなかったからだ。会場内は、お祝いの言葉であふれ返った。

「心配いらないとお伝えしたでしょう」

「あぁ……本当だったのだな」

アルヴィスがどう過ごしているか。無理をしていないか。また己を押し殺して過ごしていないか。ラクウェルはそれだけが気がかりだった。父としてアルヴィスにしてやれることは多くない。アルヴィスとラクウェルの間には、高い壁が存在する。アルヴィスは王太子で、ラクウェルは公爵家当主でしかないのだから。もちろん、「王弟」という立場を振りかざすことが出来ないわけではないが、そのようなことをされてもアルヴィスは喜ばないだろう。

チラリと隣を見ると、オクヴィアスはその瞳に涙を溜《た》めていた。そんな彼女をラクウェルは抱き寄せる。顔を見合わせて笑い合っていると、周囲から小さな悲鳴が聞こえた。

「どうしたんだ？」

「私も見ていませんでした」

ラクウェルもオクヴィアスもちょうどアルヴィスの方を見ていなかった時に、何かが起きたらしい。ラクウェルがマグリアに声を掛ける。

「マグリア、一体何があった？」

「あー……えっとですね」

珍しく困ったように頬を掻《か》くマグリアに、ラクウェルは怪訝《けげん》そうな顔を向けた。一体何が起きたのだろう。問いただしているうちに、エリナが動く。今度はラクウェルもはっきりと目撃した。

エリナが、アルヴィスの頬へ口づけを贈ったのだ。その瞬間驚きを隠せていなかったアルヴィスだが、直《す》ぐに柔らかい笑みをエリナへと向ける。

「まるで結婚式みたいですね」

「……あ、あぁ」

式を挙げた教会ではないはずなのに、結婚式を見ているように錯覚させられる。それくらい、アルヴィスとエリナの雰囲気は甘いものだった。

「仲がいいのは、良いことだな」

「そう、ですね。流石《さすが》にあれに当てられたくはありません」

あの二人が政略結婚であり、急な婚約だったと誰が信じるだろうか。

初顔合わせの時、アルヴィスは戸惑いの中にあり、エリナは緊張で強張《こわば》っていたと国王から聞いている。婚約期間に顔を合わせた回数は、両手で足りるくらいしかない。その短い期間に、二人は関係を築いていったのだろう。

「早速、レオナにも知らせなければな。あれも気にしていたから喜ぶだろう」

「えぇ」

別邸で過ごしている第二夫人のレオナは、幼き頃のアルヴィスをよく案じていた。ラクウェルら両親よりもよほどアルヴィスと接していたはずだ。もう一人の息子ともいえるアルヴィスの吉報に喜ばないはずがない。

「帰ったら祝杯を挙げるか。主役は不在だが」

「それはいつものことです」

「……それもそうだな」

アルヴィスに関する慶事に、当人がいないのはいつものこと。王太子となった今では、もうベルフィアス家で祝い事に参加することはない。アルヴィスは王太子であり、王家の人間なのだから。

――リトアード家の場合

「旦那様、エリナが懐妊しましたと！」

「あ、あぁ。驚いたな」

リトアード公爵家でも同様に、この報告に驚いていた。最前列にいたわけではないが、エリナが嬉《うれ》しそうにしているのがよくわかる。この朗報に、周囲からは祝いの言葉と拍手が贈られていた。

「王家の打診を受けて、正解だったということだな」

「……それは」

「無論、あの方のことではない。国王陛下が、王太子殿下との婚約を提案してきたことに対してだ」

エリナに非はないことの証《あかし》として結ばれたような婚約だった。ナイレンから見たアルヴィスは、可でもなく不可でもない。覚悟が定まったと聞くまでは、受け入れたことが正しかったのかどうかもわからなかった。

「エリナっ!?」

「ふむ……複雑な気分だが」

そんな会話をしていると、アルヴィスがエリナに口づける場面を目撃してしまう。それだけならばいいが、エリナもアルヴィスへ返しているではないか。その行動に、ナイレンも隣にいるユリーナも驚きを隠せない。そのような積極的な行動をする娘ではなかった。少なくともナイレンが知る限りでは。

「はしたないことをっ……このような場でっ」

ここには国内の貴族がほぼそろっている。そのような場所で何をしているのか。長年の習慣ゆえか、ユリーナは足を動かした。だがそれは失敗する。隣にいたナイレンが腕を引いたのだ。

「落ち着きなさいユリーナ」

「ですがっ」

「それよりも、エリナの顔を見てみると良い。あの子は本当に幸せそうだ」

「……」

貴族としてのプライドが高いユリーナにとって、エリナが取った行動は貴族令嬢としてあり得ないものだったが、それは理解できなくもない。それ以上に、ナイレンはエリナの表情の変化が気になっていた。今までになく、エリナは幸せそうに笑っている。あれほどの笑みは、家族として過ごしてきて見たことがない。ならば、ここは見守るのが親としての役目だろう。

「今日くらいは許してあげてもいいのではないか？」

「……わかりました。そうですね、今日くらいは」

――ランセル家の場合
アルヴィスとエリナの姿に興奮した様子のハーバラは、今にも飛び上がりそうなくらい嬉々《きき》として拍手を贈っていた。その隣でシオディランは、控えめに拍手をしている。

「まぁ!! 見ました! 素敵でしたわ」

「何をしても絵になる奴《やつ》だからな。様になるのも当然だ」

そうは口で言っているが、どこか嬉しそうにも見える。シオディランにとってアルヴィスはただの友人というだけではないのだろう。あの兄が親しいと言える人間が家族以外に出来ること自体が奇跡に近いのだから。

「兄上様は相変わらず素直ではありませんわね」

「他に何と言えばいいのかわからん」

シオディランの言い草に、ハーバラは深く溜息《ためいき》をつくのだった。めでたいことだし、アルヴィスにはお祝いの言葉を贈ろうと思っているだろうが、ただハーバラのように興奮はしないというだけで。

「王太子殿下はご友人でしょう? もっと何かありませんの?」

「私がお前のように反応したら、あいつは気味悪がるだけだ」

シオディランが嬉々として祝いの言葉を紡ぐ。それを想像しただけでも、ハーバラにとっては驚きだ。何よりもまず似合わない。そもそもシオディランが笑みを浮かべるだけでもあり得ないほどなのだから。そこまで考えてハーバラも何度も首を縦に振る。

「……そうですわね。兄上様が私と同じことしていたら引きますわ」

「わかっているなら口にするな」

もう一度、シオディランは深々と息を吐いたのだった。

現実を見た令嬢

その後、控室で父である子爵からも小言をもらったミリアの気分は最悪だった。普段、ミリアへ強い言葉を発することがない父があんな風に声を荒らげたのは初めてだ。それだけ、ミリアの行動が許しがたいものだったのだろう。だが、そうと理解しても納得は出来ない。

ミリアは会場へ戻るべく早足で回廊を歩いていた。

「だってお母様は大丈夫だって仰《おつしや》っていたもの。クレイユお姉様も嘘《うそ》を言っているのよ。お父様も私のことを何もわかっていらっしゃらないだけだわ。きっとそうよ」

先ほどは、エリナが出てきたから少し無作法をしてしまったかもしれないが、普段のように出来ていれば問題なかったはずだ。きちんと冷静にアルヴィスと話をすればいいだけ。側妃でも構わない、エリナと共に大切にしてくれればいいと伝えればいいのだ。

「それにあれは、エリナ様が傍《そば》にいたからアルヴィス様も気を遣われただけなのよ。お優しい方ですもの。二人きりの時にお伝えすれば、応えてくれるはずだわ」

子爵家令嬢であるミリアはそもそも正妃になれはしない。高位貴族へ養子に入れるほどの伝手《つて》もない。王族へ嫁ぐためには、側妃か愛妾《あいしょう》になるしかないのだ。それでも構わない。王子様へ嫁ぐことが、ミリアの幼い頃からの夢だったのだから。

「そうよ。そうすればきっとアルヴィス様も私を――」

ゆっくりと扉を開けて、ミリアは会場へと戻ってきた。そうして目の前に飛び込んできた光景に言葉を失う。

「え……」

ミリアの目に映ったのは、エリナの額へと口づけを贈るアルヴィスの姿だった。驚いているのはエリナの方。つまりは、仕掛けたのはアルヴィスだということになる。遠目からでも、アルヴィスが微笑《ほほえ》んでいるのがわかった。そして間を置かずに、今度はエリナがアルヴィスの頬へ口づける。

その光景はまるで結婚式のようだった。ほんの少し照れながらも嬉《うれ》しそうにしているエリナはまだわかる。ミリアが理解できなかったのは、アルヴィスがエリナへ微笑んでいることだった。

ミリアとて、アルヴィスが笑っているところは見たことがある。王太子となってからも、それ以前もアルヴィスは常に穏やかに笑っている人だったから。けれど、あのような笑みを浮かべるアルヴィスの姿は初めて見る。その瞳が全てを物語っていた。エリナを愛《いと》おしいと思っているということを。遠くで見ているミリアにさえ伝わるくらいだ。きっとアルヴィスの瞳にはエリナ以外映っていない。

ミリアは愕然《がくぜん》として、その場に崩れ落ちた。ドレスが汚れることなど、今のミリアには些細《ささい》なこと。

「……だって、義務だって……政略結婚なんてそんなものだって、お母様も仰っていたわ。王族の方が本当に愛するのは、正妃じゃなくて愛妾だって」

実際、ジラルドだってエリナのことを義務的に見ていたはずだ。国王夫妻もそうではないか。国王夫妻が寄り添って笑いあう姿など見たことがない。だからアルヴィスの隣にはミリアがいても構わないと、そう思っていたのに。

「気は済んだか」

「っ!?」

突然、背後から声を掛けられてミリアは勢いよく振り返った。立っていたのは、見覚えのある近《こ》衛《の》《え》隊士《たいし》と男性の二人。ミリアでも知っている二人だ。

一人は先ほどアルヴィスと共にいた人物。アルヴィスと学友でもあったランセル侯爵家のシオディラン。もう一人は近衛隊時代からの友人であるレックスだ。

「わざわざ監視を緩めて入れたんだ。満足だろ?」

「どういう、ことですの?」

何を言っているのかわからず、ミリアが疑問を投げかける。すると、シオディランが冷たい目を更に細めた。

「阿呆《あほう》。問題を起こして下がった令嬢が、普通に戻れるはずないだろう」

「なっ……」

馬鹿にされたことにミリアは声を荒らげそうになるのを辛うじて抑えた。ここは端とはいえ会場内だ。声を荒らげて場を乱す真似《まね》など出来ない。そのくらいの常識はミリアとて持ち合わせている。

「私に、お二方の姿を見せつけるため、ですか。正面から向かってこいと言いながら、妃殿下も姑《こ》息《そく》な手をお使いになるのですね」

アルヴィスがどれだけエリナを想《おも》っているのかをミリアに見せつけるなど卑怯《ひきょう》だ。そうであるならば、アルヴィスとて騙《だま》されているのではないか。尚更《なおさら》、ミリアは引き下がるわけにはいかない。この場を壊してでも、エリナの本性をアルヴィスに見せつけるべきだ。

「何故《なぜ》、妃殿下がやったことにされるのかわからんが……子爵令嬢をここへ誘導するように伝えたのは妃殿下ではない。ましてや、アルヴィスでもない」

「え？」

「提案したのは俺だよ」

シオディランでもなくレックスでもない声。その主は、ミリアの後ろから近づいてきた。茶髪の男性だが、ミリアは彼を知らない。高位貴族であれば一度は顔を見たことがあるはず。しかしここにいるということは、それなりの家の者なのだろう。

「あんたがこのまま引き下がるとは思えなくてな。ランセルに頼んだってわけ」

「……貴方《あなた》はどこの家の方なのですか？」

「俺は貴族じゃない。アルヴィスの友人ってとこかな」

「平民がアルヴィス様のご友人のはずありませんわ。だってあの方は王太子ですのよ」

いくら優秀だとしても友人関係を築く相手として平民は相応《ふさわ》しくない。そう言い切るミリアに、友人だという青年は肩を竦《すく》めた。

「あんたに認識してもらわなくても構わないよ。ただ、あんたに見せてやろうとしたのは俺ってだけだ」

「何を――」

「言っておくけど、二人きりでアルヴィスと会ってもフラれるぜ？　俺が保証してやるよ」

そんなこと会ってみなければわからないではないか。と考えて、ミリアはここに来るまでのことを思い出した。確かに会場に入る前にそのようなことを呟《つぶや》いていた気がする。まさかとは思うが、彼らには筒抜けだった、ということなのか。ミリアは背中に冷たい汗を掻《か》き始めた。

「ま、さか……」

呆然《ぼうぜん》と呟く。だが、彼はニヤリと笑っただけで答えてはくれなかった。それは肯定と同義だ。彼らはミリアを嘲笑《あざわら》うように会話を続ける。

「まぁ無視されて終わりだな」

「そりゃ優しい方だろ？　もっと酷《ひど》いのはあれだ。『失《う》せろ』でひと睨《にら》み。普段笑みを張り付けている奴《やつ》の睨みってのは怖いんだよな」

「……今のあいつならばそこまではしないだろう。あれでも王太子という立場だ。令嬢にはそれなりに優しくするさ」

そうだ。アルヴィスは優しい。そのような真似をするはずがない。この二人が話していることは嘘だ。そうに決まっている。

だが確定事項のように二人は話している。傍にいたレックスはやれやれとあきれ顔だ。ミリアは救いを求めるかのように、レックスへ視線を向けた。そんなことはないと、二人は言いすぎだと言ってほしかった。だが、その希望は直《す》ぐに打ち砕かれる。

「諦めな。あんたの出る幕じゃない。あいつに本格的に嫌われてもいいってんなら止めないけど」

「そんなの——」

嫌だと言おうとしたミリアは言葉を呑《の》み込む。レックスの眼差《まなざ》しに気圧《けお》されたからだ。

「妃殿下に何かしようってんなら、近衛も黙っていない。それはわかるよな？」

優しい声色なのに、どこか怖く感じるのは気のせいではないだろう。これは脅しだった。エリナに手を出そうものなら、容赦はしない。流石《さすが》のミリアとて、それがどういう意味なのかは理解できる。ミリアは首をコクコクと動かす。

「身の丈に合った相手を探すことだ。そうすれば、私たちは何もしない」

「そゆこと」

「……し、失礼しますっ」

震える足でなんとか立ち上がったミリアは、挨拶もそこそこに慌てて会場から出ていく。

誰も傍にいなかったはずなのに、全て聞かれていた。見られていた。それは全身が凍るような恐怖だ。令嬢らしからぬ行動だとわかっていても、早くあそこから離れたかった。

「はぁはぁ……」

時折足を縺《もつ》れさせながらもなんとか控室へ戻ったミリアは、その場にへたり込む。ここならば彼らの耳には届かないだろう。安心したら涙が浮かんできた。その様子を部屋にいた父が怪訝《けげん》そうな顔で見てくる。先ほどまでは怒りでいっぱいだったのに、今はそんな父の姿に安堵《あんど》する。

「お前、戻ってきたのか」

「……私、やめる。あんな怖い人たちが傍にいるなんて、私には無理よ。お母様の嘘つき……アルヴィス様とエリナ様が義務だけの関係なんて嘘っぱちだったのよ。あんなの私の入る隙間なんてこれっぽっちもないじゃない!!」

「さっき、私がそう言ったじゃないの……」

同じく部屋にいたクレイユは、戻ってきたミリアに深く溜息《ためいき》をついた。

「お母様の馬鹿ぁ!!」

城下での噂

「おい、カルロ。出来た品から持っていけ」

「……」

呆《ほう》けている青年カルロには聞こえていないらしい。その視線は、騎士たちへと注がれていた。白い隊服は、ルベリア王国の近衛隊《このえたい》の制服だ。彼らはよくこの店を利用してくれるお得意様でもある。尤《もっと》も、それは近衛隊だけでなく騎士団もだった。

きっとカルロが捜しているのは、近衛隊でも騎士団でもない。その中にいた、人一倍華やかな容姿をしていた彼だ。近衛隊を脱退し、王族となってしまった彼が白い隊服を着て現れることはもうないとわかっていても、ふとした時に捜してしまう。それは彼がこの店の常連だったからか。もしくはそれ以上の意味があるのか。詳しいことはわからないが、来なくなったことで寂しさを感じているのはカルロだけではない。

「ボケッとすんな」

「痛っ」

背中に肘を入れると、カルロはその背中を押さえながらようやくこちらへと顔を向けた。

「店長、痛いじゃないですか」

「ボーッと突っ立っている奴《やつ》が悪い。仕事中だぞ」

「……わかってます。ただちょっと、やっぱり寂しいなと思ってしまっただけで」

「んなこと、今に始まったことじゃないだろうが。特に騎士なんてのは、怪我《けが》だなんだっていなくなることは多い」

別に彼に限ったことではない。騎士を続けられなくなったり、色々な事情で姿を見かけなくなったりすることなんてざらだ。特段珍しいことではない。

「そうなんですけど」

「わかったら、さっさと――」

「さっき聞いたんですけど」

「ったく、ちょっと来い」

仕事に戻れという言葉を遮られて、仕方なくカルロの言葉に耳を傾けるため、作業を手が空いている者に任せ、調理場を離れる。この時間はまだ忙しいほどではない。多少時間を取られるくらいなら許容範囲だ。廊下に出ると壁に身体《からだ》を預けて、腕を組む。こちらが聞く体勢を取ると、カルロも隣に並び同じく壁へと身体を預けた。

「昨日のパーティーで、アルヴィス様と奥方様が」

「王太子妃殿下、だろうが」

「あ、はい。その王太子妃殿下がとても仲睦《なかむつ》まじい様子だったって」

その噂《うわさ》はこちらの耳にも入ってきている。貴族があることないこと噂していくからだ。特にディナーの時は顕著だった。

貴族は個室を使用することが多いが、配膳の際には中に入らなければならない。店の者が入る場合、口を噤《つぐ》むのがマナーだろうが、まるで自慢話のように披露する者たちもいる。無論、ここで見聞きしたことは口外しない。店の信用に関わるからだ。とはいえ店の外で聞いてくる分にはその限りではないので、彼の噂については防ぎようがないというのが実情ではある。今回のような良い噂ならば、注意するようなことではない。

王太子が王太子妃に口づけを贈ったとか、抱きしめて放さなかったとか。カルロは顔を赤くしながら説明する。全てが彼の話であり、カルロは聞いただけだ。顔色を変える必要はないが、カルロにとって彼はそれだけ色恋沙汰には縁遠く見えていたらしい。

「あのアルヴィス様がそのようなことをするなんて想像出来なくて」

「それだけ王太子妃殿下に惚《ほ》れ込んだというだけだろう。別にいいんじゃないのか」

確かに、騎士団・近衛隊と過ごしてきたアルヴィスを知っている人間からすれば、想像することは難しい。しかし、そうしている姿は様になるだろうとも思う。王族特有の金髪をもち、あれほど容姿にも優れている。見た目は本当に華やかで、王子様と言われれば誰もが納得するような人物だ。それこそ歌劇のように振る舞ったとしても似合うはずだ。

「そうなんですけど……本当に遠い人になってしまったんだなって」

「貴族なんて、多かれ少なかれそういう存在だ。まぁこの国は距離が近い人たちが一定数いるのは確かだが、他の国なんて平民の扱いは使い捨てが当たり前だからな」

隣国は特に酷《ひど》かった。近年では、宰相が平民出身ということで奴隷制度もなくなり変わってきているらしいが、それも表面上だけと聞いている。尤も、この国も平民に対する風当たりが変わり始めたのは、十数年前だ。先代国王が崩御して暫《しばら》くしてからだった。カルロたちの世代は、そういう時代を知らない。良い変化だが、それでも貴族と平民の間には取り払うことの出来ない大きな壁がある。ただそれを認識しただけのことだ。

「遠くに行ったところで、あの方自身が変わるわけじゃねぇだろ」

「え？」

驚くカルロの頭をガシガシと掻《か》く。

「ちょっ、店長！」

「元気にしていれば、また会う日が来るってことだ。一方的かもしれんが、それが適切な距離ってもんだからな」

その姿を見る日はまだこれから先何度だってある。たとえ以前のように関わることが出来なくても、全てを忘れるような彼ではない。

「わかっていますよ。ただちょっと寂しいなって思っただけですってば」

「店長、カルロ君ってば王太子殿下と妃殿下の絵姿を持っているんですよ」

「ちょっ、ステラ先輩っ！」

ひょっこりと入口から顔を出したのは、カルロの先輩であるステラ。ニヤニヤと意地の悪い笑みを浮かべている。彼女がカルロを揶揄《からか》うのはいつものことだった。

「ステラ、カルロで遊ぶのもほどほどにしておけよ」

「はいはい、わかってますよ。ほら、カルロ君、休憩はおしまい。ちゃっちゃと働いて」

「待ってください！　わかりましたから放してください」

腕を引っ張ってカルロを連れ出すステラは、手をひらひらと振って出ていった。あれでいて、カルロを可愛《かわい》がっているんだろう。

「全く仕方のない奴らだ……まぁ報告がてらルークの奴に探りでも入れておくとするか」

王宮に勤めている友人の一人の顔を浮かべながら頭を掻く。王都内は王太子妃殿下の懐妊の報が流れ、お祝いの空気が満ちている。不穏な気配はない。しかしそれは王国内だけのこと。国境にいた元冒険者仲間からは、気になる情報がもたらされていた。

「マラーナが荒れる、か。元よりあの国に未来はないじゃねぇかよ」

あの国だけで終わるなら自分にとっては吉報だ。問題はそれがこの国まで来ないかどうかだけ。それでも伝えないわけにはいかない。それが城下に残っている自分の役割なのだから。

帝国領にて

　ザーナ帝国近郊。マラーナ国境付近の街ルカリオ。国境の街ということで、街中には見張り台ともいえる塔がそびえていた。その屋上には帝国の紋章が施された外套《がいとう》を羽織った数人が立っている。

「これは……酷《ひど》いですね」

「どうされますか、皇太子殿下？」

　問いかけられたグレイズは、腕を組んで考え込む仕草をした。その様子を傍《そば》にいる数人が見守る。

　彼らが見ているのは街の外。マラーナ王国との国境にある森だ。木々の合間から見えるのは、薄暗い煙のようなもの。間違いなく、あそこには瘴気《しょうき》が溜《た》まっている。それも、ここから確認できるほどの広範囲で濃厚なものが。

「こんなことならば、テルミナを連れてくるべきでしたか」

「……ですが、あの方ならばそのまま突っ走ってしまわれるのではありませんか？」

　隣に立っている騎士のような恰好《かっこう》をした青年は、困ったように話す。その言葉に同意するように、周りも頷《うなず》いていた。

「それでもテルミナには加護があります。神の加護を得たあの子が一緒ならば、この瘴気の中も調査出来ると思ったのですよ」

「それはそうかもしれませんが」

「ないものねだりをしても仕方ありませんね。ともあれ、本日の調査はここまでといたしましょう。後日、テルミナを連れてもう一度来ます」

「はっ」

帰還の指示を下せば皆が動き出す。その中で、グレイズだけは森の奥を見つめていた。

「我が帝国とマラーナ……そして恐らくはルベリア王国にもその予兆があるはずです。もう少し調べてみる必要がありそうですね。アルヴィス殿にも確認してもらうことが出来ればいいのですが……」

先日飛ばしたモノは届いている頃のはず。ただ、これはあくまでグレイズがアルヴィスに向けて一方的に伝えるだけの手段。アルヴィスから返答があったとして、グレイズの下に届くのはどれだけ早くてもあと三日はかかる。

「帝国とルベリア王国、双方に現れた契約者。ですがマラーナにはその傾向がない。もしくは、いたとしても秘匿されているのでしょうか」

あり得ない話ではない。そもそもマラーナ王国では、大聖堂が王都に存在していない。それだけ教会というものが、マラーナ国内に浸透されていない、受け入れられていないからだ。信者はいるものの、少数派だろう。

「そうであるならば、厄介なことになりそうです」

マラーナ国内だけに影響が出ているならば、干渉すべきではないことだ。しかし、これだけの状況になっていることを考慮するに、帝国やルベリア王国に影響が出始めるのも時間の問題。既に魔物の数などで、変化は現れている。彼らにとって国境などは関係がないのだから。

「例年にはない瘴気の発生頻度。マラーナ王国は我が国の比ではないほどの広がりを見せている。つまり、発生源はかの国にあるということだけは間違いないですね」

「殿下？」

「いえ、何も。気にしないでください」

考え事が口に出るのはグレイズにとって性分のようなものだ。頭の中を整理していると、ついつい口に出してしまう。更には周囲が見えなくなるというのも悪い癖だった。

皇太子という立場にあるグレイズが他国へ、加えて危険だと思われる地へ出向くには生半可な理由では許可が下りない。そこまで考えて、青年は首を横に振った。

「もう少し情報が欲しいものですが、今はこれ以上の成果は出ないでしょう」

「グレイズ皇太子殿下、そろそろお戻りの時間です」

「わかりました」

今日のところはここまでだ。帝都に戻らなければならない。テルミナの様子も見なければならない。放っておけば、テルミナは訓練所辺りで暴れまわってしまう。これはこれでグレイズの頭痛の種だった。

「さぁ戻りましょう、帝都へ。これ以上放置すると、テルミナに何もかも壊されてしまいかねませんからね」

「じょ、冗談でもやめてください皇太子殿下」

グレイズは苦笑する。これほどの男たちが束になってかかっても、あのテルミナには敵《かな》わない。本当に異常だ。恐らくは同じような規格外なものをアルヴィスも持っているはず。何よりも彼の契約した女神はあのルシオラだ。何もないはずがない。

「貴方《あなた》は、何をその身に宿しているのでしょうか。楽しみですね」

焦燥感が示すもの

生誕祭が終わり、そろそろ建国祭の準備も本格的に始まる時期となった。

この日、アルヴィスは執務室でルークと打ち合わせをしていた。内容は今年の近衛《このえ》精鋭部隊による遠征の話だ。

「それじゃあ今年もお前が同行するってことでいいか？」

「あぁ、それで頼んだ」

昨年の遠征同様に、アルヴィスも参加する。当然のごとくエドワルドも参加となった。アルヴィスが同行するに当たって、そのための増員などは不要だ。またアルヴィスが行うのは支援のみで、戦闘に参加することはない。

ルークと内容のすり合わせを行い、アルヴィスは書面に署名をした。

「……こう言っては何だが、遠征など行ってもいいのか？　大事な時期だろうが？」

神妙そうな顔をしたルークがアルヴィスに確認する。エリナが懐妊を公表したことで、面会を求める書状や祝いの品などが沢山王太子宮へ届けられていた。ある程度は捌《さば》いたが、まだ全てが終わったわけではない。それでもエリナに作業をさせるわけにはいかず、帰り次第アルヴィスが確認するようにしている。

という状況なので、エリナの傍《そば》にいられる時間は以前よりもっと少なくなっていた。ルークはそれを近衛隊士経由で聞いていたらしい。アルヴィスは肩を竦《すく》めた。

「それを言ってしまえば、生まれるまで何も出来なくなってしまう」

特師医が傍についているし、侍女らも常にエリナの様子には気を配ってくれている。傍にいるだけでいいとは言われるものの、却《かえ》って邪魔になることもある。

「そもそも俺に出来ることなどたかが知れている。それに……」

「それに？」

「どうも胸騒ぎがするんだ」

エリナのことが心配なのは間違いないし、本心では傍にいたいと思っている。だが、それ以上の何かがアルヴィスの心を騒がせていた。何かが起こる。いや、既に起こっているような気もする。それが何なのかはわからない。

「何か気がかりなことでもあるのか？」

「……うまく説明できない。ただ、行かなければならない。そんな気がする」

そっと胸に手を当てる。勘と言っていいのかさえ、今のアルヴィスにはわからない。わかるのは、放置することは出来ないということ。それだけは確かだ。

「それで今回のルートにここを追加したわけ、か」

「すまない」

毎年同じ場所へ向かっている近衛隊の遠征だが、今回は行き先を追加していた。それは、遠征場所からもそれほど遠くない土地。だが一般人は決して立ち入ることが出来ない場所だった。その場所は、ルベリアの建国の祖とされる女神ルシオラが眠る地と言われている王家の墓所。人の手が入っていないにもかかわらず、荒れ果てず建物が朽ちることもない不思議な場所だった。

「向かったところで現時点では入れないはずだが」

「あの地に入れるのは、五十年に一度の満月の夜のみだからな」

国王とラクウェルは学生時代に入ったことがあるらしい。次に入ることが許されるのは、まだまだ先の話だ。向かったところで、扉が開くことはないかもしれない。それでもその場に行く必要がある。何か根拠があるわけでもなく、ただアルヴィスがそう感じているだけだが。

距離的には一人で向かえる場所なのだが、王都の外にあることがネックになっている。王太子であるアルヴィスが、一人で王都の外に出ることはできない。どれだけ腕が立とうが関係なかった。であるならば、近衛の遠征に合わせて向かえばそれほど手間がかからないと考えたのだ。敢《あ》えて別の日程を組むより、その方が手間も省ける。

「まぁ他ならぬ王太子の希望だ。それを叶《かな》えるのも近衛隊の役割だろう。ただの我儘《わがまま》で向かいたいってわけでもないだろうしな」

「すまない」

「気にするな。この程度、大したことじゃない」

むしろもっと近衛隊を使っても構わないとルークは笑いながら話す。一時期のジラルドは城下に頻繁に行っていた。公務でもなく、ただ娯楽のために近衛隊を連れまわす。それが婚約者のためや、今後の経験のためというのであればわかる。しかし、ジラルドが行っていたのは、婚約者以外の令嬢との逢瀬《おうせ》のためだった。プレゼントも贈っていたらしく、苦言を呈すれば護衛から外される。外されるのは構わないが、後の処理が面倒で渋々従っていた面々も多かったらしい。

アルヴィスは従兄弟《いとこ》だったので、ジラルドの護衛からは外されていた。そのため、全てはかつての同僚たちから聞いた話だ。

「それにお前の勘は放置しておかない方がいい」

「……あぁ」

ルークの視線がアルヴィスの手の甲へ注がれる。もしかしたら女神からの警告なのかもしれない。それを懸念しているのだろう。

「あと俺の方でもちょぃと気にかかる噂《うわさ》は聞いている。尤《もっと》も、隣国の方だがな」

「隣国……マラーナか」

あの国について気にかかることはアルヴィスにもある。王女の件から何となく予想はしていたものの、最近では王太子であるはずのカリバースの噂も聞かなくなった。マラーナ国王は病床に伏しており、危険な状況だという話もある。つまり現在あの国の舵《かじ》を取っているのは、あの宰相ということだ。

平民出身ということで、国内からの支持は高い。アンナからの情報だと、貴族らの中にも宰相と繋《つな》がっている者がいるという。それがどういう影響を与えるのか。今はまだわからない。

「帝国側でも異変が見られると、グレイズ殿からも連絡が来ていた」

「帝国の皇太子か。何だかんだと、うまく付き合っているんじゃねぇか」

「……研究対象に集中している時には近づきたくないが、それ以外なら普通だからな」

研究者気質《かたぎ》は、もうどうにもできない。学園時代には、アルヴィスも何度かリヒトから被害に遭っていた。似たようなものだとすれば、許容範囲内だ。

「随分と広い許容範囲だな……」

「そんなものだろう？」

「学者らの考えなど、俺にはわからんよ」

腕っぷしだけで今の地位についたルークからすれば、確かに別世界のようなものかもしれない。いや、天才という括《くく》りにいるリヒトやグレイズが別格とも言える。アルヴィスとて彼らの考えを理解しているわけではなく、そういうものだと諦めているだけだ。

「近いうちにグレイズ殿とすり合わせを行いたいが」

「今の状況で帝国に向かうのは、流石《さすが》の俺でも止める。尤も、陛下がお許しにならんだろう」

「そうだな」

帝国へ向かうには、マラーナを経由しなければならない。マラーナの情勢が不安定な今、アルヴィスがマラーナ国内に入るのは難しい。同じことは帝国にも言える。今年の建国祭に、帝国からグレイズたちが参加するのも無理だろう。

可能ならば第三の国で会いたいが、最も適しているのがスーベニア聖国だ。距離的にも双方から同じくらいの位置にある。ただ海路を使わなければいけないので、それなりに日数がかかるのが難点だ。

「この件は後回しにするしかないな」

どれだけ考えようが、答えは出ない。アルヴィスは重い息を吐いた。

「あれもこれもと手を出せば、何かを見落とすこともある。今は目先のことに集中しろ」

「わかった」

「では、そろそろ私は詰所に戻りますので、失礼します」

ルークが砕けた口調を公式の口調へと戻す。胸に手を当てて頭を下げて執務室を出ていった。

一人きりになったアルヴィスは、己の左手から手袋を外す。最早《もはや》見慣れつつある紋章。最近アルヴィスの胸を騒がせている理由の一つが、これではないかという疑念が拭いきれない。女神ルシオラの紋章ならば、悪いことではないはずだ。

「だとしても、この感覚は」

『神子《みこ》の懸念は正しい』

「ウォズ？」

淡い光と共にアルヴィスの目の前に姿を現したウォズ。紅の瞳がどこか鋭さを増しているような気がして、アルヴィスは身構えた。

「その気配は」

『……神子には伝わるか』

「あぁ。何かに警戒でもしているのか？」

たとえるなら戦闘前の緊張感を纏《まと》ったものに似ている。ただどことなく、不安定なようにも見えた。アルヴィスの問いに、ウォズは目を伏せる。

『我にも説明が出来ぬのだ。ただ、いつになく淀《よど》んだ気配を強く感じる』

「それは、瘴気《しょうき》が濃くなっているということか？」

『神子が言う瘴気というのは、負の因子が具現化したものだ』

負の因子。初めて聞く言葉に、アルヴィスは驚いた。だがウォズはそのまま話を続ける。

『引き寄せられる地というのは存在する。だが、負の因子自体はどこにでもあるもの』

「つまりは、瘴気自体はどこでも発生し得るということか？」

『具現化するほどのものとなると場は限られる。常ならば』

ウォズの言い回しに引っ掛かりを覚えた。では、今は違うというのか。

「ウォズ、それは――」

『我にもこれ以上はわからぬ。我は女神の眷属《けんぞく》ではあるが、その知識を有しているわけではないのだ。それに』

言いかけたウォズは、アルヴィスをじっと見つめる。アルヴィスも視線を逸《そ》らすことなく、正面からそれを受け止めた。

『神子の異能は、それを補うものなのかもしれぬ』

「……」

アルヴィスの異能。ウォズが言うそれは、マナを読み取る力のこと。ウォズに会うまでは、この力について意識したことはなかった。マナ操作に長《た》けている者ならば、誰でも出来ると考えていたからだ。実際に出来る者に会ったことはないが、それでも特別だとアルヴィスは考えていない。だが、現時点でそれが出来るのはアルヴィスだけだ。

「俺にしか出来ないことがある、ということなんだな」

『うむ』

領《うなず》くウォズだが、釘《くぎ》を刺すことも忘れなかった。

『ただ、忘れぬことだ。その力は乱用してはならぬことを。人の身では、知ることさえ許されぬ領域がある』

言い換えれば、それさえも知り得る可能性をアルヴィスは持っているということだ。以前、聖水を読み取ることを止めた時のように、恐らくウォズは止めにかかってくるだろうが。

『もしその領域へ入れば、神子自身も無事では済まぬ』

「どのような影響があろうと、必要ならば俺はそれを選ぶ。それがこの国を守る力となるならば」

この国とエリナを守るためならば耐えられる。アルヴィスとて、進んで自らを犠牲にしようとまでは思っていない。しかし、それしか手段がないならば迷うことなくそれを選ぶだろう。それが王太子となった己の責務なのだから。

『それが神子の在り方だと我も理解しておる。我も共に在ることを忘れるではない』

「あぁ」

心強い言葉に、ウォズの頭を優しく撫《な》でた。ウォズは少し擽《くすぐ》ったいようではあったが、じっとそれを受け入れる。こうして見ると小動物そのものだ。だが、その存在はアルヴィスにとって最早手放せなくなりつつある。今アルヴィスの中に燻《くすぶ》っているもの、それを共有できる唯一の存在なのだから。

歴史との邂逅

　翌日朝早く目が覚めたアルヴィスは、恒例となっている朝の鍛錬を終えた後で書庫へと来ていた。書庫の奥まった場所にある禁書庫。そこの一つの棚の前で足を止めると、一冊の厚い書物を手に取る。

「豊穣《ほうじょう》の女神、か」

　パラパラと頁《ページ》を捲《めく》っていくと、一つの絵姿が目に留まった。それはアルヴィスが目にしたことのある姿と同じもの。逆にここまで正確な姿が残っていることに疑念を感じる。

　こういった類のものは、作者によって姿形が変わることが普通だ。だが、大聖堂にある像といい、残されている書物らといい、豊穣の女神ルシオラは全てが同じ絵姿で描かれている。作成された年から見ても、実際に生きている姿を見たことなどあるわけがない。それでも同一に描かれているのは、そこに何らかの意味があると勘繰ってしまう。

「意図的か、もしくは俺以外の契約者が残したもの、と考えるのが妥当だろうな」

　ルベリア王家は過去に契約者を出していた。その子孫であるアルヴィスが再び契約者となったことは、全て血筋のせいだと言われている。しかし何の意味もないはずがない。ここ最近、アルヴィスは言いようのない焦燥感を抱いていた。具体的に何が、ということは説明できない。ただ何となく、胸が掻《か》き立てられるような感じがする。

「くっ」

その時、強い痛みのようなものを感じ、アルヴィスは己の胸を強く摑《つか》む。その拍子に本を落としてしまったが、それを気にかける余裕がアルヴィスにはなかった。

「っ……はぁはぁ……」

『神子《みこ》……』

何度も深呼吸を繰り返し、それが治まるまでただただ耐える。足下にウォズが現れているが、それを気にする余裕がない。心配そうな声だけが耳に届く。ウォズにもわかっているのだ。どうすることも出来ないと。アルヴィスはその場に座り込み、本棚へと寄りかかりながら目を閉じた。

「はぁ……」

額に滲《にじ》む汗を、ウォズが拭ってくれる。その小さな手で触れられると、少しくすぐったさを感じた。

「すまない、ウォズ」

『いや、我もこれくらいしか出来ぬ』

ただの気安めに過ぎない。それがわかっていても、何もせずにはいられなかったのだろう。ここが禁書庫であることに感謝する。このような姿を他の誰かに見られでもすれば、大騒ぎになってしまう。特にエリナにだけは、見せられない。

『本当に黙ったままでよいのか、神子？』

「ただでさえ大事な時に、俺のことで不安にさせるわけにはいかない」

『……』

もう一度深呼吸をして、アルヴィスは天井を仰ぐ。今出来ることは待つことだけだった。暫《しばら》く治まらないのは、ここ数日で経験済みだ。

どれだけそうしていただろうか、少しだけ痛みが治まってきたところで、コンコンと扉を叩《たた》く音がした。

「アルヴィス様、そろそろお戻りになりませんと」

それはエドワルドだった。禁書庫には、王族以外立ち入ることが出来ない。書庫の前で別れたのだが、朝食の時間が近づいてきたので呼びに来たのだろう。

「アルヴィス様？」

返事がないからか、エドワルドの声が不安そうなものへと変わる。

『神子、行けるか？』

「あぁ……大丈夫だ」

エドワルドは聡《さと》い。下手な芝居を打ったところで、気づかれてしまう。アルヴィスにも説明できないことなので、指摘されたところで答えようがないのだが。

胸に手を当てて心を落ち着かせると、アルヴィスはゆっくりと立ち上がった。そして足下に落ちた本を拾い上げて棚へと戻す。持ち出しが出来ないものなので、時間が空いた時にまたここへ来るしかない。

「アルヴィス様、どうかされましたか？」

「今行く。少し待っててくれ」

聡い幼馴染《おさななじみ》に気づかれぬようアルヴィスは表情を取り繕った。

エドワルドと王太子宮へ戻ったアルヴィスは、エリナと共に朝食を摂《と》った。その後サロンに向かい、二人で食後のティータイムを楽しんでいた時、アルヴィスは視線を感じてカップを持っていた手を止めた。見れば、エリナがジッとアルヴィスを見つめている。ドキリとしたものの、それを出さないようにしながらアルヴィスは微笑《ほほえ》んだ。

「どうかしたのか？」

「アルヴィス様、何か心配ごとでもあるのですか？」

「いや、そんなことはないが」

焦りを感じているものの、それを表情に出さないようアルヴィスは必死だ。

「……そうですか」

やはりというかエリナは鋭い。一緒にいる時間が多ければ多いほど、アルヴィスが抱える何かに気が付いてしまうだろう。それを嬉《うれ》しいとは思うが、今のエリナには自分のことだけを考えてほしい。アルヴィスはエリナの頭にポンと手を乗せた。

「ありがとう、エリナ」

「アルヴィス様」

「そろそろ出かける。遅くなると思うから、待たなくていいからな」

「わかりました」

ほんの少し寂しさを見せるエリナに、アルヴィスは顔を近づける。そして額に触れるだけの口づけを贈った。

「行ってくる」

「はい、行ってらっしゃいませ。あまり無理をなさらないでくださいね」

「気を付けるよ」

こうして宮を出るのが最近のアルヴィスの日常となっていた。

妃が気づいていたこと

アルヴィスを見送ったエリナは、その後ろ姿を思い出して深く息をつく。

「エリナ様？」

「私の勘違いなのかしら。でも、やっぱりちょっとお疲れのようにも見えるわ」

「アルヴィス殿下のご様子のことでしょうか？」

サラの言葉にエリナは頷《うなず》く。今のアルヴィスはエリナが行うはずだった作業も一部補ってくれている。加えて、懐妊へのお祝いの対応もアルヴィスがしているのだ。疲れていないはずはないのに、彼から「疲れた」という言葉を聞いたことはなかった。最早《もはや》それだけの仕事量など、アルヴィスにとっては苦ではないのかもしれない。

それでも、最近のアルヴィスは何か考え込んでいるように、ボーッとしていることもある。それが疲れからだけではなく、何か気にかかることがあるからだとすれば……。

「お帰りも遅いですし、お疲れだとは思いますが……」

「それだけではないのよ。何と説明をすればいいのかわからないのだけれど、思考に耽《ふけ》っているというか……この前は、ほんの一瞬苦しそうにしていらっしゃったの」

エリナの気のせいかもしれない。けれど、気のせいでは済ませられない何かがあるような気がす確信はない。もしかしたら、リュングベルで負った怪我の痛みがまだ残っている可能性だってある。傷は塞がり、痕は残ったが日常動作に影響はないと言われた。だが、剣を振る時には暫く違和感を抱くこともあるだろうと聞いている。それが原因だとすれば、アルヴィスには伝えないだろう。

「でも、どうしてなのかしら。それだけではない。どうしてかそんな気がするの」

エリナには知らせることのできない何か。どこか体調でも悪いのではないかと感じることもある。もしそうだとしても、アルヴィスはエリナには伝えないかもしれない。それが容易に想像出来た。ならば知らないフリをするのが一番いい。知れば確実にエリナは不安でたまらなくなるのだから。ならばこのままがいいのだ。きっとエリナの考えすぎだ。そう結論付けて、エリナは首を横に振った。

「ごめんなさい。やっぱり何でもないわ……サラたちからすれば、きっといつも通りなのよね？」

「そうですね。お変わりない、と思います」

「そうよね」

エリナがアルヴィスと過ごす時間は、朝くらいしかない。ずっと話をしているわけでなく、お互い黙ったまま過ごすこともある。それでも、エリナにとっては苦ではなかった。隣にアルヴィスがいて、のんびりとお茶を楽しむだけの時間。視線を合わせれば、アルヴィスも微笑《ほほえ》みを返してくれる。ただそれだけのことが幸せだと感じる。幸せすぎるから不安になっているだけだ。

「アルヴィス殿下もエリナ様については心配をなさっておられますよ」

「え？」

「今は大事な時期ですし、エリナ様がどうしているのか。毎回お聞きになりますもの」

エリナが寝た後、アルヴィスが帰宅してからは必ず確認するという。日中は何をしていたのか、体調が悪くなっていないかなど。エリナにとっては初耳だ。

「そうなの？」

「きっとアルヴィス殿下も同じなのだと思います。ですから、あまり気になさらない方が宜《よろ》しいのではありませんか？　それでエリナ様が体調を崩すことにでもなれば、殿下は心配できっとお傍《そば》を離れませんよ」

アルヴィスに限って職務を疎《おろそ》かにするような真似《まね》はしないだろう。それでも心配させてしまうことは間違いない。エリナは、サラの言葉に困ったように笑った。

「ありがとうサラ。ちょっと落ち着いたわ」

「いいえ。気になることがあれば、何でも仰《おっしゃ》ってください。話をするだけでも、気持ちは変わると言いますから」

「そうね」

また午後には、ハーバラも来てくれる。他愛ない話もするけれども、最近ではそこにエドワルドを呼ぶこともあった。アルヴィスからも承諾を得ていることもあるのか、エドワルドも律儀に応えてくれている。

「ハーバラ様とハスワーク卿《きょう》……私としてはハーバラ様を応援したいのだけれど」

エドワルドは、忠誠心が高い。その中心にいるのは、いつだってアルヴィスだ。彼の行動の延長線上には、全てアルヴィスがいる。だからこそ、アルヴィスのためにならない行動はしない。そういう点がハーバラからすれば、信用に値するらしい。

「ですが、ランセル侯爵令嬢様は名家のご令嬢です。ハスワーク卿はアルヴィス殿下の侍従ではありますが、貴族家の生まれではありません」

サラの言いたいことはよくわかる。ハーバラとエドワルドでは身分差が大きい。ルベリア王国は王侯貴族制の国だ。貴族の結婚は家同士の繋《つな》がりを示す。だからこそ幼い頃から婚約して、より繋がりを強固にしていくのが普通だった。それを壊してしてしまったのが例の彼らなのだが。

「ハスワーク卿のご実家は、元はハスワーク伯爵家。ベルフィアス公爵家に仕えるために、伯爵家を出たのだから、その血筋は間違いなく貴族家のものでしょう？」

アルヴィスの側近と言えるのは、今はエドワルドしかいない。侍従という地位なのは、あくまで貴族ではないからだ。将来的には爵位を与えられるだろうと想像できる。元々の家であった伯爵家に養子に入るのかどうかまではわからないが、アルヴィスが何も考えていないはずがない。

「ではランセル侯爵令嬢様もそのことを」

「ハーバラ様は情報通でいらっしゃるから、全て承知の上でハスワーク卿を選んだのではと思うわ」

エリナからは、ハーバラが恋慕という形でエドワルドを求めているようには見えなかった。けれど、ハーバラはエリナがいる前でエドワルドに告げていた。パートナーになってほしいと。それも生涯のだ。つまり、結婚相手になってもらいたいということになる。

しかしそれを告げたハーバラ自身はどこか楽しそうで、恋慕している相手に伝える様子ではなかった。一方、告げられたエドワルドはどうだったか。当然といえばそうなのだが、丁寧に断りを伝えていた。珍しく言葉に詰まっていたのが印象的だ。

「もしかしたら、ハスワーク卿の方が言いくるめられてしまうかもしれませんね」

エドワルドが言いくるめられる。あまり想像出来ないが、ハーバラが相手だ。可能性はゼロではない。

「何よりもハーバラ様が楽しそうだものね。私に出来ることがあれば、喜んで協力するつもりよ」

ハーバラは大切な親友だ。エリナがふさぎ込んでいた時も、いつも気にかけてくれていた。ついエリナの方が頼りにしてしまっていたが、次はエリナがハーバラの力になる番だ。エリナはぐっと手に力を入れて、気合を入れるのだった。

侯爵令嬢と侍従の関係

「ここのお店ですわ。私共の商品を卸しておりますの」

「そうなのですか」

エドワルドは、何故《なぜ》自分がここにいるのか不思議に思っていた。普段ならば、アルヴィスの手伝いのため、資料の整理や調整などやることは多々ある。王太子宮と王城を往復するのが常の日々に、こうして城下に来る用事は滅多にない。それこそアルヴィスに依頼でもされない限りは来ないだろう。

だが、今エドワルドと共にいるのはランセル侯爵家の令嬢であるハーバラだった。ある商会の店内を見て回る。そこにはランセル侯爵家から卸されている商品が並んでおり、ハーバラはその説明をしてくれた。エドワルドはただ聞いているだけだ。

「どうかされましたか?」

「いえ、何でもありません」

「そうですか。あ、あちらへも参りましょう」

ここが終われば次の場所へ。ハーバラの足は止まることがない。噂《うわさ》以上に活発な令嬢のようだ。

「あの、ランセル侯爵令嬢様」

「ハーバラ、とお呼びください。ここで家の名を出されては、私が来る意味がありませんの」

お忍びで来ているので、家名を出さないように。ハーバラはそう言うが、その外見を見れば一発で判明してしまうのではないだろうか。ランセル侯爵家の者が銀髪に紫色の瞳をしているというのは有名な話だ。その目立つ容姿を隠そうともしないので、確実にバレている。つまりはエドワルドに名を呼んでもらう大義名分なのだろう。

しかし、エドワルドにはこれに応えるしか道がなかった。バレていることが確実でも、家名で呼べばそれを肯定することと同義。伏せていれば、いくらでも誤魔化すことが出来る。

「承知しました、ハーバラ……様」

ハーバラ嬢と呼ぶべきか迷ったエドワルドだが、ハーバラに満面の笑みを向けられて降参するかのように「様」をつけて呼んだ。これすら、エドワルドには過ぎた対応だ。それもこれも、アルヴィスのせいだ。いや、そもそもエドワルドはエリナの依頼に従ってハーバラを商会まで送り届けるために来たのであって、城下をめぐるために来たのではない。

「ですが、あの」

「どうして貴方《あなた》を連れまわすのか？　でしょうか」

「はい」

即答すれば、ハーバラはクスクスと笑い声を上げた。

「正直ですわね。でも、私も申し上げましたではありませんか？　貴方を私のパートナーにしたいということを」

「気まぐれはおやめくださいませ。私はあの方にのみお仕えします。それ以外の方の下へ行くつもりはありません」

どれほどの条件を与えられようが、アルヴィスの傍《そば》を離れるという選択肢は存在しない。学園へ通うためにアルヴィスの傍を離れたあの一時、あの時間をどれほど後悔したことか。だからこそ二度と離れないと決めた。ゆえに、結婚相手もエドワルドは必要としていない。

「これから先、結婚することも恋人を持つこともありません。貴女様《あなたさま》に応えることは出来ないのです」

「……わかっておりますわ」

「え？」

ハーバラは否定することなく、エドワルドの言葉を受け入れた。それがエドワルドには信じられない。

これまでエドワルドに近づいてくる女性が全くいなかったわけではなかった。だが、そこにはアルヴィスの傍に行けるという付加価値を求めている者が多数。決してエドワルド自身を求めているわけではなかったのだ。しかし、ハーバラはそれは承知の上だという。

「では、私に何をお求めなのですか？」

恋人になることも傍にいることも出来ないというエドワルドの想《おも》いを知っているのならば、何故このような真似《まね》をしているのか。ハーバラは侯爵令嬢だ。その気になれば、エドワルドなど霞《かす》むほど相手など沢山いるだろう。

ハーバラはその場で立ち止まり、商店街となっている街並みを眺める。何かを思い出しているのか、遠くを見つめながら口を開いた。

「ハスワーク卿《きょう》、私には婚約者がおりましたの」

「……存じております」

ハーバラの元婚約者はキース・フォン・ランド。元伯爵子息であるが、今は貴族籍から抜けていた。家名も名乗らせてもらえないため、ただのキースだ。彼とハーバラは幼馴染《おさななじみ》であり、良好な関係を築いていたという。リリアンが現れるまでは。

「私は、あの人が好きでしたの。ずっと一緒にいると疑ってなかったのですわ」

「それが婚約というものですから」

婚姻を約束した間柄なのだから、その先も一緒だと考えるのが普通だ。それを窮屈だと思う人もいるようだが、それが貴族という存在。受け入れられないならば、貴族を捨て平民となればいい。ゆえに、例の件に関わった令息らは揃《そろ》って平民となった。

「それをあの馬鹿な女の甘い言葉に唆《そそのか》されて、はっきり言って呆《あき》れましたわ」

「……」

「辛《つら》いと甘い言葉に癒されたくなるのはわかりますの。けれど、それを理由に全てから逃げるなど許されません」

甘い言葉というのは、恐らくハーバラの婚約者がリリアンに懸想するに至った原因の一つなのだろう。報告書によると、リリアンは各令息たちを言葉巧みに引き込んだらしい。まるで彼らの過去や心の中を知っているかのようだと、アルヴィスが言っていた。だが、アルヴィスからすれば心底気味が悪いらしい。自分しか知らないはずのことを知られている。確かに、エドワルドでも気味が悪いと思うだろう。だが、令息らはそのように感じなかったらしい。この時点で、呆れられても仕方ない。

「私たちは貴族。たくさんの領民と共に王族の方々を、国を支えることを生まれながらに担っているのです。ましてや、それを『好きだから』で片付けられるほど甘い世界ではありませんのよ」

「仰《おつしや》る通りです」

「好きになった彼女が王太子妃になりたい？　それでも彼女が好きだ？　実らなくても傍にいたい？　阿呆《あほう》ですの!?」

段々とヒートアップしてきたハーバラ。声は小さいが、だからこそ彼女の怒りが伝わってくる。信じていた彼から告げられたのがそれだとすれば、なんと酷《ひど》い言葉だろうか。

「あんな馬鹿でも、私は傷つきましたわ。だからこそ望むのです……あのようなことになるならば、私は誰よりも信じられる相手を求めたいと」

「ハーバラ様」

アルヴィスが言っていた条件。絶対に裏切らない相手。いつだって笑みを絶やさず、貴族令嬢として振る舞っているハーバラだが、その中にも傷は存在する。エリナには、きっと己が今でも彼を許せずにいるなどと話すことはないのだろう。それはきっとハーバラの優しさだ。

大衆の前で断罪されたのはエリナだけであり、社交界の話題もエリナのことばかりだった。ハーバラたちも婚約がなかったことにされたが、嘲笑されるようなことはなかったという。全ての注目はエリナに集まっていた。エリナの陰に隠れて守られてきたともいえる。エリナもわざわざハーバラたちの話題を出すことはない。周囲だってエリナというエサがあるので、ハーバラたちの話を切り出すこともなかった。それも、今では王太子夫妻の仲睦《なかむつ》まじい噂で払拭されているため、全て過去の話となっている。

「私は――」

「ロゼ!?」

そこへ突然、声を上げながら男性が走って近づいてくるのが見えた。エドワルドは直《す》ぐにハーバラを己の背に隠そうと前に出る。

「ロゼ、ロゼだろ?」

エドワルドが前に立ったことで、ハーバラは隠れて見えなくなる。それを覗《のぞ》き込もうとしている男性。灰色っぽい茶髪に朱色の瞳。どこかで見たことがある顔だ。視線だけハーバラへと送れば、彼女は頷《うなず》いた。なるほど、彼はやはり元婚約者のキースらしい。

「……どなたでしょうか？」

「何だお前は？」

「まずは己から名乗るのが礼儀ではないでしょうか？」

どれだけ睨《にら》まれようともエドワルドがここを避《よ》けることはない。アルヴィスからもエリナからもハーバラのことは頼まれている。それに、エドワルドはアルヴィスの侍従だ。この場を引くことなど出来るわけがない。

「僕は、キース・フォン・ランドだ」

「ランド家に、キースというご子息は既におられません」

「なっ!?」

彼は、エドワルドの言葉そのものに驚いたのではないだろう。既に知っているはずだ。彼が貴族籍から抜かれていることも、ランド家からは廃子とされていることも。単純にエドワルドがそのことを知っていることに驚いている。そう考える方が自然だろう。

「だが、僕はそこにいるロゼの婚約者だったんだ！　そうだろ、ロゼ！」

「私は貴方のロゼではありませんわ。どなたかと勘違いなさっているのではなくて？」

仕方ないと溜息《ためいき》をつきながら、ハーバラは顔だけを出してキースへと告げる。

「僕が間違えるはずがないだろう！」

「だとしても、私はこの方とお付き合いをする予定ですの。既に想い人がいるのに、他の誰かとだなんて馬鹿な真似できませんわ。貴方と違って」

「ロ、ゼ……」

キースがあのキースだとわかっている。その上でハーバラは彼を突き放した。ハーバラという婚約者がいるのに、リリアンに想いを告げていた彼とは違うと。呆然《ぼうぜん》と立ち尽くすキースに対し、ハーバラは深く溜息をついた。そして、エドワルドの腕を引く。

「参りましょう。このような愚かな方とお話をしていたら、こちらまでおかしくなってしまいそうですわ」

「わかりました」

「ではごきげんよう。自由になられて良かったですわね。心よりお祝い申し上げますわ」

盛大な嫌味を告げて、ハーバラとエドワルドはその場を足早に去った。人が多い広場まで戻ってくることにはなったが、どうやら彼は追ってこなかったらしい。

「申し訳ありません、ハスワーク卿。愚かな場面を見せてしまいましたわ」

「謝罪は必要ありません」

あまり顔色がよくないハーバラへと、エドワルドは手を貸す。近くのベンチに座らせれば、共に座るように懇願されてしまった。根負けしたエドワルドは大人しく、ハーバラの隣に腰掛ける。

「ロゼというのは、私の昔の愛称でしたの。今では、もう呼ぶ人などおりませんが」

「そうでしたか」

「このような場所で会うなんて思いもよりませんでしたわ。本当に反省もしておられないようで、ランド家の方々の苦労がしのばれますわね」

キースは放逐され、既に家との関わりはない。あの恰好《かっこう》からして、良い生活をしていないことは間違いなかった。ハーバラの助けを借りたかったのだろう。ハーバラがキースに想いを寄せていたことを彼は知っていた。きっと学園での行動も、心のどこかでハーバラが許してくれると考えていたのだろう。どちらにしても手ひどい裏切りには間違いない。

「ありがとうございました、ハスワーク卿。今日はこれで帰りますわ」

「お屋敷までお送りします」

「いいえ、ここでお別れしましょう。私にも令嬢の矜持《きょうじ》というものがございますの。あまり情けない姿を見せるわけにはまいりませんのよ」

ハーバラがそうして手を上げれば、私服の騎士が近づいてくる。ランセル侯爵家の護衛騎士だ。遠くからずっとつけていたのは、エドワルドも気が付いていた。令嬢の一人歩きなど、そう簡単に許されるわけがない。やはりというか、つまりこれは全てハーバラがエドワルドと街歩きという名のデートをしたかったということなのだろう。

「エリナ様と王太子殿下にもお礼をお伝えくださいませ。楽しい時間でしたわ」

「……ハーバラ様」

「私は負けず嫌いですの。ですから、諦めたりしませんわ」

遠くから馬車がやってくるのが見えた。ランセル侯爵家のものだ。ここで自由な時間は終わり。エドワルドはどうすればいいのか混乱していた。ただ一つわかったことがある。絶対に裏切らない人がいいと告げたハーバラに、エドワルドは彼女の不安を読み取った。それがどこか幼い頃のアルヴィスの瞳と被《かぶ》る。そう思った時、エドワルドはハーバラの手を取っていた。

「え？」

馬車が到着し、今まさに乗ろうとしていたところで手を取られたハーバラの目は驚きに満ちていた。

「ハーバラ様」

「はい」

「私はアルヴィス様が大切です。他の誰よりもあの方を守りたいと思っています」

このようなことを令嬢に言うのは失礼だろう。だが、それでもエドワルドには譲れない一線だった。

「ですが、あの方と同じような瞳をした貴女を放ってもおけません」

「ハスワーク卿……」

「ハーバラ様が私を諦めないと仰るならば、私もまたそれに応えたいと、そう思い始めていることを否定できません」

いつも冷静でいると自負しているが、今はエドワルド自身何を言っているのかわからなかった。

ハーバラを令嬢として好ましいとは思う。だが、これは恋情ではない。わかっていても、あの時のハーバラの不安を放っておけなかった。全ての理由がアルヴィスの延長線上にある。これはただの自己満足だ。

「実直ですわね、ハスワーク卿」

ハーバラもその言葉の意味を全て理解しているようだった。だが彼女は笑う。全て予想通りだとでもいうように。

「酷い言葉を言っている自覚はあります」

「酷くはありませんわ。ですから……私はハスワーク卿がいいのですわ」

そう言うとハーバラはエドワルドに取られていた手を自分の下へと引っ張る。その勢いのまま、エドワルドとハーバラの距離がほぼなくなりかけたその時、エドワルドは頬に柔らかな感触を受けた。

「これでも気は長い方ですの。私は待てますわ。ハスワーク卿が結論を出されるまで」

悪戯《いたずら》が成功した子どものように片目をつぶって笑いかけたハーバラは、そのまま馬車へと乗り込んだ。窓を開け、エドワルドに手を振ったハーバラ。そのまま馬車に乗って去っていった。

一人取り残されたエドワルドはというと、片手を腰にやりながら苦笑する。

「全く、仕方のない令嬢《ひと》ですね」

やられた感は否めなかったが、それでも気分は悪くない。今回のことをどのように報告すべきか。

それだけがエドワルドにとって難問だった。

古い書庫にて

「城下の警護および、当日の王城内の配置については問題ないでしょうか？」

ヘクター騎士団長から提出された書類にアルヴィスは目を通す。建国祭の城下の警備は例年通り騎士団が行う。パーティー会場は近衛隊《このえたい》がメインで警護をするが、それ以外の場所は騎士団からも人員を割く予定だ。

「あぁ、問題ない。これで頼む」

「承知いたしました」

コンコン。

するとそこに執務室の扉を叩《たた》く音が届いた。アルヴィスが許可をすれば扉が開く。姿を現したのはエドワルドだ。

「失礼いたします」

「大聖堂の件か？」

「はい。予定通りで構わないと」

「わかった」

「そういえば、殿下は本日大聖堂へ行く予定でしたか」

王城の外に出るということで、騎士団長であるヘクターにも報告していた。無論、護衛につくのは近衛隊なので騎士団が動くわけではない。ただの情報共有という意味しか持たないものだ。

「あぁ。たまには顔を出さないといけないしな」

目的はそれ以外にもある。とはいえ、大聖堂に定期的に顔を出さなければならないのも本当だ。ルベリア王国は国王による治世が行われているが、大聖堂の存在を無視はできない。過去にはいがみ合ったこともあるらしいが、王家と大聖堂の不和は国を揺るがしかねない大事となり得る。お互いにそれを理解した上で付き合っていかなければならない。

「近い距離ではありますが、お気をつけて行ってきてください」

「ありがとう」

「いえ、では私はこれで」

深々と頭を下げると、ヘクターは執務室を出ていった。ヘクターを見送ったアルヴィスは溜息《ためいき》をつきながら、背もたれへと背中を預ける。窓から見上げた空は、もうすぐ茜色《あかねいろ》へ染まっていくはずだ。

王城から大聖堂までさほど距離はない。ただ一つだけ不満があった。

「……徒歩で行く方がよほど速いんだが」

そう、馬車で行かなくてはならないという点だ。結婚式の時や、立太子の時のような馬車ではないにしても、そもそも馬車を使う距離ではない。徒歩で行く方が、どれだけ楽なことか。

「建国祭が近づいてくると、王都内は人の流れも増えてきます。無防備に動かれては困ります」

「わかっている。言ってみただけだ」

隠れて行ってもいいのだが、それでは大聖堂側も戸惑う。結局は、馬車でセオリー通りに向かうしかない。

「この時間帯は、それほどお祈りに来る方も多くないということですから、我慢なさいませ」

「俺が駄々を捏《こ》ねているように言うなよ」

「違いましたか？」

「エド……」

恨めし気な視線を送れば、エドワルドは意地の悪い笑みを浮かべている。完全に揶揄《からか》われていた。

アルヴィスは舌打ちをして、天井を仰ぐ。何をするでもなく、ただ天井を見上げるだけ。その様子に何かおかしいと思ったのか、エドワルドが傍《そば》へと近寄ってくる。

「少し時間をずらしましょうか？」

先ほどとは違って心配そうに聞いてきた。ほんの少しだけ、また感じた痛み。誤魔化そうと思ったが、エドワルドの前では無理だということだ。

「……いやいい。直《す》ぐに準備する」

「ですが――」

「大丈夫だ」

この程度、これまでの中では一番軽いもの。耐えられないものではない。目を閉じて深呼吸をすると、アルヴィスは姿勢を戻した。机の上にある書類たちを片付けて、引き出しへとしまう。残りの作業は、大聖堂から戻ってきてからやればいい。

「今日も夕食は一緒に摂《と》れそうにないな」

「妃殿下に何かお伝えしてまいりましょうか?」

少し考えてから、アルヴィスは頷《うなず》く。

「そうだな、頼めるか?」

「お任せください」

エドワルドは大聖堂へ同行しない。とはいえ、細々とした作業を頼んでいるので、エドワルド自身も忙しい身だ。アルヴィスと違って外出はしないというだけで。

別の引き出しから紙を取り出すと、アルヴィスはペンを執った。夕食を一緒に摂れないこと、アルヴィスを待たずに先に寝ていること。それらを謝罪の言葉と共に書き終えると、封をしてエドワルドへと渡す。

「エリナに渡してくれ。これは手で開けてくれて大丈夫だ」

「そのようにお伝えします」

「レックスは外にいるか?」

「いえまだ――」

エドワルドの言葉を遮るように、再び扉が叩かれた。あまりのタイミングの良さに、アルヴィスは肩を竦《すく》める。

「エド、出てくれ」

「かしこまりました」

エドワルドを向かわせ、アルヴィスも立ち上がった。ソファーに掛けてあった上着を羽織っていると、扉から予想通りの顔が姿を見せた。

「アルヴィス、こっちの用意は出来たぜ」

「今行く。エド、留守は頼んだ」

「はい、お気をつけて行ってらっしゃいませ」

エドワルドに見送られる形で執務室を出る。外にはディンも待機していた。そこのことにアルヴィスは驚く。アルヴィスの記憶が確かならば、今日は休暇だったはずだ。

「何故《なぜ》ディンがいる?」

「……王城の外に出るならば、私が同行すべきでしょう」

確かにディンは立場的に専属護衛筆頭だ。しかし、王都の外に出かけるのであればまだしも、行き先はさほど離れていない場所である。アルヴィスからすれば、護衛すら必要としないような場所。わざわざ休日を返上してまで付いてくるほどのところではない。

アルヴィスが反論しようにも、ディンはスタスタと先に歩いていってしまった。仕方なくアルヴィスもそれに付いていく。

「ディン、大聖堂に行くだけなんだから別に――」

「アルヴィス、アルヴィス」

アルヴィスの言葉はレックスの声によって遮られた。耳を貸せというので、身体《からだ》を近づける。

「ディンさん、奥さんに言われたらしいんだ」

「何を？」

「筆頭を名乗るならば、外出時は常に傍にいるのが当たり前だ、って」

「おいおい……」

ディンの奥方のことはあまり知らない。確か子爵家の次女だったはず。結婚したのは随分前だと聞いているので、付き合いは長いはずだ。想像出来ないが、ディンは奥方に弱いのだろうか。

「ほら、お前は何度も怪我《けが》しているだろ？」

それを言われてしまうと、アルヴィスも弱い。言い訳のしようもない。実際に怪我をしたのは事実なのだ。しかし、それは決してディンら近衛隊に不備があったわけでも、力不足だったわけでもない。

「それは俺の自業自得だ。無関係ではないにしろ、表立ってお咎《とが》めがあったわけじゃないんだから」

「俺に言うなよ。それにルーク隊長から聞いただけで、これ以上は俺だって知らないんだ」

こそこそと話をしていると、前を歩いていたディンの足が止まる。反射的にアルヴィスもレックスも足を止めた。

「シーリング」

「は、はいっ」

「人目がある場所では言葉遣いに気をつけろ」

ここは王城内の回廊。たしかに人目がある場所といえなくもない。レックスは素直に頷く。

「……はい」

「殿下も、あまりシーリングを甘やかさないでください」

「あ、あぁ」

内容には一切触れず、ディンは再び歩き始めた。

「……まぁいい。行くぞ」

「はいはいっと」

気安く返事をしたレックスに、ディンがもう一度足を止めて視線を向ける。

「シーリング」

「承知しましたっ!!」

いつになく厳しい様子のディンに、レックスは肩を落とした。そんなレックスの背中をアルヴィスがポンと叩く。

「なんで俺ばっかり……」

「俺に告げ口したからだろうな」

「ルーク隊長から聞いたのになんで俺だけ!?」

「知るか」

「不条理だ！」と叫ぶレックスを余所《よそ》に、アルヴィスは苦笑しながら不機嫌なディンの後をついていくのだった。


大聖堂の前で馬車が止まる。扉が開くのを待って、アルヴィスはその馬車から降りた。降りた先では既にディンとレックスが両脇に立っていた。まるでアルヴィスを隠すような立ち位置。これは近衛隊にとって暗殺防止のための定位置なので、特に珍しくもない。そのまま大聖堂へと続く階段を歩けば、背後からいくつもの視線を感じた。仕方ないなと、アルヴィスは足を止める。

「おい、アルヴィス？」

アルヴィスが振り返ると、その姿を追うように見ていた人々が声を上げた。馬車は仰々しいものではないが、王侯貴族が使用するものだ。それが大聖堂前に止まれば、誰が降りてくるのかと興味津々となるのは仕方ない。アルヴィスはそんな彼らへ、笑みを浮かべた。

「殿下、参りましょう」

「あぁ」

人々へ向けて手を上げてから、アルヴィスは再び背を向けて大聖堂へ続く道を歩き出す。正面入口までくると大司教と司教が待機していた。

「お待ちしておりました、アルヴィス王太子殿下」

「遅くなってしまいすまなかった」

「いいえ、王太子殿下の多忙さは聞き及んでおりますゆえ」

「感謝する」

簡単な挨拶を済ませると、早速中へと入る。ここへ来るのは、結婚式以来だ。まず案内されたのは、式を行った祭壇がある場所。通路の先にあるのは、女神ルシオラの像だ。

「王太子殿下？」

「少し挨拶をしてくる」

「承知しました。ではここでお待ちしております」

大司教らを置いて、アルヴィスは真っ直ぐ像へと歩を進めるとその手前で足を止めた。そうして像を見上げる。

「ルシオラ」

ただ名前を呼んだ。だが、像には何の変化もない。それは当たり前のこと。ヒョイとウォズがいつもの位置に現れる。

『神子《みこ》、女神像に触れてみよ』

「わかった」

女神像に触れることは特に禁じられていない。だからアルヴィスがここで触れようとしても、止められはしないだろう。アルヴィスはそっと女神像に触れる。マナを流すのではなく、ただ触れるだけだ。

「……温かい？」

『それだけか？』

「あぁ。どこか安心できるような感じがする」

そっと目を閉じれば、まるで包まれているようにも感じられる。この女神像にも、マナが宿っているのだろうか。再び目を開けて女神像を見上げた。

「ただの像、なわけがないよな」

『……』

「ウォズ、どうかしたか？」

ウォズは一心に女神像を見つめている。女神の眷属《けんぞく》であるウォズには、別の何かが見えているのかもしれない。

『神子が不快に思わなかったのならばよい』

「？」

意味がわからずアルヴィスは首を傾《かし》げた。何を不快に思うというのだろうか。

『待たせているのだろう？　長居する必要はあるまい』

「そうだな」

何かしら含みがありそうだが、確かにこの場に留《とど》まる理由はない。踵《きびす》を返して、アルヴィスは大司教らの下へと戻った。今回、用があるのは女神像ではないし、儀式でもないのだから。

アルヴィスは聖堂を出ると、その先に続く回廊を進む。大司教に案内されて来たのは、大聖堂にある書庫だった。

「ここが大聖堂の一般人でも立ち入り可能な書庫になります」

「……王城のより少し小さいくらいだな」

蔵書数自体が違うので比べるのも間違っているだろうが、ざっと見た感じだとそれなりのものが揃《そろ》っているようだ。一般の人々が使うには十分だろう。

「はい。様々な分野のものを揃えております。ただ、王太子殿下がお望みのものがあるのはここではありません」

そう話しながら大司教は、更に奥へと進む。ディンらと顔を見合わせながら、アルヴィスはその背中を追った。そこにあったのは、一つの古びた扉だ。大司教が扉を開くと、中には階段があった。

「ここを下りた先でございます」

階段を下りた先には再び扉があった。大司教が鍵を外し、扉を開ける。先ほど通ってきた書庫とは違い、薄暗く小さな部屋だった。

「全体的に書物が古い、か」

「はい。一般の方々の興味を引かないもの、あまり関係がないものなどで歴史的価値が高いものをこちらに」

すぐ近くにある棚へ近づき、書物を一冊手に取る。埃《ほこり》はかぶっておらず、手入れがされているのがわかった。ただ、表紙は色落ちしておりかなりの年数が経《た》っているようだ。他の書物も似たようなものなのだろう。

「破損しないように扱ってはおりますが、中には頁《ページ》が欠けたりしているものもございます」

「年数が経てば、そういうこともあるだろう。仕方ない」

数年ならばともかく、それ以上の年数が経っているのだ。消失していたところで、責められるものではない。残っているというだけでも十分だ。

「殿下、墓所についてのものを探せば宜《よろ》しいでしょうか？」

「あぁ、頼む」

それほど時間があるわけではないので、ディンたちの手も借りてアルヴィスは墓所について記載のあるものを探す。手に取る書物の中には、絵本のようなものも含まれていた。ただ、文字が古代語になっている。これでは読むことだけでも一苦労だ。

「この辺りは全て絵本だな……ん？」

次にアルヴィスが手に取った書物は、これまでと同じく絵本だ。頁をいくつか捲《めく》っていくと大きな狼《おおかみ》と鳥、そして耳が尖《とが》った人間。その傍にいる青年と少女が手を取り合って、黒い塊を倒している場面が描かれていた。

「『守るため、力を合わせて』か……この耳、エルフか？」

どことなく創世記のように見える絵本。古代語で書かれているのは同じだが、どこか既視感のようなものを覚える。彼らは何をしているのか。あくまで物語、架空の話のはずなのに、どこか気になる。それにこの狼はどことなくウォズにも似ていた。

『ほぅ、これは何だ？』

どうやらウォズは、アルヴィスが広げた絵本に興味を持ったらしい。肩の上からアルヴィスの手元を覗《のぞ》き込んでくる。

「恐らく創世記を基にした絵本、童話のようなものだと思う」

『それは何だ？』

「まぁ、幼い子ども用にかみ砕いた物語というか、そんな感じだな」

改めて何かと問われると説明しにくい。アルヴィス自身、それほど読んだ記憶はない。昔から物語よりは、歴史書や事典の方を読んでいた。あまり好きではなかったからだろう。

『ふむ……そうして人は知を残すのか』

「そうだな。人伝《ひとづて》よりは、形にして残すことが多い」

代々受け継がれていくものとして口伝で残すこともあるが、書物として残すことが多い。それでも、時の為政者によって捨てられたり書き換えられたりすることは少なくない。実際に、ある一時代だけ極端に歴史関連の書物が少ないことがある。だがそれでも、学園での講義等で受ける歴史の講義内容には違和感などなかった。ゆえに、その事実に気づく者は少ないだろう。アルヴィスが知ったのも、王太子となって書物を漁《あさ》っていたからなのだ。そうでなければ知ることなどなかったに違いない。

「絵本ならば幼い子でも知ることが出来る。そうやって浸透させていくんだ。尤《もっと》も大体が架空の話で、どれも事実を基にしているかどうかは定かじゃないが」

それは創世記にも言えることだ。実際に、事実と異なる部分がある。創世記に描かれている武神バレリアンだ。描かれているのは男性の姿だが、実際は女性であるらしい。加護を受けたテルミナがそう断言しているし、ウォズからもそう聞いていた。

『……人は嘘《うそ》を重ねるものだ』

「え？」

『たった一つの嘘が、大きな流れとなり悲しみを生む』

ウォズの突然の言葉に、アルヴィスはその表情を窺《うかが》う。遠い昔を思い出しているかのように、ウォズは目を閉じていた。どこか傷ついているようにも見えるその姿に、アルヴィスは絵本を閉じる。そして、空いた手でウォズの頭を撫《な》でた。

『……』

ウォズは何も言わない。それだけでアルヴィスは己の推測が正しいことを悟った。恐らくウォズは、アルヴィスが知りたいと望んでいることを既に知っている。聞けば話をしてくれるかもしれない。だが、アルヴィスは己の手で調べたいと行動した。だからこそ、こうして断片的に言葉を残してくれている。

『神子、我は――』

「おい、アルヴィス」

ウォズが何かを言いかけたところで、レックスがアルヴィスを呼んだ。

「っと悪い。取り込み中だったか？」

「いや、いい。なんだ？」

ウォズがアルヴィスの肩に乗っていることに気づき、レックスが罰の悪そうな顔になる。言いかけた言葉の続きは気になるが、ウォズの様子から今はこれ以上話してはくれないだろう。

「ちょっと気になるのがあって……って何だそれ？」

レックスが指したのは、アルヴィスが持っている絵本だった。背表紙から全てが古代語で書かれているものだ。

「ただの絵本だった。恐らく創世記を基にした」

「簡単に言うけどよ、それ古代語だろ？　お前もしかして普通に読んでいるのか？」

普通に、というのは辞書などを引くことなくということか。この場にいてそれ以外の方法があるのかと、アルヴィスは溜息をついた。

「当たり前だ。古代語は学園の授業でも習っただろう？」

学園卒業生ならば読めても不思議はない。そもそも必須科目の一つだ。だが、レックスは苦笑いをして明後日《あさって》の方向を向く。

「レックス」

「まぁいいじゃないか。そうそうお目にかかる機会もないんだ」

「実際に今お目にかかっているだろうが……」

笑ってごまかすレックスに、アルヴィスは呆《あき》れて肩を竦めた。サボっていたか、身に付かなかったかどちらかということだ。黙って調べものをするような姿は想像できないので、レックスらしいといえばその通りなのだが。

「それで、何か見つけたのか？」

声を掛けてきたということは、用があったのだろう。レックスが探していたのは、アルヴィスとは反対側の棚。めぼしいものでもあったのだろうか。

「いや、それがよ。悪戯《いたずら》されたような本を見つけたんだが、ちょっと変なんだよな」

「悪戯？」

「子どもの落書きみたいなのが表紙にあってよ、中を見たら真っ白なんだよ」

「……見せてくれ」

絵本を本棚に戻してから、レックスが手に持っていた本をアルヴィスは受け取った。表紙には特に何も書かれていない。背表紙は、確かに落書きされたようなぐちゃぐちゃな線が書かれている。それが反対側まで繋《つな》がっていた。

「悪戯といえばそう見えるが」

「だろ？」

裏も確認し、アルヴィスは書物の中身を開いてみる。一頁目から一枚一枚捲ってみるが、何も書いていない。気になったのか、ウォズも肩の上から覗き込んでいる。

「何も書いていないだろ？」

「あ、あぁ……」

「アルヴィス？」

何も書いていないはずなのに、アルヴィスが一枚捲る度に頭の中へと情報が流れてきていた。特別にマナを流してもいない。通常ならあり得ないことだ。そもそも書物は無機物で、マナなど持っていないはず。数年どころか、数百年も経っているようなものが力を蓄えているわけがない。

『これは!?』

「くっ……」

「おいっ!?　アルヴィスっ」

「殿下!?」

読もうとしているわけではないのに流れてくる。何が何だかわからず、アルヴィスはその場に膝を突いた。情報量が多すぎて、整理することさえできない。頭を押さえて、首を横に振る。

『神子!? どうしたのだ!?』

アルヴィスの異変にウォズは肩から飛び降り、アルヴィスの目の前に着地した。だが、その姿さえ今のアルヴィスには捉えられていない。

「やめろ……」

「王太子殿下、どうなさいました!?」

望んでいるわけでもないのに入ってくる情報は、無遠慮にアルヴィスの中をかき回す。

「もういい。やめて、くれ……」

「アルヴィス、手を離せっ!!」

無理矢理にレックスが書物をアルヴィスの手から奪った。そこで流れが止まる。だが、乱暴な情報たちのせいで、ひどく気分が悪い。アルヴィスは強く胸を押さえ蹲《うずくま》った。服が皺《しわ》になることなど気にしていられない。そうでもしなければ、今ここで吐いてしまいそうだった。

「殿下」

心配そうな声が頭上から届くが、彼らを気遣う余裕がアルヴィスにはない。誰かの手が背中に触れた気がしたが、直ぐにその手が引かれた。遠くで彼らがやり取りしているのはわかる。それでもアルヴィスはただただ己の中にあるものを抑えるので必死だった。

「はぁ……はぁはぁ」

深呼吸をしても治まらないそれに、最早《もはや》どうしてよいのかさえわからない。その時、大きな体軀《たいく》に身体を包まれる。

『暫《しば》し眠れ、神子』

その言葉と共に、アルヴィスの意識は沈んでいった。

◆◆◆

蹲り苦しそうにしているアルヴィスを見て、ディンはその背中をさする。どこかが痛むのかと、治癒をしようと力を込めた。だが、その手は獣の手によって払いのけられる。

『やめよ』

「ですがウォズ殿っ」

このような状態のアルヴィスを放ってはおけない。なぜ邪魔をするのかと、ウォズを睨《にら》みつけた。

しかし、ディンはそれ以上に鋭い視線を受けて怯《ひる》む。

「っ」

『もう一度言う。やめよ』

「で、ですがこのままでは……」

何度も呼吸を繰り返すが、それでも治まらないらしくアルヴィスは苦しそうだった。

『わかっておる。だが、今の神子にマナで治癒すれば、より一層神子を苦しめることとなる』

「それはどういうことですか?」

ウォズには、今アルヴィスの中で何が起きているのかがわかるのだろうか。

『あの書のことは我にもわからぬ。だが、神子の中に書から入ったものはわかる』

「殿下の中に、入った?」

何を言っているのかが全くわからない。アルヴィスが手に持っていた書物は、今レックスが手にしているそれだ。ディンたちから見れば、ただの白紙の頁ばかりの書物。背表紙にもどこにも、本来あるべき題名というものがない。意味があるとは到底思えないものだ。

『まずは神子を休ませるのが先だ』

「はい。でも……」

『任せるがいい』

すると、ウォズの身体が淡く光り出す。光が止《や》んだ先にいたのは、ディンたちが初めてウォズの姿を見た時のそれだった。大きな体軀がアルヴィスの身体を抱き込む。

『暫し眠れ、神子』

何かの暗示なのか、それだけでアルヴィスの身体から力が抜けた。ウォズに抱き込まれる形で目を閉じてしまっている。

「殿下は大丈夫、なのですか？」

ディンは、腰を下ろしてアルヴィスの様子を窺《うかが》った。まだ呼吸は荒く、青白い顔をしている。ウォズからアルヴィスの身体を受け取り、ディンは腕に抱えて抱き上げた。

『……大丈夫だ』

返事までに少しだけ間があったことが気がかりだが、今は休ませる方が先だ。

「大司教殿」

「……」

休ませる場所を尋ねようと声を掛けるが、大司教は目を大きく見開き、更には口を開けたまま固まっていた。その視線はウォズへと向けられている。当人であるウォズは身体を小さくすると、飛び上がりディンの肩に乗った。

見慣れているディンたちはともかくとして、大司教は初めて目にする存在だ。それも言葉を話す魔物のような存在。驚かない方がおかしい。しかし、それよりも今はアルヴィスだ。

「大司教殿！」

「は、はいっ」

今度は大司教も反応した。動揺はまだ見られるが、ディンの腕に抱えられているアルヴィスを見て、一気に顔が白くなっていく。

「殿下を休ませたい。どこか安全な場所を教えてもらいたいのだが」

「承知しました。ですが、来賓用の部屋までは距離がありますので、人目に付かずに向かうのは難しいと思われます」

この状況は人目に付かない方がいい。万が一にでも城下に広がり、エリナらの耳に入ることがあってはならない。アルヴィスもそれは望んでいないだろう。

「直ぐ近くに救護室がございます。多少手狭ではありますが、ひとまずそちらへ」

「お願いする」

広さなどどうでもよい。休める場所を確保できれば十分だった。

さほど歩かずに救護室へと到着し、室内に置かれていたベッドへとアルヴィスを横たえる。あまり顔色は変わらないが、呼吸は多少落ち着いてきたようにも見えた。

「ディンさん」

遅れて入ってきたのはレックスだ。その手にはタオルと水が入った桶《おけ》がある。直ぐにタオルを水へ浸して絞ると、そのままアルヴィスの額にのせた。

「気休めかもしれないが」

「そうですね」

少しでも楽になればいい。しかし、一体アルヴィスの身に何があったというのだろう。疑問は尽きない。小さな体軀となったウォズは、アルヴィスの枕元で、ジッとアルヴィスの様子を観察しているようだ。

「ウォズ殿、殿下の様子は」

『少し荒れ狂っているが、落ち着けば目を覚ます。全く……ただでさえ神子は本調子ではないところに』

「……それは一体どういうことですか？」

多少怒気をはらんでしまったのは致し方ない。だが、今のウォズの発言は聞き捨てるわけにはいかなかった。本調子ではなかったなど、初耳だ。エドワルドからもそういった話は聞いていない。

『……聞こえていたか』

「これだけ静かなのですから当然です。それで、先ほどのは一体どういうことなのですか？」

ウォズはその小さな手で顔を洗うと、次にアルヴィスの頬へと触れた。

『我にも、そして神子にもどうすることも出来ぬことなのだ。休んだからといって、治るわけでもない』

「何を――」

『何かの干渉を受けている、と我は見ている。神子に対するものではない。だがその余波が来ている。何も告げぬのは、誰にもどうすることも出来ぬからであろう』

休めば治るわけでもない。ウォズの言葉に、ディンは眉根を寄せた。治る治らないの問題ではないのだ。告げない理由とは認められない。少なくともディンは、知っておくべきこと。

「殿下が落ち着いた後で、確認させていただきます」

『……すまぬ』

それはアルヴィスへの謝罪なのか、黙っていたディンらへの謝罪なのか。ウォズはそれきり黙って、アルヴィスだけを見つめていた。

◆◆◆

「痛っ」

目を開けたアルヴィスは、同時に頭に鈍痛を感じて顔をしかめた。

「殿下、お目覚めになりましたか……」

すぐ傍から声が聞こえて、アルヴィスは痛みを堪《こら》えながら目を向ける。そこにいたのは安堵《あんど》の表情を見せるディンと、何故かその肩に乗っているウォズだった。

アルヴィスが身体を起こすと、乗せられていただろうタオルが落ちた。周囲を見回せば、見覚えのない場所である。あの後何が起きたのか。記憶を辿《たど》ろうとすると、ズキリと頭が痛む。思わず目を閉じ、右手で頭を押さえた。

「大丈夫ですか？」

「……あ、あぁ」

もう一度深呼吸をし、ゆっくりと目を開ける。

「俺はどのくらい眠っていた？」

「ほんの二時間ほどです」

予想以上に時間が経っていた。それもそのはずだ。大聖堂へ来た時、空はこれから黄昏時《たそがれどき》を迎える時刻だったが、今は闇に染まっている。

『我が神子を無理やり眠らせたのだ。ゆえに落ち着くまで時間がかかったのだろう』

ディンの肩から飛び降りて、ウォズはアルヴィスの目の前に鎮座した。

『無理を強いた。すまなかった、神子』

「ウォズ……」

あれはアルヴィスにもウォズにもどうすることも出来なかった。その中で、最善だろう手をウォズは選んだまでだ。誰にも予測できなかったことで、ウォズを責めるつもりなどない。アルヴィスはウォズの頭に手を乗せる。

「俺を助けようとしてくれたんだろ？　なら謝らなくていい。助かったよ、ウォズ」

優しく頭を撫でれば、ウォズは黙ってそれを受け入れてくれた。いずれにしろ、あのままではアルヴィスもどうなっていたかわからない。感謝すべきはアルヴィスの方だ。

「ディン、あの後どうなった？」

「殿下が倒れてしまった後、近くにあった救護室へとお運びしました。お目覚めになるのがいつかわかりませんでしたから、城へはシーリングを報告に向かわせています」

「……」

城へレックスを向かわせた。その言葉にアルヴィスは肩を落とす。つまりは、この失態が知らされているということ。一番に向かうのがエドワルドだろう。まだエリナまでは伝わっていないと信じたい。

「ここ最近不調だった、とお聞きしましたのでそれも通達してあります」

「は？」

「ウォズ殿からそうお聞きしました」

予想外の報告に、アルヴィスはウォズへと視線を戻す。ウォズは項垂《うなだ》れるように頭を下げていた。

『すまぬ』

「いや、心配をさせたのは俺だ」

アルヴィスは首を横に振る。ここまでバレなかったのが不思議なのだから。

「妃殿下に知らされたくないというのは理解できます。ですが、我々にはお伝えください。でなければ、対処できません」

「だがこれは……」

伝えようにも、伝え方がわからないというのが正しい。その原因がわからない。何となく感じているのは焦り。それをどう話せばいいのだろう。

「ただ感じたことをお話ししてくだされぱいいのです。わからないからと黙っていられる方が困ります」

「そう、か」

確かにディンの言う通りだ。もし、アルヴィスが近衛隊として護衛対象に付いていたならば、同じことを考える。その身を守ることは当然だけれども、それだけが近衛隊士の役割ではないのだから。

アルヴィスは自分の胸に手を当てた。

「ここ一月くらいの話だ。俺が感じたのは、何かが来るという漠然としたもの。やらなければならない。放置しておけば、また同じことを繰り返す」

『神子？』

「あれは駄目だ。その前にしなければならないんだ。彼をそうしたのは私が——」

「殿下!?」

話をしているアルヴィスに違和感を抱いたディンが、声を張り上げた。その声に驚いたアルヴィスがディンを見上げる。視線が交わると、ディンが息を呑《の》むのが見えた。強張《こわば》った表情のままディンが、アルヴィスの肩に手を乗せながら顔を覗き込んでくる。

「ディン？」

「……アルヴィス殿下、ですよね？」

「？　何を言っているんだ？」

　むしろそれ以外に何に見えるのだろうか。首を傾げたアルヴィスに、ディンは尚《なお》も表情が強張ったままだった。じっと見ながら、やがて満足したのか手が離れていく。

「ウォズ殿」

『……』

　ディンばかりかウォズまでもがアルヴィスを険しい表情で見ていた。それが何を示しているのかが理解できないアルヴィスからしてみれば、二人の態度は不思議でたまらない。

『神子は、己が何を話していたのか理解しておるのか？』

「……どういう、ことだ？」

『また同じこと、と神子は言った。その意味を理解しておるのか？』

　理解しているのか。また同じことという言葉は、以前にも同様のことが起きたという意味だ。つまりそれを経験したことがあるとアルヴィスが言ったことになる。

「……」

　確かにそういう言葉を使った。自分の言葉だ、覚えている。しかし、アルヴィスには何のことかわからない。

『あの書物とやらの影響、か。やはりただの書ではないのだな』

　あの書物というのは、倒れる直前にアルヴィスが手にしていた白紙の頁ばかりの書物のことだ。

書物の頁を捲っていると、頭に情報が勝手に流れ込んできた。アルヴィス自身は何もしていないにもかかわらずだ。その時、アルヴィスの脳裏に声が届いた。

『そんなこと出来るわけないわっ』

『やってみなければわからないだろう？　それにそれほど猶予はない。滅することが出来ずとも、せめて時間を稼ぐことさえ出来ればいい』

（何だ、これは……まるで見たことがあるような）

会話、場面。アルヴィスはただ手に取っただけだ。だが、それはまるで記憶にあったことのようにアルヴィスの脳裏に浮かぶ。そのようなことは通常ではあり得ない。単なる知識を与えてくれたわけではないということらしい。

アルヴィスは己の掌《てのひら》へ視線を落とすと、その手を握りしめる。

「殿下？」

「あの書物は、一体何か聞いているか？」

顔を上げないまま、アルヴィスがディンへ問いかけた。アルヴィスが倒れたというのならば、ディンたちはその原因を突き止めるべく動いたはずだ。ならば、何かしら情報を持っているはず。

「大司教殿によれば、あの書物はあの場に置かれたどの書物よりも古いものだそうです。そのわりには、状態が良いように思いますが」

「……破損はおろか、中身も傷んでいるような感じではなかったな」

それだけでも異質な書物なのだとわかる。白紙の頁も綺麗《きれい》なままであり、修復した形跡も見当たらない。

「大司教殿はもちろん中身を検分しようとしたことはあると仰《おつしや》っておりましたが、殿下のような現象は起きていないと」

「触れても何もなかった、ということか」

「はい」

「そうか」

似たような現象が起きていれば、そもそもアルヴィスが手を触れることなどなかっただろう。逆に言えば、アルヴィスに起きたということは、何かしら女神に関連するものだと考えられる。墓所関連ではなかったが、あれもいずれアルヴィスが手にするべきものだったのかもしれない。

『……もしかするとあれは、創書なるものか』

暫《しばら》く考え込んでいたウォズがポツリと呟《つぶや》いた。初めて耳にする名前だ。歴史的書物にはそれなりに通じているつもりだったが、そのような名前の書など聞いたことがない。

「それは一体なんだ？」

『我も女神から聞いたままで。詳しいことは知らぬ。ただ、女神がかつて話していたことがある』

「ルシオラが？」

女神ルシオラの眷属であるウォズだからこそ知っている話だろう。もしかすると、悪戯のように見えたあの文字も意味があるのだろうか。

『どれが真実かなど、その時代の人々にしかわからない。だが、もし聞き届けてくれる人がただ一人でもいたならば、それだけで今の自分たちは救われる、と』

「どういうことだ……？」

自分たちは救われる。それは女神ルシオラらのことだろうか。神である彼女たちが何故そのようなことを言うのだ。

『これ以上は我からは話せぬ。女神から聞くべきであろう。だが、その書が女神の望んだものである可能性は高い』

「では、女神ルシオラ様たちが後世の人間に残した書物ということですか？」

『うむ』

ウォズが話せないというのならば、追及しても無駄だ。しかし、あの書物が女神関連のものであり、後世に伝えるための書物だったということがわかっただけでも朗報である。謎が深まっただけな気もするが、これ以上は詮索できない。話はここまでだ。本来ならばもう少し書庫を調べたかったが、流石《さすが》に許可は下りないだろうから。

アルヴィスは大きく深呼吸すると、ベッドから下りた。すかさずディンがアルヴィスに上着を掛けてくれる。

「立ち上がって大丈夫なのですか？」

「立ち眩《くら》みもないし問題ない」

袖を通して身支度を整える。多少まだ頭痛がするものの、大事にするようなことではない。この程度ならば問題なく帰れる。

「大司教は？」

「祈りの間におられます」

「わかった」

救護室を出ていくアルヴィスの肩へ、いつものようにウォズが乗ってきた。今日はずっと姿を見せているつもりらしい。その姿に苦笑しながら、アルヴィスは祈りの間へと向かう。そこには、大司教とレックスがいた。レックスは王城から戻ってきたところだろう。一方の大司教の手には、アルヴィスが手に取り倒れた原因である書物があった。

アルヴィスの姿に気がつくと、二人が慌てて駆け寄ってくる。

「アルヴィス、もう大丈夫なのか？」

「王太子殿下、まだお休みになった方が宜しいのでは……」

「平気だ。心配させてすまなかった」

レックス、大司教へと視線を向けてアルヴィスは頷く。

「だがアルヴィス――」

「それより大司教にお願いがあるのだが」

レックスの言葉を遮って、アルヴィスは大司教に声をかける。訝《いぶか》しげな表情をした大司教だったが、少し考える素振りを見せた後で首肯した。

「……何なりと仰せになりませ」

「その書物を、暫く貸してもらえないか？」

アルヴィスのお願いごとに、周囲が静まり返る。先に沈黙を破ったのはレックスだった。

「おいっ、お前何を考えてる！　あれでお前は」

「シーリング」

文句を放ったレックスを、アルヴィスの後ろに控えていたディンが止める。彼に止められればレックスは何も言えない。

「本気で仰っているのですか？」

「あぁ」

「もう一度同じことが起きるかもしれません。それを全て承知の上ですか？」

「……俺には知らなければならないことがある」

アルヴィスの言葉に大司教は考え込む様子を見せた。大司教の言葉をアルヴィスたちはじっと待つ。

「申し訳ありませんが、それは許可しかねます」

「理由を聞いてもいいか？」

「何よりも、私はこの目で王太子殿下がお倒れになるのを見ました。その原因でもあるこれを、王太子殿下に害があるとわかりながらお渡しすることは出来ません」

大司教の言葉は正しい。その通りだ。何よりその書物は大聖堂のものであり、今この場に於《お》ける責任者は大司教。再びアルヴィスに何かしら作用する可能性がないと言えない以上、許可を出せないと断っても仕方がない。

「私も大司教殿に賛成です。これ以上、殿下に負担をかけるわけにはいきません」

「負担だとは――」

「殿下」

念押しするかのようにディンが言う。先ほどの救護室での話は、ディンとアルヴィスの間だけのものだ。恐らくルークへは報告するだろう。それでもこの場で話題には出さない。それはディンの気遣いだった。

実際負担だとは思っていないが、アルヴィスの身体が消耗していることは事実。不調についても知られてしまった。退《ひ》くべきはアルヴィスの方だ。

「わかったよ、この場は退く」

「ありがとうございます」

礼を口にする大司教が笑みを深くするのを見て、アルヴィスは深く溜息をついて天を仰ぐ。小窓から見える空は更に闇が濃くなっていた。

「長居しすぎたな」

「遅くなる旨は伝えております」

「助かる」

とはいえ直ぐにでも帰るべきだろう。アルヴィスはレックスとディンへ指示を出した。

「城へ戻る」

「「はっ」」


王城に着いたアルヴィスは、王太子宮には戻らずに執務室へと向かった。背後からは無言の圧力を感じていたが、口に出さないことを良いことに気づかないフリをする。

執務室に入ったアルヴィスは、ソファーへと座り込む。

「殿下、宮へお戻りになられた方が宜しいのではありませんか？　このお時間から何をなさるおつもりなのです」

黙っていては動かないと踏んだのか、ディンが口を開いた。口調は丁寧だが、その声には怒気が含まれている。表情が変わらないので、いつも以上に怒っているように感じられた。アルヴィスは困ったように笑う。

「殿下っ」

「わかっている。もう何かをするつもりはないから、ディンたちは下がっていい」

「宮までお送りします」

さっさと帰れと言いたいのだろう。だが、アルヴィスとて意味もなくここへ来たわけではない。

「……ここにいたいんだ。少し、頭を整理したい」

「アルヴィス、お前――」

「今は、ちょっと混乱というか……俺が何を見ていたのか。あれは一体何だったのかとか、そういうのが残ってるというか」

今のアルヴィスの状態を何と説明すればよいのか。うまく説明できないこと自体が、落ち着いていない証拠だ。この状況では、帰るに帰れない。エドワルドは当然異変に気付くだろうし、エリナも何かしら勘づく可能性がある。

「殿下……」

「だから一人にさせてほしい。落ち着けばちゃんと帰る」

情報を整理することが出来るのかもわからない。勝手に入り込んできた情報は、その量が多すぎて処理しきれないかもしれない。スッキリまではいかずとも、それに意識を引っ張られることのない程度にはしておきたい。

アルヴィスの言葉に顔を見合わせたディンとレックス。軽く言葉を交わすと頷き合った。

「わかりました。我らは下がります」

「済まない。ありがとう」

「あんま無理すんなよ、アルヴィス」

「あぁ」

そうして、ディンとレックスは執務室を出ていった。

『神子、我はここにいる』

「そうか、わかった」

一人になりたいとは言ったが、ウォズの存在は邪魔にはならない。それに、万が一何かが起きてもウォズが傍にいれば大丈夫だという安心感もあった。

ウォズの頭をひとしきり撫でたアルヴィスは、ソファーに横になった。金色の体軀が移動するのを見ながら、腕を頭の後ろで組む。そしてそのまま天井を見つめた。

「狼、それにあれはエルフ、か……」

禍々《まがまが》しいようなモノが近くに視《み》えた。あれは一体何なのだろう。彼らは何をしようとしていたのか。そしてどこか聞き覚えのあるような存在がいた気もする。書物に触れただけなのに、まるで経験してきたかのような感覚だ。

目を閉じてアルヴィスは、その映像を思い出そうと記憶の中を辿る。刹那、目の前に昏《くら》い霧が現れアルヴィスを覆った。

『やめてっ！　ゼンっ』

昏い霧の中へと、手を伸ばした先にあったもの。それを視ようとしたところで、胸を刺されたような痛みを感じてアルヴィスは目を開けた。

「な、んだ……」

ゆっくりと身体を起こし、胸に手を当てる。確かに何かが刺さったように感じたのに、今触れても痛むことはない。腕を組み、アルヴィスは考え込む。

あの場所にあった書物は、女神に関連するものがほとんど。だが、アルヴィスが触れても特に何も感じなかった。あの書物以外は本当にただの書物なのだろう。

ウォズが言っていた創書なるもの。あれを後世の人へ残したメッセージか何かだと仮定する。ということは先ほどアルヴィスが視たものも、その一部なのだろう。後世に伝えたいほどの何かがあれに含まれている。

まず気になるのはあの昏い霧だ。もしかするとあれは瘴気《しょうき》と同じもの。もしくは、それよりも強い陰《イン》の力。ルベリア王国内でも、瘴気が発生することは多々ある。最近では、その報告が増えてきたようだ。各領地で処理はしているものの、このペースであれば例年以上に霊水が必要となるのは間違いない。霧が瘴気だと仮定して、最優先に対応していかなければならない。霊水の精製については大司教と相談だ。国王へも話は通すが、反対されることはないだろう。

「……」

それはいいとして、瘴気に関することを伝えたいというのならば、あのような回りくどいやり方をする必要はない。既に知っている人が多いものを、わざわざ伝えるのもおかしな話だ。つまり、それ以上の意味があるということになる。

声の主か、それとも「ゼン」と呼ばれていた人物のことか。アルヴィスはその名前の主を探そうと集中するが、靄《もや》がかかっていてそれ以上は探すことができなかった。

「無理か」

途中でやめたことが原因かもしれない。しかし、あの時のアルヴィスにはあれ以上耐えることができなかった。無理やり流れ込むマナは、まさに暴力だ。己のものではないマナが無遠慮に入り込んでくる。治療行為とは正反対の力。アルヴィスが抵抗しようとしたのも良くなかったのかもしれない。そういうものだと知っていれば、対処のしようもあった。

そもそもどうしてあのような書物を残したのだろう。後世に伝えるだけならば、別にあのような形でなくても構わないはず。それ以上の意味があるのならば、わかりやすい形にすべきだ。都合が悪いと処分される可能性があったからだとしても、女神が遺《のこ》したものを処分する輩《やから》がいるとは考えにくい。と考えて、アルヴィスは首を横に振った。

「そう考えるのは、俺がこの時代に生まれたからだな」

女神の存在を厭《いと》うていた時代もある。大聖堂と王族が仲違《なかたが》いしていた時代もあった。ともすれば、歴史が書き換えられていくことも想像できるだろう。元来歴史とはそういう風にして作られていくもの。歴史学者の苦労が目に浮かぶようだ。

だからこそ、王城に禁書庫というものが作られたのだろう。あそこにある書物は、持ち出すことが出来ないし燃やすことも出来ないようにされている。いつからそうだったのかなど、誰も知らないが。

ふと、アルヴィスは腕を解《ほど》くと手袋を取って、その手の甲を眺める。エリナと結婚してから、手袋を外す機会は少なくなった。これが何かはエリナにも伝えてある。だが、就寝時は仕方がないとしても、あまり見せたいものではない。

「だが何故今になって……それも俺なんだ」

それは、アルヴィスの本音だ。何故、この時代にこれが起きたのか。それがどうして、王弟の息子でしかないアルヴィスだったのか。

女神の加護を授かったとされたあの時、その理由として色々なことが告げられた。納得できる理由があれば周りはいいのだろう。だが、当事者であるアルヴィスからすれば、到底納得できるものではない。ただの後付けとしか思えないからだ。

それでもアルヴィスが不満を言わない理由はただ一つ。他の誰かに背負わせるよりはいいという思いがあるからに他ならない。可能性としてあり得るのが、妹であるラナリスだから余計だ。アルヴィスと全く同じ血を持つラナリス。その妹に背負わせるくらいならば、兄である自分が背負う方がいいに決まっている。つまり結論は同じところに行き着く。何度考えても同じだ。

「堂々巡りか」

深く息を吐き、アルヴィスは首を横に振った。どうやら本格的に疲れているらしい。それを認識できるくらいには、頭が冷えてきた。それにそろそろ帰らなければ、エドワルド辺りにお説教されるかもしれない。

「帰るか」

『神子』

アルヴィスが立ち上がり執務室を出るべく扉へと歩き出すと、ウィズがアルヴィスを呼んだ。振り返れば、ウォズの身体は淡い光に包まれていた。どうやらここで姿を消すらしい。

「ウォズ」

『女神が神子を選んだのは偶然ではない。神子でなければならぬのだ。それが神子を苦しませることだとわかっていても』

これはさっきのアルヴィスが漏らした本音に対する答えなのだろう。

『清浄なる巫女《みこ》が現れぬ以上、それを担うのは女神の子でなければならぬ。神子が最も女神の子に近しい』

「……そうか」

女神がアルヴィスのことを「吾子《あこ》」と呼ぶのは、本当に女神の子であるという意味だということ。ここで更にウォズを追及することも可能だろう。どこまでウォズが知っているのかを聞くことも。

しかしウォズの声がどこか苦しそうで、アルヴィスはそれ以上追及する気にはならなかった。

「ウォズ、話してくれて感謝する」

『……』

「おやすみ」

ウォズに笑みを向けてから、アルヴィスは再び背を向ける。そして今度こそ扉を開けた。すると、目の前には見慣れた近衛隊の姿。アルヴィスの姿を認めると、軽く手を上げてきた。

「よう、お疲れさん」

「……レックス。それにディンも」

二人そろって扉の前で待機していたらしい。既にいないものと思っていたアルヴィスは、面食らった。

「予想よりもお早かったようですね」

「いや、二人とも下がるって言っていたと思うが」

一人にしてくれと頼んだ時に、承諾して下がったはずだ。詰所にでも戻ると思うのが普通だろう。

「誰も戻るなんて言ってないだろ？　夜も更けたし、流石に一人で帰さねぇよ」

「レックス……」

外で待つと言わなかったのは、アルヴィスが気にすることを踏まえてだったらしい。確かに、待たせている状態だと、そちらを気にせずにはいられない。アルヴィスの性格を理解した上で、そう決めたらしい。二人の対応に、アルヴィスは感謝するしかない。

「二人とも、ありがとう」

「当然のことです。それではお送りします、殿下」

「あぁ」

ディンの言葉に、今度は素直に頷いた。


王太子宮に戻ってくると、アルヴィスはサロンへと向かう。するとそこには、エリナが待っていた。

「おかえりなさいませ、アルヴィス様」

「ただいま、エリナ。先に寝ていてもよかったんだが」

「大丈夫です。まだ眠くありませんから」

アルヴィスはエリナが座っているソファーの隣に腰を下ろす。エリナの手元には、編んでいる途中の帽子があった。

「今度は帽子を編んでいるのか」

「はい、まだ不格好なのですが」

途中段階である帽子をエリナが見せてくれる。確かに編み目がズレていたり大きさが違ったりするところが見える。刺繍《ししゅう》は元々やっていたが、編み物をエリナが本格的に始めたのは妊娠してからだ。それを考えると、本当に上達したのだと思う。

「十分すごいと思う。出来ない俺が言ったところで、説得力はないかもしれないが」

「いいえ、アルヴィス様がそう言ってくださるのなら嬉《うれ》しいです」

微笑《ほほえ》みを返してくれるエリナに、本当に嬉しく思っているのだとわかる。手元を邪魔しない程度に、アルヴィスはエリナの頬に触れた。エリナもアルヴィスの好きにさせてくれる。ひとしきり撫でたアルヴィスは、そっと頬に口づけを贈った。もはや慣れたもので、エリナは照れることなくそれも受け入れてくれる。

「大変じゃないのか？　あまり無理をすると――」

「私、楽しいのです。もちろん、刺繍をするのも楽しかったのですが、こうして自ら作ったものを誰かに渡すのを考えるのが楽しくて」

王妃教育の中では学ぶことのなかったことだと、エリナは話す。とりわけ、知識という点においてはジラルドの補佐をすることを考えて、沢山のことを学んでいたらしい。アルヴィスは知らなかったが、ジラルドは言語や他国に関することについて疎かったという。学園での成績では上位だったが、それはあくまで一般的な知識においてだ。為政者としては十分ではなかったと。それを補うべく、エリナはジラルド以上の知識を持たなければならなかった。

「誰にでも苦手な部分はあると思いますし、私が得意だったというのもあって」

「そうだったのか」

「もし、あの方とだったら……こんな風にゆっくり過ごすことなんてなかったのかもしれません」

王太子の公務を補佐するため、執務室に出入りしていたかもしれない。王太子妃には王太子妃の公務がある。それに加えて、王太子の公務を補佐することになれば、確かに余裕など生まれなかったはずだ。こうしてのんびり過ごすことも出来たか怪しい。

「……本当に、あいつが迷惑ばかりかけてすまなかった」

「アルヴィス様のせいではありませんから、私ならもう平気です。今がとても幸せですから」

照れ笑いではなく柔らかく微笑むエリナの身体を、アルヴィスはそっと抱き寄せた。

「お互い様、だな」

「はい」

ジラルドはどこかでエリナを都合の良い相手とでも考えていたのだろうか。少し考えれば、エリナがどれだけ己を助けてくれていたのか理解しそうなものだが。尤も、今更理解したところで遅い。エリナは既にアルヴィスの妃《きさき》だ。

そこでふと、アルヴィスは少し前に届いていた書面を思い出した。ジラルドの件だ。エリナに話すべきか迷っていたところだが、既に割り切っているのであれば話しておいた方がいいだろう。

「エリナ、ジラルドのことなんだが」

「はい、何でしょうか？」

「ジラルドを、北部に移したいという申請があったんだ。具体的には、騎士見習いにつかせるということなんだが」

「……」

ジラルドは廃嫡されており、王位継承権は持たない。現国王の実子ではあるが、そう遠くない未来にアルヴィスへ王位が移る。その時、ジラルドは王の実子ではなく王の従兄弟《いとこ》となる。王位継承者としてヴァレリアがいる以上、その後にジラルドが何をしようとも王家にそれほど影響は与えられない。担ぎ上げようとしても、根拠が弱くなってしまうからだ。

更に言うと、エリナの懐妊は国中に知れ渡っていた。アルヴィスの実子が生まれれば、その可能性は更に低くなり、ジラルドは先代の血を引く男児にすぎなくなる。外に出しても害はない。そもそもジラルドにその気概があるのならば、大人しく塔にいることもなかっただろう。

説明すると、エリナは押し黙った。数分ほど考え込んでいたエリナが、真剣な眼差《まなざ》しでアルヴィスを見る。

「アルヴィス様」

「何だ？」

「率直にお聞きしますが、あの方に見習いなど出来ると思われますか？」

近衛隊にいた頃は、あまりジラルドの傍にはいなかった。だからアルヴィスが持つジラルドの印象は、従兄弟として接していた頃の印象が強い。最後に塔で見た時は傲慢さが目立っていて、反省の色もさほど感じられなかった。その両方を考え合わせても、見習い騎士の素養があるかと問われれば、あるとは答えられない。

「難しいとは思う」

「北方の方は魔物の数も多く、ルベリアでは最も大変な場所と聞いております。そのような場所では、騎士の方々のご迷惑になるばかりか仕事に支障をきたすのではないでしょうか？」

ジラルドには爵位が与えられないので、北部に向かわされたところで一般兵と同じ扱いだ。そういった扱いにジラルドが耐えられるかどうかと聞かれれば、否だろう。エリナの意見にもほぼほぼ同意だ。だが、そうであってもエリナからこうも低評価を受けているとは思いもしなかった。

「エリナは、どういったことならあいつに出来ると思っているんだ？」

エリナの評価がかなり厳しめだったからか、逆に問いかけてみたくなった。再びエリナは考え込む。

「そうですね……歴史や芸術関連は得意だったと記憶しています。物を大切に扱うことが大前提ですが、美術館やそういった場所の方があの方には向いているのではないかと思います」

「王都に留めることになるが、それでもいいのか？」

「はい、構いません」

もう顔も見たくないだろうとアルヴィスはもちろん、リティーヌを始めとした王族の皆が考えていた。エリナとジラルドを会わせることのないようにと。その一環として王都から遠く離れた場所へと向かわせることを考えていたのだ。だが、当のエリナから別の案を提案される。これには流石のアルヴィスも驚きを隠せない。

そのことに気が付いたのか、エリナは手を置きアルヴィスと正面から向き合った。

「私は、今が幸せなのです。想像だにしなかった望みも叶《かな》って、愛する人の子を授かることが出来て」

そっと自分のお腹《なか》の上に手を当てると、エリナは優しく撫でる。撫でながらお腹を見つめるエリナは、既に母親の顔をしていた。

「ですから、もしあの方とお会いしたとしても笑顔で相対することが出来ると思います。なので、私のことはお気になさらず、騎士の皆様にご迷惑をかけるくらいならば、その方がどちらにとってもいい案だと思います」

完全に吹っ切れている。エリナにとってジラルドは、既に過去の存在。幼馴染《おさななじみ》としての情くらいはあるかもしれないが、逆に言えばそれだけの存在ということだ。未《いま》だに過去に囚《とら》われ続けているジラルドにとっては何よりも痛いことだろう。

「エリナの中では、あいつは本当に過去のものなんだな」

「そうですね。でも、感謝はしています。色々と学ばせていただきましたし、こうしてアルヴィス様と出会えたのも、あの方が婚約を破棄してくださったからですから」

あの日、ジラルドから衆人環視の中で婚約破棄された時に傷つけられた心も含めて、エリナの中で完全に昇華されていた。ジラルドはリリアンという令嬢への好意が未だ残っているらしいが、同時に疑念も抱いているという。塔から出すというのは、そういった疑念を含めて現実を見てもらいたいという願いから来ていた。それも、被害者だった令嬢たちからの願いだ。平民に落とされた子息たちと同様に、身を以《もっ》て知れということなのだろう。

アルヴィスからすれば、未だに許せない部分がないわけではない。だがそれでも、従兄弟としての情は残っていた。

「あいつも、吹っ切れるといいんだがな……」

近衛隊と騎士団の長たち

「妃殿下は随分と吹っ切れたみたいだな」

「ですが、あの方をそのまま王都に滞在させるのは些《いささ》か不安が残ります」

「……廃嫡される以前の様子を見る限りは同意だ」

ここは近衛《このえ》隊《たい》の詰所。ルークとディン、そして騎士団長のヘクターが今後について議論している最中だ。実は先ほどまでアルヴィスがおり、彼からジラルドの今後についての情報がもたらされた。アルヴィスが言うには、エリナはジラルドに対して特に何の感情も抱いていないという。

ジラルドは既に廃嫡されており、何の権限も持たないただの王家の血を引く男児だ。生涯幽閉しておいても構わない存在でもある。しかし、それを守られていると見る人間がいることもまた事実。少しばかり風向きが変わりつつある今のルベリア王国内において、ジラルドの処遇はあまり納得できるものではなくなってきているということらしい。

「各令嬢たちからの意見も踏まえて、最終的には王太子殿下の判断にお任せすることとなる」

「あぁ、令嬢側の希望だそうだな」

ヘクターの言葉に頷《うなず》きつつ、ルークは頭を掻《か》いた。アルヴィスは己の生誕祭において、エリナの懐妊を発表した。その後、貴族へ側妃や愛妾《あいしょう》を不要だと通達している。この件について表立って意見してくる連中は現時点ではいない。それは事前に開かれたエリナのお茶会の影響に加え、アルヴィスが女神ルシオラの名を出したことも大きい。

アルヴィスは女神ルシオラの契約者として知れ渡っている。そのルシオラがただ一人を夫君としていたことから、アルヴィスも同じようにただ一人を妻とすると言われれば、大きな声で反対することなど出来ないというのが実情だろう。それに、女性たちはこれを好意的に受け入れている。そういったこともあって、最終決定者に国王ではなくアルヴィスを望んでいるということらしい。尤《もっと》も、アルヴィスはあくまで己がそうだというだけであり、一夫多妻制自体を否定しているわけではない。他の貴族たちへそれを強要するつもりはないようだが、同じような考えを持っている者たちにとっては大きな力となるはずだ。

「アルヴィスも無関係じゃないことだ。それは任せるとして……妃殿下の意見を取り入れるか、見習いとして送り込むかだな」

「申し訳ないが、妃殿下の意見は甘いと言わざるを得ないだろう。そもそも、現実を理解させるというのであればだが」

働かせるという点については同意できる。しかし、その過程が生温《なまぬる》いということだ。令嬢たちとしては、現実を知り、どれだけ愚かなことをしたのかをその身で感じてほしいはず。ジラルドのせいで、エリナたちの環境は変わった。良い方向に変わったこともあるが、だとしても許されることではない。

「従僕という形で、殿下に同行させるのはいかがですか？」

「ディン？」

ディンへと全員の視線が向く。想定外の意見だったからか、ヘクターが眉根を寄せた。

「レオイアドゥール、一体何を言って――」

「元王子殿が何をしていたのかは、聞いたことしか知り得ません。ですが、現在殿下が行っていることをどれだけやっていたのかと思いまして」

生まれた頃より王太子となるべく育てられ、立太子してからも何年も経《た》っている。心構えはもちろんのこと、その土台もアルヴィスよりも恵まれた環境にいた。以前、塔でジラルドがアルヴィスに言い放ったらしい言葉からも、その地位に未練があることは間違いない。

「あの人はこう殿下に言ったらしいですよ。『いいよな、お前は王太子なんだから』と」

「……なるほど」

王太子という身分を羨むのは、その重責を理解していないからだ。ジラルドからすれば、当たり前にあった地位だったため、余計に見えていないものが多いのかもしれない。

「ハスワークが、未《いま》だに憤っている件です。殿下はさほど気にされていないらしいですが」

「気にしていないというのもあるが、それ以上に考えることが多くて忘れてるんだろうさ」

「かもしれません」

それでもアルヴィスを何よりも大事にしているエドワルドからすれば、忘れられない言葉だ。つい我を忘れて口を挟みそうになったが、アルヴィスに制止されたため何も言えなかったと悔しそうに話していた。エドワルドの身分では許されないことだが、それでも何かを言わずにはいられなかったと。

「確かにそれは良い考えかもしれんな。あの人に同じことが出来ると思っている人間は、この王城にはいないだろう」

「それなりに優秀ではあるんだが、苦手なことは放置していた人だからな」

近衛隊長としてルークは関わりがあった。幼い頃から知っており、その傲慢さもプライドの高さも王族としてならば許容範囲だ。ただ、人から指摘されるのを嫌う傾向があり、リティーヌと比べられるのと同じくらい、ジラルドにとっての鬼門だった。出来ないならば出来る人間がやればいい。それがジラルドの考え方でもあった。そこもアルヴィスとは違うところだ。それが悪いわけではない。時として、ジラルドの考え方が必要となることもあるだろう。任せきりでは困るが、適材適所というやつだ。

「己の今の立場と、それによって殿下がどれだけ苦労したのか。それを知ってもらう、良い機会かと」

「なるほどな」

外の現実を前に、己の立ち位置を改めて知れと。確かにジラルドには必要なことかもしれない。許可されるかどうかは置いておいて、提案として挙げる程度なら構わないだろう。

「俺に異論はない。鍛錬にも来るというのならば、我ら騎士団も助力させてもらおう」

「……今のアルヴィスに本格的な鍛錬はさせていないがな」

背中の怪我《けが》は完治した。しかし、それでも今のアルヴィスは腕を肩から上に上げることができない。剣を振るえば、無意識に動かそうとしてしまう。ゆえに、鍛錬であっても模擬戦などはさせてあげられないのだ。アルヴィス自身もよくわかっているので、それに不満を言うことはない。素振りも、振り上げる動作以外で行うしかなかった。それでも慣れていくしかないと、当人は割り切っているように見える。

「既に殿下ではない相手だ。王太子殿下と同じような扱いをする必要などあるまい？」

そもそも騎士としての実力などほとんどないに等しい相手。同じ扱いなどしようと思ってもできないだろう。ヘクターもそれを十二分にわかっている。ルークは肩を竦《すく》めた。

「そうかい。まぁそういう感じで、こちらからは意見として挙げておくとするか。ディン、午後にでも執務室に向かうと伝えておいてくれ」

「承知しました」

ジラルドへ新たな処分

それから数日後、アルヴィスは執務室である人物と相対していた。机を挟んで向かい側に立つ相手に、アルヴィスは座ったまま声を掛ける。

「……」

「久しぶりだな、ジラルド」

そう、かつて王太子であったジラルドだ。彼は近衛隊《このえたい》に拘束される形ではあるが、一年半以上振りに王城へと足を踏み入れたことになる。皮肉なことに、この部屋はジラルドの部屋でもあった場所。どこか憎々し気な表情は、己の居場所を奪われたという考えがどこかにあるからだろう。それでも口に出さないだけ、まだ冷静な方なのかもしれない。

アルヴィスの呼びかけに応えず黙ったままのジラルド。困った奴《やつ》だと苦笑するアルヴィスとは反対に、傍《そば》にいたディンは眉根を寄せていた。そしてディンは一歩前に出ると、ジラルドの正面に立つ。

「ディン？」

「貴方《あなた》はご自身のお立場をご理解されていますか？」

「……っ」

自分の立場。既にジラルドは王族の一員ではない。廃嫡された後、貴族位を与えられたわけでもないので、その身分は平民同然だ。アルヴィスだけでなく近衛隊も含めたこの場にいる誰よりも、その立場は低かった。

ディンの言葉は、それを理解しているかという問いかけ。即座に否定しなかったところから判断すると、知ってはいるのだろう。ただそれを受け入れているかどうかは別の話。だが反論しないということは、少なくともあの件で己に非があったということは受け止めたのかもしれない。

アルヴィスは立ち上がると、ジラルドの傍まで近づいた。そしてジラルドの前に立っていたディンに離れるよう指示をする。更に、部屋にいたレックスを含めた全員に退室を促した。

「殿下……」

「問題ない」

この場でジラルドがアルヴィスに手を上げようとしても、その手が届くことはない。暴れたとしても同じことだ。アルヴィスならば押さえることも容易にできる。アルヴィスがもう一度強く頷《うなず》けば、ディンは心得たと胸に手を当てて頭を下げた。

「承知しました」

彼ら全員が部屋の外に出るのを確認してから、アルヴィスはもう一度ジラルドへ声を掛ける。

「ジラルド」

「……アルヴィス」

今度はジラルドも反応を示す。自尊心だけは高いままらしい。精神的な面ではまだまだ子どもだなと、アルヴィスは苦笑する。

「少しは頭が冷えたか？」

この問いにジラルドはバツが悪そうな表情をして顔を逸《そ》らす。肩を竦《すく》めたアルヴィスは、後ろに下がって机に腰掛けた。そのまま腕を組んで、息を吐き出す。

「ディンの言葉を引き継ぐが、お前は今の己の状況をどれだけ理解している？」

「僕が……もう王子でも、王族でもないってことは聞いた。父上にも母上にも、会うことは許されないと」

「そうだ」

絞り出すような声でジラルドが話す。プライドが高いジラルドには、使う側だった近衛隊に今の己の姿を見せることが出来なかった。子供っぽい自尊心だとわかっていても、今の己の姿をさらけ出す勇気が今のジラルドにはないということだ。アルヴィスと二人きりになったことで多少は素直になったようだが、このままというわけにはいかない。

「元々、お前はずっと塔で幽閉される予定だった。伯父上がそう仰《おつしや》っていたからな」

「父上が……じゃあ、何故《なぜ》だ？」

国王が決めたことが覆される。それは余程の理由がない限りあり得ないということは、ジラルドも覚えていたようだ。実際、ジラルドはただ生かされるだけの存在となるはずだった。後に憂いを残さないために、外に出す予定はなかったのだ。それを変えたのは、一言でいえば社交界の令嬢たちの力だった。

「あの件で被害者となった令嬢たちの願望だ。今の状況は、お前が守られているように映るらしい」

「僕は王太子の地位を失《な》くし、王族でもなくなった。どこが守られているっていうんだっ！」

声を荒らげるジラルド。しかしその内容は大したことではない。認識していないということは、ジラルドにとっては当たり前に享受できるものだという意識があるからか。

「それでもお前はのうのうと生きていけるということだ。飢えに苦しむこともなければ、住むことに困るわけでもない」

誰と話すわけでもなく娯楽もない。本当にただ同じ毎日を過ごすだけ。生きているというより、生かされているといった方が正しい。それだけでも罰として十分だという考えもあるだろう。だが彼女たちが望んでいるのはそのような罰ではない。

「そんなお前の生活を支えているのは民の血税だ。そういう意味でも、お前は守られているな」

「血税って、そんなの――」

「当たり前、とでも言いたいのか？」

「っ……」

人の考えは簡単に変えられない。王族ではなくなったというのに、その思考は以前と同じだ。何もかも当たり前だと思っている。生きていくということがどれだけ大変なことかを、ジラルドは知らない。否、理解しようとしてこなかった。

確かにこのまま幽閉していても、彼女たちの気は済まないだろう。ジラルド自身が、その身を以《もっ》て経験しなければ。言葉だけでは伝わらない。アルヴィスは深く溜息《ためいき》をついた。

「ジラルド、よく聞け」

尚《なお》も不満気な様子だが、アルヴィスもこれ以上説明するつもりはない。それほどジラルド一人に時間をかけてなどいられないのだから。

「お前の今後の処遇については俺に一任されている。これは伯父上、国王陛下からも既に同意を得ていることだ。よって、これに異を唱える者は誰であろうと許されない」

「アルヴィスっ」

「その呼び方ももうやめろ。お前はただのジラルドであり、俺は王太子だ」

「なっ」

私的な場所ならば目を瞑《つぶ》ることも出来る。しかし、ジラルドにそれを伝えたところで意味はない。既にアルヴィスとジラルドの間には、明確な身分差がある。これを許してしまえば、甘えを許すことにつながりかねない。アルヴィス自身にとっても、しなければならない線引きだ。

「今後は言葉を改め、年長者には敬意を払え。誰であろうとな」

「なんで僕がっ!?」

ジラルドは誰に対しても敬意など払ったことがないだろう。国王と王妃に対しても、父と母として接していた。常に命令する側だったジラルドだがこれからはそうはいかない。

この先ジラルドは、王城で働く身分となる。働いたことがないジラルドにとっては、誰もが先輩だ。ならば、敬意を示すのは当然のこと。たとえそれが、元同級生たちであっても。

「わからないのならば何度でも言う。お前には既に身分がないんだ」

「違うっ!! なんでお前がっ」

感情が抑えられないジラルドが、その衝動のままアルヴィスへと襲い掛かってくる。アルヴィスは首元を摑《つか》まれ睨《にら》みつけられた。物音が聞こえたのか、執務室の外から怒気を感じる。それでも害されることはないとわかっているからか、突入するのは耐えてくれているらしい。

アルヴィスはジラルドの手を両手で摑み、下ろさせた。

「家名もなければ、保護してくれる人さえいない。今のお前はそういう立場にいる」

「ち、父上は……」

「伯父上がお前を庇《かば》うことはない。これは絶対だ。それと、陛下と呼べ」

廃嫡されたジラルドは、既に王族の系譜から除籍されている。実際の親子だとわかっていても、国王を父と呼ぶことは出来ない。塔に幽閉されたままであれば黙認されていたかもしれないが、塔を出た時点でそれも叶《かな》わなくなった。

「お前が認めようと認めまいと、既に沙汰は下されている。仮にもこの国の王族であったのならば、理解できるはずだ」

アルヴィスを睨みつけてジラルドは手を払いのける。そして顔を背けたジラルドは唇を噛《か》んだ。多少は理解したのだろうか。アルヴィスは再び腕を組み、話を続けた。

「これから、お前にはこの王城で働いてもらうことになる」

「な、んだって……？」

驚きつつジラルドは、アルヴィスへと顔を向ける。

「働けと言ったんだ」

「この僕に、働けというのか!!」

「そう言っているだろ？」

同じことを繰り返すジラルドに呆《あき》れ、アルヴィスは溜息をついた。

「断る！　僕は――」

「初めに言ったはずだ。誰であろうと異を唱えることは許されないと」

誰であろうと。それはジラルド本人も含まれるということだ。既にジラルドに選択肢はない。いや、この先ジラルドが選択肢を与えられることなど滅多にないだろう。他の者たちと違い、ジラルドに爵位を与えられることはない。どれだけ頑張ろうとその地位が上がることはないのだから。

拳を握りしめながらジラルドは俯《うつむ》いた。辛《つら》そうにも見えるが、手を差し伸べることは出来ない。これから先、アルヴィスも厳しく接していかなければならないのだから。気持ちを切り替えて、アルヴィスはジラルドに宣告する。

「お前は暫《しば》くの間、俺の傍で従僕として働いてもらう」

従僕となって気づくこと

僕の名はジラルド。ジラルド・ルベリア・ヴァリガンだった。その名はもう名乗ることを許されない。それを従兄弟《いとこ》であり、現在は王太子の地位にいるアルヴィスに言われた。今の僕はただのジラルドであり、国を冠する名は既に僕のモノではないと。それは王族に与えられる名で、廃嫡された僕に与えられるものではない。

「何をしている、早く来い」

「っ……」

手には書類の束を持たされ、以前は命令を下していた近衛隊士《このえたいし》に指示される。目の前の奴《やつ》が誰なのかはわからない。だが、何度か見た顔だ。それはつまり、僕自身が王太子だった頃に顔を合わせているということ。そんな相手に命令されるなど、屈辱でしかない。

思わず唇を噛《か》み、相手を睨《にら》みつけてしまう。すると彼は呆《あき》れたように肩を落とし、スタスタと歩いていってしまった。悔しいが、今の僕は彼を追いかけなければならない。その更に前を歩くアルヴィスについていかなくてはならないからだ。僕が遅れたからといって、アルヴィスが足を止めることはない。

この書類の束を投げ捨てて逃げ出すことだって、やろうと思えば出来る。でも……それをすれば、僕はもう二度とここへは戻ってこられない気がした。再びあの塔の上で、一人で過ごすこととなる。それを想像すると、今の方がマシに思えた。だから従うしかない。決して寂しいわけではない。そう必死に己に言い訳をした。

この日は、アルヴィスの専属だという近衛隊士と共に、騎士団の詰所へと向かっていた。騎士団長と近衛隊士のやり取りを眺めながら、辺りを見回す。すると、鋭い視線を向けている団員たちと目が合った。

「どの面下げてここにいるんだよ」

「放っておけよ。どうせ権力がなければ何も出来ない馬鹿だ」

「確かに。少し考えればわかることだもんな。ほんと、ベルフィアスが王太子になってよかったぜ」

笑いながら話す彼らは、声が僕に聞こえていることをわかっているのだろう。恐らくこの場にいる騎士団長たちも。それを止める様子がないのは、僕に聞かせるためか。

違う。僕だって考えてやったんだ。この国のためになると本当に思っていた。リリアンの考えが素晴らしいことだって、きっとわかってもらえると。そうこうしているうちに、騎士団長とのやり取りは終わったらしい。僕はただここにいるだけで、何かをするわけではない。目の前に書類の束が差し出され、それを受け取る。

「行くぞ」

「……」

「返事」

「わか……りました」

近衛隊士の言葉に素直に頷《うなず》けない。書類はかなりの量だった。以前ならば持つことなどなかったので気が付かなかったけれど、束になれば紙といっても重たくなる。これをアルヴィスの執務室まで運んだあとは、腕が痛くて動かせなくなるくらいだ。でも文句を言うことはできない。崩さないようにと運んでいると、目の前にピンク色の髪が見えた。酷《ひど》く懐かしいその髪の主と目が合って、僕は絶句してしまう。それは僕が焦がれた彼女だったから。

「リ、リアン？」

「ジラルド、さま……？」

汚れた灰色のエプロンに、黒い服という変わり果てた姿のリリアンだが、それ以上に異様なのはその首元だった。僕にだってわかる。それが何なのか。それは重罪を犯した人につけられるもの。拘束錠だ。

「そ、れ……」

拘束錠がつけられている。独断でつけられるものではない。それは国がリリアンを重罪人と認めていることに他ならない。

「……」

「何をしているのですか？」

俯《うつむ》くリリアンに、奥から別の男の声が聞こえてきた。白い髪に色眼鏡を掛けた青年だ。髪は長いようで後ろで束ねられている。いや、それ以上に気になるのは、彼にも拘束錠がつけられていることだった。目が合うと彼は一瞬目を見開いた。

「……あぁ元王太子でしたか。なるほど、つまりはこれも彼の思い通りということですね」

「何を、言って」

「ここで私と彼女、そして貴方《あなた》が会うということは、彼の掌《てのひら》の上で転がされているということですよ」

そうして彼は僕の傍《そば》にいた近衛隊士へと視線を向ける。一体何を言っているのかわからない。誰の掌の上で転がされているというのか。それ以上に、どうしてリリアンがそんな恰好《かっこう》でここにいるのか。

「リリアンっ」

「……ノ、ノルドさん、先に、行きますね」

「何か言うことはないのですか？」

去ろうとするリリアンの腕を彼が引き留める。だがリリアンは僕の方を見てはくれない。それは間違いなく拒絶だった。何か二人で話をしているようだが、彼は結局リリアンの腕を放して、彼女を行かせてしまった。

「それで、元王太子は何か用でしたか?」

「お前はリリアンとどういう――」

「ただ、少々立場が似ているだけですよ。これを見ればわかるでしょう」

彼が示すのは拘束錠だ。同じものを身に着けている立場。それだけだと彼は言う。

「この主が彼だということも同じなので、生死を握られているという意味でも同じですし」

「え?」

「いつでも彼は、私も彼女も殺せるということです」

リリアンを殺す。彼とは一体誰だ。そのような残酷な真似《まね》をするのは誰なんだ。

「誰がそんなことを」

「……わかりきったことを聞くのですね」

彼は心底幻滅したとでもいうように嘲笑《あざわら》った。わかるわけがない。リリアンにそんな酷いことをする人間がいるなんて。

「そんなの、王太子殿下以外にいないでしょう?」

「……え……」

王太子殿下。彼の言葉が脳裏に木霊する。僕じゃない王太子。それはつまりアルヴィスだ。アルヴィスがリリアンを殺す。いやその前に、どうしてアルヴィスが手を汚さなければならない。王太子がわざわざそのような汚れ仕事をする必要はないはずだ。僕だってそのような真似はしたことがないのだから。

「嘘《うそ》だ。そんなのあいつの……王太子の役目じゃないっ」

「署名一つで人を殺せる立場にいた人間とは思えない発言ですね。なるほど、だから私ですか。全く……」

目の前の彼が何を話しているのか理解できなかった。僕はそんなことはしていない。

「していない、などと言わない方がいいですよ。今までにもしたはずです。ここを辞めろ、姿を見せるなど、言い様は様々ですが」

「そんなことで」

「そんなこと、ですか」

彼の視線が鋭くなる。ゾクリと身体《からだ》が震えた気がした。それは間違いなく恐怖によるものだ。

「たったそれだけで十分なんですよ。そんなこともわからないとは、本当に王族だったかどうか怪しいものです。わからないからこそその地位を追われたんでしょうが」

「なっ」

「言葉の重さも知らず、覚悟もない。同じ王族でもこうも違うとは、滑稽ですね」

それだけ言うと彼は去っていった。傍にいた近衛隊士が腕を引っ張る。呆然《ぼうぜん》としながら、ただその後を付いていった。

彼が言った言葉が頭の中をぐるぐると駆けめぐる。どこまでが本当なのだろうか。僕をあの場に行くよう指示をしたのはアルヴィスだ。アルヴィスはリリアンがあそこにいることを知らないはずがない。その上でそこへ行くように指示した。会わせるつもりだったのか。であればどうして。

考えに没頭しているうちに、執務室へと到着してしまう。書類を執務机とは離れた机に置きながら、執務机にいるアルヴィスを見た。僕が知らない顔をしているアルヴィス。沢山の書類を確認し、調べてあれこれと手配して書類を作成している。僕が王太子の時は、絶対にしなかった作業だ。

「言葉の重さ……」

先ほどの彼の言葉が消えずに残る。深く考えたことなどなかった。思うことをそのまま告げてきた。だが、それはどれも正しいと思ったからこそだ。王族の言葉に従うのは当然で、そのどこに覚悟をするというのだろう。

「王族の言動には責任が伴う。常識でしょう」

僕の言葉を拾ったのは、いつもアルヴィスの傍に控えている近衛隊士だった。王太子と近衛隊士という間柄なのに、気安く話をしている奴だ。恐らく、アルヴィスが近衛隊に所属していた頃の同僚か何かなのだろう。アルヴィスの傍にいるからなのか、僕に対しては冷たく接してくる。

「あんたにそれがないのは、一目瞭然ですけど」

「なっ」

あけすけに言い放たれた。常識だと言った時と同じ調子で。まるで僕が何も理解していないのが当たり前とでもいうかのように。

「でもアルヴィスは違う」

彼がアルヴィスへと視線を戻した。つられて僕もアルヴィスを見る。

「アルヴィスは己の責任を知っている。自分の言葉や行動一つで何が起きるのか。己の一言で、人の人生を変えることだってあることをちゃんと理解している。自分だけじゃない、他の誰かの人生を、国を背負うという意味をあんたはわかっていない」

誰かの人生を背負っている。そんなことは初めて聞いた。国を動かす王になることは、僕にとって当然の道。指示を出して、それが実行されるのを待つのが僕の役目だった。

「間違えれば、誰かが死ぬ。そんな場面だってあり得る。その時、その責任を負うのはアルヴィスだ」

僕ではない誰かの命を僕が背負う。その責任は僕にある。そんなはずはない。僕は命じるだけで、それに従うのは彼らの義務だ。

「アルヴィスは、王太子となってから二度も重傷を負っている。死ぬ可能性だってゼロじゃなかった」

「え……」

「あんたなら、きっと近衛を責めるだろう？　当たり前だって」

当然だ。近衛隊は王族を守るのが仕事だ。つまり、大怪我《おおけが》をしようと死のうと職務を果たすのが彼らの仕事。だから責められるのは当然だ。

「だがアルヴィスは近衛を責めたりはしない。むしろ謝罪してきた。何故《なぜ》だかわかるか？」

「……」

「王族を傷つけられれば近衛の失態だ。だから王族は近衛隊の命を背負っているようなもの。自分に何かあれば、それは傷ついた己だけじゃなく近衛へも降りかかることだと知っている。近衛を盾にして逃げることだってできるのに、きっとあいつはしない。そんなあいつだからこそ、俺たちは命を預けられる。多少の処分だって喜んで受けるさ。そういう信頼関係があいつとの間にはあるんだよ」

それはまるで僕には命を預けられない、信頼していないと言われているみたいだった。僕は頭の中が真っ白になる。考えてみれば、僕は近衛隊士の名前を誰も知らない。アルヴィスのことは知っていたけれど、それだけだ。近衛隊を信頼していたかと問われても、イエスと答えることは出来ない。信頼しているとかじゃない、ただ当たり前のこととして受け止めていただけだ。王城の人間に対しては皆そうだった。

僕は王太子で、敬われるのが当然。彼らだって僕に対して、何をしても出来て当然と言っていた。それが僕は嫌だった。だから褒めてくれたリリアンが大切で、誰よりも信頼していたのに……同じことを僕自身もしていた。そのことに気づいた僕は愕然《がくぜん》とする。

「リリアンがあの場にいたのも、アルヴィスの指示なのか」

「何を当たり前のことを」

隣の彼が呆れたように肩を竦《すく》める。ここまで聞けば、リリアンの処置が理不尽なものなどではなく、きちんとした理由があるのだと想像がつく。アルヴィスにはその責任と覚悟がある。その処置によって、リリアンが亡くなったとしても。

僕はエリナに婚約破棄を告げた時、そこまで考えていなかった。もし、僕が婚約破棄をしたことでエリナが放逐され、その身が害されればどうしただろう。僕はそこまで望んでいなかった、僕のせいじゃないと声高に言ったはずだ。

けれど、王太子だった僕にあのような場で切り捨てられれば、社交界では令嬢として生きていけない。冷静に考えればわかること。

「考えなしの馬鹿、か……」

あの騎士たちの言う通りだ。僕は何も考えていなかった。ただリリアンが好きで、彼女の言う通りにするのが正しいと思い込み、その先のことなんて考えることさえしなかったのだから。

もう一度アルヴィスへと視線を向ける。集中しているのか、僕たちが何を話しているのかなど聞いてはいない。手を動かしながら、時折考え込む様子も見えた。

「アルヴィス様、少し休憩をなさってください」

「……」

「アルヴィス様っ!!」

「っ!? あ、あぁ悪い。キリの良いところで休むよ」

何度目かの呼びかけで、ようやくアルヴィスが反応する。困ったように笑うアルヴィスは、僕の知る従兄弟のアルヴィスの顔だった。思えば、アルヴィスは休憩をあまりしていない。夜も遅いし、日付が変わってから帰ることもある。それでもアルヴィスはいつも変わらなかった。疲れているはずなのに、それを見せず文句の一つも言わない。

いつだっただろう。アルヴィスは騎士になって僕を守ると言ってくれた。剣を振るうのが好きだからと。それに僕はなんと返しただろうか。不満を覚えた気がする。マグリアと違って家を継がないのなら、騎士としてではなくもっと近くにいてほしかった。文句を言うと、アルヴィスは苦笑しつつ頭を撫《な》でてくれた、と思う。目の前と変わらぬ姿で。それはもはや遠い出来事のように思えた。

寂しさとの葛藤

アルヴィスの下に従僕という形でジラルドが置かれて数日後……。

エリナはいつものように、アルヴィスと朝食を摂《と》っていた。この後は、王城へ向かうアルヴィスを見送る。それはいつものエリナの日課だ。この日も同じように見送る予定である。ただ一つ、いつもと違うことがあった。それは今日からアルヴィスが三日ほど帰ってこないということだ。

「どうしたエリナ？　気分でも悪いのか？」

「い、いえ大丈夫です」

考え事をしていたせいか手が止まっていたらしい。エリナの様子を不安そうに見つめるアルヴィスに、エリナは努めて笑みを返した。ここでアルヴィスに心配させてはいけないことくらい、エリナも承知の上だ。何の心配もいらないと、安心して送り出すことがエリナのすべきこと。そうだとわかっている。だからエリナは必死に笑顔を作った。

朝食を終えた後、アルヴィスは王城へと向かっていった。その後ろ姿を見ながら、エリナは溜息《ためいき》をつく。

「エリナ様、大丈夫ですか？」

「サラ……」

エリナの不安に気が付いていたサラが声を掛けてくる。やはり隠し切れないらしい。アルヴィスの前では必死に虚勢を張った。だが、それもアルヴィスの姿が見えなくなると崩れてしまう。

「……お仕事だもの、仕方ないわ。あまり我儘《わがまま》を言えば、アルヴィス様を困らせてしまうのだから」

今までもアルヴィスが夜も不在になることはあった。それでもここまで不安を覚えなかった気がする。エリナはそっと己のお腹《なか》に触れた。まだ膨らみが目立つわけではない。それでも温かい力を感じる。特師医によると、この子は現時点で母親であるエリナよりもマナの力が強いらしい。やはりアルヴィスの子だからなのだろうか。

「中に戻って休まれますか？」

「そう、ね。そうするわ」

エリナはサロンに戻って、日課の編み物を始めた。だが、その手はあまり進まない。気が付けば手を止めて、窓の外を見てしまう。見たところで変わることはない景色なのはわかっているというのに。

「エリナ様」

「あ、ごめんなさい。何でもないのよ」

「準備しましょう」

「え？」

真面目な顔でサラが手を差し出してきた。準備といっても、今日のエリナは王太子宮を出る予定はない。エリナは目をパチパチとさせながら、サラを見返す。

「まだ出発されていないようですから、今なら間に合います。不安だということをちゃんとお話しなさってください」

まだ城を出ていない。それはアルヴィスのことだろう。でも、エリナは首を横に振った。今のエリナの気持ちを正直に話せば迷惑をかけてしまう。それにアルヴィスは遊びに行くわけではない。演習に向かうだけなのだ。三日後には帰ってくる。三日留守にするというだけ。そう、たった三日だ。

「駄目よ。邪魔をするわけにはいかないのだから」

「特師医様も仰《おつしや》っていたではありませんか？　今は大事な時期です。エリナ様が不安に思えば、それはお子様へも伝わってしまうと。伝えるだけでも違います。迷惑なはずがありません！」

無意識にエリナはお腹へ手を乗せた。不安が伝わってしまうというのならば、行動を起こすべきなのかもしれない。それでも、やはりエリナは迷惑ではないかという気持ちが先に来てしまう。

「でも――」

「反論は聞きません。行きますよ」

強引にエリナを立たせたかと思うと、サラは既に羽織るものを準備していたティレアとアイコンタクトをする。するとフィラリータとミューゼがサロンへと顔を出してきた。

「ルーク隊長からそろそろだと連絡がありました」

「わかりました。エリナ様、急ぎましょう」

「え、あの、サラ⁉」

手を引っ張られ、促されるがままに足を動かす。走ることは出来ないので、これ以上急ぐことは出来ない。もう出るのであれば間に合わないはずだ。そんな風に俯《うつむ》いていると、ミューゼがエリナの前に屈《かが》みこむ。

「妃殿下、失礼します」

「あ、ミューゼ？　あの、きゃっ！」

膝を抱えられたかと思うと、エリナは抱えあげられてしまった。浮き上がる身体《からだ》に驚き、反射的にミューゼの腕を摑《つか》む。

「本来ならばアルヴィス殿下だけが許されることでしょうが、今回だけお許しください」

「……えぇ」

しっかりと腕に抱かれて、ミューゼは足早に駆けていく。時折すれ違う人々に驚かれはしたものの、気にしている場合ではなかった。ミューゼが止まったのは、近衛隊《このえたい》たちが準備に忙《せわ》しなく動いている場所。

「到着しました、妃殿下」

「ありがとう、ミューゼ」

そっと下ろされてから、エリナは辺りを見回す。直《す》ぐに目当ての人は見つかった。ローブを纏《まと》い、何やらルークと話をしている。エリナが見つめていると、アルヴィスはこちらに気が付いたようで大きく目を見開いた。

「エリナっ!?」

慌てて駆け寄ってくるアルヴィス。声を聞いてしまえば止まらなかった。エリナはサラたちの制止の声にも構わずにアルヴィスの方へ走り出し、そのままその身体に抱き着く。力を込めて抱きしめると、アルヴィスも抱きしめ返してくれた。

「どうした？　こんなところに」

「申し訳ありません、アルヴィス様。私……」

邪魔をしてはいけない、迷惑になるとわかっていたのに、姿を見て思わず抱き着いてしまった。らしくない行動をしているのはわかっている。それでも、サラたちの言葉が背中を押してくれた。黙っていてはだめだと。伝えなくてはいけないと。

覚悟を決めて顔を上げると、アルヴィスは困ったような笑みを浮かべながらエリナの頭を撫《な》でてくれた。

「朝からおかしいとは思っていたんだ。話を聞いてやれなくてすまなかったな」

「……アルヴィス様」

「溜《た》め込まなくていいと言っただろう？　せめて俺の前では抱え込まないでほしい」

アルヴィスにはお見通しだったのだろうか。エリナが何かを我慢していることを。それだけでもエリナにとっては嬉《うれ》しかった。優しく頬を撫でられて、その手に己の手を重ねながらエリナは首を横に振った。

「気にしていただけただけで、私は十分です。迷惑をかけてしまって、申し訳ありません。お忙しいのに邪魔をしてしまいました」

「そんなことはない。いつだって君は自分が後回しなんだから」

「それはアルヴィス様も同じです」

「……」

そう言い返せば、アルヴィスは何とも言えない表情をする。心当たりがあるからだろう。なんだかおかしくて、笑みが零《こぼ》れた。そんなエリナに、アルヴィスも笑みを浮かべる。

「少しは気が晴れたようで良かった」

「出発前にご心配をおかけしてしまいました。少しだけ……ほんの少しだけ寂しかっただけなのです」

「エリナ」

寂しかった。不安だった。朝とは違い、素直に言葉が出てきた。重ねた手をエリナは握りしめる。

「今回は演習ですし、毎年のことだとわかっています。でも危険がないというわけではありません。ですから、無事をお祈りしています。お気をつけて行ってきてください」

「あぁ、ありがとう」

もう一度力いっぱい抱きしめられて、エリナはどこか温かくなるのを感じた。もう大丈夫だ。これ以上引き留めるわけにはいかない。エリナはアルヴィスから離れようとしたが、その腕をアルヴィスが摑む。

「アルヴィス様？」

「エリナ、これを預けておくよ」

アルヴィスがそう言って懐から取り出したのは、少し古いお守りだった。

「これは？」

「俺がずっと持っていたお守りだ。俺の代わりとまではいかないかもしれないが」

「ですが、これはアルヴィス様の――」

「俺にはエリナがくれたものがある。だから大丈夫だ」

チラリと見せてくれたのは、まだ結婚前にアルヴィスへ贈ったペンダントだった。もう一度アルヴィスを見上げれば、彼は強く頷《うなず》いている。エリナは差し出されたお守りを受け取った。少しだけ感じるマナは、アルヴィスのそれとよく似ている。エリナはギュッとお守りを握りしめた。

「ありがとうございます、大切にお預かりします」

「あぁ」

嬉しくてエリナはもう一度アルヴィスの胸に頭を寄せる。すると、アルヴィスの手がエリナの顎

を持ち上げた。何をされるか予想出来たエリナは、そのまま瞳を閉じる。その唇を受け止めて目を開ければ、優しく微笑《ほほえ》むアルヴィスの顔があった。

「じゃあ、行ってくるよ」

「行って、らっしゃいませ……」

そうしてアルヴィスがエリナから離れていく。その後ろ姿をエリナは祈るように見送った。

◆◆◆

——少し離れた場所では、近衛隊たちを含めその場にいた全員が二人の様子を見ていた。その中の一人、ジラルドは久々に見た幼馴染《おさななじみ》であり元婚約者の姿に目を奪われた。

「エリナ……あれが、エリナだと……」

ジラルドの知るエリナは、何事にも淡々としていて、何を言われても動じない冷静な人間という印象だ。冷静な人間というのは、悪く言えば冷たい人間。表情もさして変わらず、つまらない女。少なくともジラルドにとってエリナは、そういう人間だった。それが今のは何だ。

寂しさを見せながらアルヴィスに抱き着き、嬉しそうに微笑む。アルヴィスとキスを交わしながら、それを当たり前のように受け入れていた。そんなエリナなど見たことがない。エリナのあのような表情など、ジラルドは知らない。

アルヴィスとエリナは政略結婚だ。ジラルドの代わりに王太子となったアルヴィスだが、幼少時から王太子としての教育を受けてきたジラルドとは違い未熟な点も多い。だから、エリナが選ばれた。二人の結婚はただの義務であり、形ばかりのものだと思っていた。だが今目の前にいた二人はまるで、想《おも》い合っているかのようではないか。

更に視線の先にジラルドがいたというのに、エリナは一度も目を向けることはなかった。いや、エリナにはアルヴィスしか見えていなかったと言った方が正しい。あまりにかけ離れた様子に、ジラルドは混乱から中々抜け出せなかった。

僅かな綻び

　今年も昨年と同様に近衛隊《このえたい》の演習に同行したアルヴィスとエドワルド。今回は、従僕となったジラルドも同行していた。配置はアルヴィスの前だ。エドワルドはアルヴィスの隣を歩く。そして昨年とは違い、ウォズがアルヴィスの左肩に乗っていた。その体軀《たいく》は淡く光っているが、アルヴィス以外には見えていない。

「ウォズ」

『わかっておる。我は見守るのみ』

　近衛隊の遠征であるので、アルヴィスも手出しをする予定はないし、ウォズもただ傍《そば》にいるだけ。ただ何か気になることがあるらしく、姿を見せているらしい。

『神子《みこ》も、なのだろ？』

「あぁ」

　外套《がいとう》を纏《まと》ったアルヴィスは、その下に愛剣を携えていた。エドワルドも身を守るために武器を持っている。ではジラルドはどうかというと……。

「なぜ僕がこんな使い古した剣なんだ……」

　一応、ジラルドも同様に帯剣を許可されていた。ただしその剣は、ジラルドが王太子だった頃に使用していたものとは違う。剣を納める鞘《さや》にはたくさんの傷がついており、お世辞にも綺麗《きれい》とは言えないものだ。剣自体にも、多少の傷がついている。だが刃こぼれがあるわけではなく、十分に使える状態のものだった。元々それらの剣は騎士団や近衛隊を引退した者が使っていたものなので、手入れをすればこの先も使い続けられるのだ。

やがて前衛部隊が戦闘を開始した。アルヴィスたちは隊列から少し距離を取り、様子を窺《うかが》う。状況的に動かない方がいいと判断し、その場で立ち止まった。ジラルドも同じように立ち止まる。元々彼には戦闘において貢献を期待していないので構わないのだが、突っ立っているだけというのも目に余った。かといって、ジラルドが自ら行動を起こすとは考えにくい。アルヴィスは仕方なく指示を出すことにした。

「ジラルド、ボーッとしているだけなら素振りでもしていろ」

「え？」

「随分と触っていないだろう？　いざという時に振れないようだと困る」

「っわかったよ」

指示されて不満そうに剣を振るジラルドに、アルヴィスは深く溜息《ためいき》をついた。素振りをする様子を暫《しば》し眺めていてわかったが、ジラルドのあれはただ振っているだけだ。腕だけで振り回しても意味はない。あれでは無駄に腕が疲れるだけで、鍛錬にさえならない動作だ。ジラルドの心の不満がそのまま振り方にも現れてしまっているというのもあるだろうが、あの調子では基礎の基礎からやり直しだ。

「全く……」

「アルヴィス様、ジラルド殿は剣の腕前はいかほどなのでしょうか？」

王族は誰であろうとも剣を学ぶ。それは王女であっても変わらない。第二王女であるキアラも既に基礎訓練は始まっているだろう。ならばジラルドも基礎から叩《たた》き込まれているはずだ。学園でも講義を選択していれば、実戦経験も積むことが可能となる。尤《もっと》もジラルドが何を専攻していたのかなどアルヴィスが知るわけもないが。

「元々筋は悪くないいんだが、あいつの剣は魅せる剣であり戦う剣ではないな」

「ルーク？」

「アンブラ隊長、お戻りでしたか」

口を挟んできたのはルークだ。前の様子を見に行っていたのだが、ちょうど戻ってきたところに会話が聞こえてきたらしい。

「まぁ今回は見学者という認識だ。下手をすれば足手まといにしかならん」

熟練した騎士たちの中に放り込めば連携を乱しかねない。当人も行きたいとは願わないだろう。

ルークの言葉に頷《うなず》いたアルヴィスは、表情を厳しいものへと変える。

「前の様子は？」

「良くねぇな……昨年以上に悪い」

「そうか」

これは想定の範囲内だ。騎士団からの定時連絡でも異変が報告されている。建国祭が近いこの時期に、民衆を不安にさせることは出来ない。やはりその原因を確かめる必要があるだろう。この先も気を引き締めていかなければならない。

その時だった。アルヴィスの背中をゾクリと不快な気配が走る。アルヴィスは振り返ると、反射的に剣を構えた。

「アルヴィスっ」

「わかっている！　エド、ジラルドのところまで下がれっ」

「は、はい!!」

緊迫した空気の中でルーク、そしてレックスとディンも無言で剣を構えた。瘴気《しょうき》がここまで来ている。いや、今この場に発生したという表現が正しい。前方とは距離を取っているにもかかわらず、何故《なぜ》ここに発生するのか。疑問は増えるばかりだが、ここで立ち止まってもいられない。アルヴィスは戦闘に集中する。

「殲滅《せんめつ》し次第、前方と合流する！」

指示を飛ばすと、アルヴィスは剣にマナを纏わせて湧き出る魔物へと駆けだした。

「わかった。お前ら、王太子殿下に傷一つつけるなよっ！」

「「はっ！」」

既にこの場に魔物がいる中で、ここには最低限の人数しかいない。他の戦力は前方へ割り振っている。迷っていれば囲まれてしまう。それだけは避けなければならない。アルヴィスに続くように、近衛隊が魔物を葬っていった。

殲滅が終わり、周囲から魔物の気配が消える。周囲が安堵《あんど》している中で、アルヴィスは己の手をじっと見つめていた。

「アルヴィス、どうした？」

「……何でもない」

心配そうな声に振り返ると、レックスがこちらへと歩いてきた。アルヴィスは首を横に振る。ただ、レックスはあまり納得していないようで眉根を寄せていた。チラリと横を見れば、ウォズもジッとアルヴィスを見つめていた。その小さな手がアルヴィスの頬を撫《な》でる。心配してくれている友人とウォズに、アルヴィスは苦笑した。

ただ思い知っただけなのだ。そうであると頭では理解していたし、鍛錬中でも気づいていた。しかし、実際に戦闘を行うとほんの少しの違和感が剣筋を鈍らせてしまっていることに気づく。頭の中で考えている動きと、実際の動きに乖離《かいり》が生じているのだ。思うように動いてくれない右腕。それは右肩の傷が原因だ。アルヴィスは左手で右肩に触れる。

「まだまだだな、俺は」

「アルヴィス」

「すまない、急ごう」

右手に持っていた剣を鞘に納め、アルヴィスはエドワルドらと合流すべく足を動かした。


前衛部隊と合流し、予定よりかなり遅れて野営地へと到着した。近衛隊士たちの疲労は例年以上だ。そのためか、ジラルドが隊士たちにこき使われていた。

「なんでこんなことを僕が……」

「口を動かさずに手を動かしてください。殿下にそう指示されているはずです。次はこれを運んでください」

「っ……わかっている！」

命令する相手だった存在に命令されるということで、プライドが邪魔をするのか、ジラルドはどうしても過剰に反応してしまうらしい。救いなのは、アルヴィスの名前が出ると口答えが減ることだ。

「まだまだ素直にはなれないか」

「……何故、あの方をお連れになったのですか？　あれならばいなくとも問題ありません」

問題ないとエドワルドは言うが、その本音はいない方がいいということだろう。この場にジラルドを王子として扱う者はいない。護衛についていたことがある隊士もいたはずだが、ジラルドは誰かを探す様子も名を呼ぶこともない。それはまるで、誰が護衛についていたのかなど知らないように映る。まさかとは思うがそこまで酷《ひど》い状態だとすれば、傲慢を通り越して愚かだ。

「まぁあの方のことはどうでもいいです」

「お前も大概酷い扱いだよな」

塔にいた頃のジラルドの発言のせいか、エドワルドは予想以上にジラルドに対して辛辣だった。

「それよりもアルヴィス様は大丈夫ですか？　先にテントでお休みになった方が宜《よろ》しいのでは？」

アルヴィスの発言はスルーされてしまったらしい。本当にどうでもいいという態度に、アルヴィスの方が困る。厳しくしないといけないという一方で、従兄弟《いとこ》としての情が未《いま》だに残っているからだろう。

「俺なら平気だ。それほど疲れてはいない」

「ですが今回は、アルヴィス様も参加されておりましたので」

それは不意打ちを受けたあの時だけだ。それ以降は、後方支援に努めていた。そう何度も王太子を戦場に向かわせることなど出来ないのだから仕方ない。アルヴィスとしては、もう少し実戦の感覚を積んでおきたいところだが、己の立場上無理を通すことが出来ないのはわかっている。

「アルヴィス殿下」

「ハーヴィ？」

そんな二人へ声を掛けてきたのは、ハーヴィだった。いつになく疲れているように見えるのは、気のせいではないだろう。

「お聞きしたいことがあるのですが、宜しいですか？」

「あぁ。さっきの瘴気のことか？」

「えぇ……隊長が突然発生した、と仰《おつしや》っていたのですが」

「事実だ。俺にもそうとしか見えなかった」

アルヴィスの答えにハーヴィは表情を険しくした。これまで瘴気が発生する場所は、大抵同じ場所だった。当然、待機しているアルヴィスらの位置はそこから外れている。だが、今回はその外れた場所で発生したという。これは大きな問題だ。

「同じようなことが、別の場所でも起きる可能性があると思いますか？」

「……」

想定外の場所で瘴気が発生するか否か。暫し考え込んだアルヴィス。頭の中に浮かんだのは、ただの勘だった。

「ない、と思う。少なくとも、大量に発生することはない。現時点においてという限定付きだが」

「アルヴィス様？」

視線をウォズへと移せば、ウォズも目をパチパチさせている。ウォズにも知り得ぬことなのだろう。だが、あれがそれほど頻発するとは思えない。あくまで現時点での話だ。

「殿下、その根拠は？」

「ない、が……何と言えばいいかわからない。ただ、あれは今までとは少し違うもの、な気がする」

それ以上のことは言えなかった。本当にただ直感的にそう思っただけなのだ。その言葉にハーヴィは更に眉間の皺《しわ》を増やしてしまう。アルヴィスは首を横に振った。

「悪い、気にしないでくれ。根拠も何もない。可能性については、現時点ではわからないとしか言えないな」

「……承知しました。今はそういうことにしておきましょう。ただ……」

「ただ、なんだ？」

「貴方《あなた》の直感は、意味があるものだと思っています。今の状況だからこそ尚更《なおさら》」

そのハーヴィの視線の先にあるのは、アルヴィスの手の甲。つまりは女神の紋章だ。アルヴィスの勘がそれに影響されていると言いたいらしい。

「もちろん希望的観測であることも否めませんが」

「そうだな」

いずれにしてもここで結論は出ない。わかったのはただそれだけだ。

最終打ち合わせを終えたアルヴィスは、自身のために用意されたテントへと入った。そして寝るために用意されたシートの上へ腰を下ろす。テント内には、休むための場所がある程度でベッドなどは置かれていない。他の近衛隊士たちと違うのは、その広さだけだ。

「アルヴィス様、もうお休みになりますか？」

「あぁ」

剣を腰から外し、直《す》ぐ傍に置く。結界を張っているとはいえ、何が起こるかわからないのが野営だ。いつでも剣を取れるように、常に手が届く位置に置く。それが騎士にとっての当たり前だった。それは王太子となった今でも同じだ。参加している以上、近衛隊の足を引っ張ることは出来ない。靴を脱ぐこともなくそのまま横になって暫《しばら》くすると、外から騒がしい声が聞こえてきた。

「エド」

「はい、確認してきます」

起き上がり、エドワルドへ指示を出す。周囲の気配から判断するに、不穏なことが起きたわけではなさそうだ。だとすると考えられるのは、今回初参加の近衛隊士かジラルド辺りが騒いでいるのだろう。

「全く……仕方のない奴《やつ》だ」

剣を手に取り、アルヴィスは立ち上がる。そうしてテントを出ていった。

騒ぎの中心へと向かったアルヴィスが見たのは、近衛隊士とジラルドが言い争っている場面だった。いや、争っているというより、近衛隊士が一方的にジラルドを責め立てているように見える。

「アルヴィス様っ」

アルヴィスの姿を見つけたエドワルドが慌てて駆け寄ってくる。その後ろには、ディンと見慣れぬ別の近衛隊士の姿があった。

「状況は?」

「あの近衛隊士は、例の件で婚約が白紙になったご令嬢の兄君だそうで」

「あぁ、彼はコルト子爵家の人間だからな……それでジラルドがここにいることに納得できない、ということか」

「はい」

それはそうだろう。平民へと落とされ明日をも知れぬ立場に追いやられた者がいる一方で、当事者であるジラルドがここにいるのだから。この扱いは不満だという感情が理解できないわけではない。

「それでジラルドは何と言っていた?」

「……何も仰ってはいません」

「何も?」

「はい。その先は、ディン殿から」

エドワルドが頭を下げて、アルヴィスの後ろへと移動する。場所を譲られたディンは、頭を下げてから同行していた近衛隊士を己の前へと引っ張った。彼はアルヴィスと目が合うと、深々と頭を下げる。

「ディン、彼は?」

「今年から復帰した隊士です。ちょうど殿下が近衛隊に入隊した頃は事情があり、休隊しておりました」

「……そうか」

顔を見た覚えがなかったのはそういうわけらしい。年齢はレックスよりも少し上くらいだろう。

「本当ならば昨年に復帰する予定でしたが、例の件があり延期になってしまった次第です」

「あの関係者、ということか」

アルヴィスが王太子になった事件。表面上は落ち着き、全て終わったようにも見えるが、そう簡単に収まったわけではない。あの時の令嬢たちの中で婚姻を済ませているのは未だ、エリナのみ。事情が事情ゆえに、王家が相手を探すわけにもいかない。それこそ余計なお世話というやつだ。ハーバラのように別の道を見つけている令嬢もいるが、それはまた別の話だろう。

では一体彼はどういった関係者なのだろうか。

「顔を上げてほしい」

「はっ」

「名は？」

「スティーブ・フォン・ラッセンでございます。王太子殿下、復隊が遅れて申し訳ありません」

「それは構わない。そこはルークの管轄だからな」

ラッセンといえば伯爵家だが、スティーブという名前の男児はいなかったはずだ。それに確か、あの家の長男は廃嫡されて平民へと落とされてしまった。ラッセン家には娘は何人かいるが、息子は一人だけだった。その彼を廃嫡したのだから、その代わりとなる者を縁者として迎え入れたということだろう。そういえば、現ラッセン家当主の姉が子爵家に嫁いでいた。そこには男児が二人いたはずだ。そのうちの次男が目の前の彼ということか。

「流石《さすが》王太子殿下でございますね。我が家のような末端に近い貴族家の事情までご存知とは」

「これでも元々公爵家の人間だったからな。顔はわからないこともあるが、名前と年齢くらいは把握しているつもりだ」

逆にその程度出来なければ、国王などやれるわけがない。褒められるようなことではないと伝えれば、スティーブは困ったように笑った。

「そう、高位貴族、ましてや嫡男であれば常識ですよね……彼らにとってはそうではなかったようですが」

「……まぁ、なるべくしてなった、ということかもしれないな」

彼らというのにジラルドも含まれている。実際に、ジラルドは今対峙《たいじ》しているのが誰なのかも言われるまで気が付かなかったらしいのだ。

最早《もはや》呆《あき》ればいいのか、悲しめばいいのかわからない。確かなのは、ジラルドが国王になるためには、エリナの存在が不可欠だったということだ。つまりエリナと共に歩む未来を手放した時点で、ジラルドが国王になる道は閉ざされてしまったのだ。

「王太子殿下は、コルト卿《きょう》が今回の遠征に同行することはご存知だったはずですが、何故彼らを同じ場所に集めるようなことをしたのですか？」

言葉は丁寧だが、その内容はアルヴィスを責めるものだった。横でディンが眉根を寄せていることから、彼の独断なのだろう。

「コルト卿は、妹君のことをとても大切にしていました。鉢合わせることになれば、言い合いになることは目に見えていたはずです」

何故、ジラルドを連れてきたのか。アルヴィスならばこうなることは予想できたはずだと。アルヴィスは笑みを浮かべるとスティーブから視線を外し、尚も責め立てられ続けているジラルドへと顔を向けた。

「あいつは、今まで塔の中でただ事実を伝えられるだけだった」

これは間違いだった。これが真実だった。彼がどうなった。彼女は今こうしている。ただ言葉を並べられて、告げられていくだけ。アルヴィスもリティーヌも、声を荒らげて話すことはなかった。感情に動かされるまま、責め立てることもしていない。

「それをかの令嬢方は、守られている、と感じたらしい。ジラルドは現実を知らないと」

「……どういうことですか？」

意味がわからないという彼に、アルヴィスはもう一度目を合わせた。

「俺もリティも伯父上もあいつにとっては身内でしかない。俺たちが伝えても、あいつには響かないんだ。どれだけ厳しい言葉を並べてもな。だからこそ、別の人間からの言葉が必要なんだよ」

他人からの言葉。恐らくはジラルド以外には既に浴びせられているだろうそれを、今はジラルドが受けるべき。だからこそここへ、表舞台へとジラルドを連れてきた。

「それがあれだ。今まさに、ジラルドは己が周りからどう思われていたのかを初めて他人から聞かされ、責め立てられている。それは俺にはできないことだ」

これがエリナだったらどうか。エリナはジラルドを責めたりはしない。むしろ感謝しているとまで話しているので、ジラルドに負の感情を向けることはしないだろう。アルヴィスとてそうだ。

しかし、当事者の家族たちは違う。今のコルト卿のように、怒りを悲しさを言葉に乗せてぶつけてくる。もはやジラルドは王族でも何でもないのだから不敬にあたることもないし、そう仕向けている側のアルヴィスが止めることもない。

「あいつは、ちゃんと思い知らなければならない。己のしたことで傷ついた人がどれだけいるのか。己の行動がどれだけの人の人生を変えてしまったのかを」

そう説明すれば、彼は深々と腰を折る。

「殿下のお考えも知らず、失礼なことを言って、申し訳ありませんでした」

「君たちからすれば当然のことだ。気にする必要はないよ」

彼からしてみれば当然で、非難を受けるべきは王家だ。そう伝えると、彼は顔を上げて複雑そうな表情でアルヴィスを見ていた。

「殿下は、あの方を恨んではおられないのですか?」

「……それを聞かれるとは思わなかったよ」

「殿下が騎士であることを望んでいたのは、近衛隊の皆が知っていることですから」

アルヴィスは不本意な形で除隊してしまった。騎士に未練があるまま王太子となったことは、近衛隊であれば知っていて不思議ではない。それでも、誰もアルヴィスへ尋ねてくることはなかった。もしかすると、皆に気を遣わせていたのかもしれない。控えているディンへ視線を送れば、軽く頷かれた。やはりそういうことなのだろう。つまり、これはある意味近衛隊からの問いということになる。

「俺は、戸惑っていただけだ。あいつを恨んではいないよ」

憎しみを抱いたことはない。近衛隊士である前に、アルヴィスは王族の一員だった。自分の感情よりも先に、義務と責任が来る。ただそれだけだ。

ジラルドの混乱

「お前のような奴《やつ》がどうしてここでのうのうとしているんだ！」

それは叫びにも似た言葉だった。ここにどうしているのか。それはジラルド自身にもわからない。しかし、これに反論してはいけないことだけはジラルドにも理解出来た。近衛隊《このえたい》を束ねるルークも、それに随行している副隊長や他の隊士たちも、皆止める仕草など一切していない。ジラルドがどう出るかを見守っているような状況に、拳を強く握りしめて耐えるしかなかった。

「王族の義務も立場も忘れて、色欲に溺れたお前のせいで……妃殿下も妹たちもどんな思いをしたか」

心底憎い。言葉にしなくとも、その鋭い視線がそれを告げている。妹という言葉に、誰かの令嬢の兄だということはわかったが、ジラルドは目の前の隊士が誰なのかわからなかった。見覚えはないことから、ジラルドが王太子の時に付いていた隊士ではないことは確かだ。しかしそれ以上の情報は、ジラルドの頭の中にはない。きっとアルヴィスならば、彼が誰かわかるのだろう。ジラルドとは違って。

ジラルドは自嘲気味に笑う。すると、重たい拳がジラルドの目の前へと迫っていた。避けることも出来ず、ジラルドは左頬を思いっきり殴られてしまう。その勢いのまま、ジラルドは叩《たた》きつけられるようにして地面へと転がった。

「ぐっ」

「お前が王太子でなくなったこと、心から歓迎するよ。お前のような奴に命を預けられるものかっ……」

身体《からだ》を起こしながら隊士を見上げる。見下ろされて地面に座り込むジラルド。それは今のジラルドの立場を象徴しているかのようだった。


殴られた左頬に手を当てながらジラルドは、気が付くと野営地から少し離れた開けた場所へと来ていた。見上げればちょうど木々の間から、月が見える。まるで一人だけ取り残されたように感じ、ジラルドは座り込んでしまった。

「王族の義務、立場……そんなこと忘れていたな」

ジラルドは物心ついた時から、唯一の王子だった。将来は国王になることを疑ったことは一度もない。どれだけリティーヌが優れていようと、女が国王になることは出来ない。何をしてもしていなくてもジラルドは国王になれると、そう思っていた。

公務や執務についても深く考えたことはない。アルヴィスのように、承認するために根拠を知りたいとなど考えたことすらない。以前もやっていたのであればそれでいい。文字を眺めて、署名するだけだと。誰かの人生を背負ったつもりもなく、他人事《ひとごと》のようにすら考えていた。

エリナに対しても同じだ。初めて会った時は可愛《かわい》らしい令嬢だと思った。この子が将来の妃《きさき》になるのだと、心躍ったことだってある。でも、エリナは優秀だった。我儘《わがまま》だったのは、幼少期だけ。王妃教育を受けるにつれて、彼女は慎《つつ》ましやかでありながら堂々とした令嬢へと変わっていった。

エリナが褒められるたびに、心の中が乱れていき、いつしか彼女にリティーヌの影を見るようになった。彼女と顔を合わせることが嫌になり、偉そうに苦言を呈する姿も気に入らなかった。だが……出発する前に見たエリナの姿に、ジラルドは衝撃を受ける。そこには、かつてジラルドが焦がれていた少女の理想の姿があったからだ。

しかし、その相手はジラルドではない。こちらを見向きもせずに、彼女はアルヴィスだけを見ていた。頰を染めて嬉《うれ》しそうに彼を見る彼女。その姿に傷ついている己がいることを隠すことは出来なかった。

「……結局僕も、都合のいいことしか見ていなかったということか」

「今更わかったのか……」

「っ!?」

突然声がして、ジラルドは後ろを振り返る。そこにいたのは、アルヴィスだった。

「アル、ヴィス」

「言っておくが、コルト卿《きょう》の言葉はまだマシな方だ。お前を処刑した方がいいという声だってある」

「っ……」

処刑するということは、つまりジラルドは死を望まれているということだ。恐怖に身体が震えるのを、ジラルドは両手を握りしめることで耐えるしかなかった。

「ぼ、くは……」

「王族の言葉は重い。たった一言で、人を殺すことも生かすことも出来る。お前の言葉で、沢山の貴族令嬢令息の人生が変わった。中には絶望を感じた者もいることだろう。その責任をお前は負わなければならない」

「そんなこと出来るわけっ――」

言いかけてジラルドは言葉を止める。アルヴィスが纏《まと》う気配が変わったからだ。殺気のような、威圧感。彼は怒っている。辛うじてわかったのはそれだけだった。

「俺たちの言葉も命も、人生までも自由に決める権利はない。王族は国のものであり、国民のための存在だ。出来る出来ないじゃない。それがお前が王族として生を受けた義務なんだ」

『王族とは、民のために国のために在るもの。全てに支えられていることを忘れてはなりません』

アルヴィスの言葉を聞きながら、ジラルドは幼い頃に家庭教師から聞かされた言葉を思い出していた。立派になって、民を導く人になるようにと何度も聞かされていた言葉だ。

『殿下はいずれ人の上に立つお方なのです。他国の方と交流する機会もあります。知らないでは

――』

『うるさいっ。僕に指図するな』

これはエリナの声だ。他国言語は特に苦手だった。エリナにもよく注意されていたが、ジラルドだってわかっていた。それでも他人に指摘されることが嫌だったのだ。それがエリナだというだけで、ジラルドは更に頑《かたく》なになった。エリナは既に履修し、日常会話レベルで話すことも出来る。嫌味を言われているようにも思えて、耳を傾けなかった。その結果が今のジラルドということだろう。

「アルヴィスも……僕が憎いのか？」

「……」

ぽつりと言葉が出る。アルヴィスが学園を卒業後、騎士団に入った時のことを思い出していた。王位継承権を持っているものの、彼は所詮公爵家の次男でしかない。家を継ぐことは出来ず、その血筋だけが王に近しい存在。それを嘲笑《あざわら》ったこともある。それでも、アルヴィスが騎士になるということが気に入らなかったのもまた事実だ。

その後、騎士となったアルヴィスを王族へと追いやったのはジラルドである。ある意味で不自由であっても人生を選べる場所にいたアルヴィスを、自由もなければ人生を選べる道もない場所へと追いやった。アルヴィスの言葉は、そのままアルヴィス自身へと返っていく。そのことを恨んでいるのだろうか。ジラルドはアルヴィスから顔を逸《そ》らした。何故《なぜ》か、その顔を見ていられなくなってしまったから。

そんなジラルドの頬に、そっと手が添えられた。温かく感じるのは恐らくマナの力だ。左頬の痛みが引いていくのを感じながら、アルヴィスと顔を合わせる。

「お前がそんな顔をするのは初めてだな」

少しだけ笑ったアルヴィスの顔は、ジラルドがよく知るもの。思えば、塔に入ってからここに至るまでジラルドに笑いかけてくれる人はいなかった。誰一人として。

否、その前であっても笑いかけてくれたのは誰だっただろう。リリアンはいつも笑ってくれていた。だが、それ以外にジラルドに笑みを向けてくれた人はいただろうか。どれだけ思い返しても、覚えがなかった。父も母も、リティーヌやエリナでさえもだ。苦言を呈するばかりで、誰も彼もがジラルドを認めてくれてはいなかった。だから余計にリリアンが愛《いと》しく思えた。何をしても必ず褒めてくれたリリアン。だがそれは、他の皆に対しても同じで……。

ふと、ジラルドの背中を冷や汗が伝う。リリアンがジラルドを否定することはない。何を伝えても、どんな話をしてもだ。愚痴を言っても、駄目出しをしても変わらなかったのは、本当にジラルドを認めてくれていたからだろうか。

「……リリアンは、僕を認めてくれていたわけではなかった……のか」

そんなはずはないと思う気持ちと、それと相反する考えがジラルドを混乱に陥れていた。

◆◆◆

肩を落としたまま微動だにしないジラルドを置いて、アルヴィスはテントへと戻ってきた。テントの前には、エドワルドが立っている。どうやらアルヴィスが戻ってくるのを、ここで待っていたらしい。アルヴィスの姿を認めると、エドワルドは少しだけ安堵《あんど》したような表情を見せた。

「お帰りなさいませ」

「あぁ、悪かったなエド」

「いえ……アルヴィス様はそういうお人ですから。それよりも何事もなくて良かったです」

あの後、ジラルドの背中を追いかけたアルヴィスを、エドワルドは引き留めなかった。何をしに行くのかも全て承知の上で。

この場でジラルドはただの従僕という扱いだ。本来ならば、アルヴィスが気にかける必要などない。放っておいても問題はなかった。それでもアルヴィスが声を掛けに行ったのは、未《いま》だに心のどこかで弟のように見ているからだ。それもエドワルドにはお見通しだったということ。本当にこの幼《おさな》馴染《じみ》には頭が上がらない。

「この遠征が終わった後、予定通り向こうへ送る予定だ。その前に、少しでも自覚させられればいいんだが」

「そうですね……」

多少荒療治になっても構わない。未だにリリアンという少女の呪縛の中にいては、己の責任をはき違える可能性もある。ジラルドの行動の責任はジラルド自身にあり、何がいけなかったのかを自覚してほしい。それは、婚約を破棄された側の令嬢たちがまず一番に望むこと。その上で改めて罰を受けさせてほしいと。

塔に幽閉されたまま生涯を終えるか、それとも見習い騎士として昇給することもないまま国に尽くすか。どちらがより辛《つら》いかと問われた場合、アルヴィスが答えるのは確実に前者だ。無為の時間を過ごすことほど苦痛なことはないのだから。尤《もっと》も、ジラルドにとってどちらが苦痛かはわからない。いずれにしても、その先はアルヴィスが考えることではない。

テントの中へ入りシートの上に腰を下ろしたアルヴィスは、外套《がいとう》を脱ぎエドワルドへと手渡す。

「もう遅い時間ですし、お休みになりますか？」

「あぁ」

腰から剣を外してすぐ傍《そば》に置くと、アルヴィスは横になった。何も言わず、ウォズもアルヴィスに身を寄せてくる。何も言わずただ傍にいるだけ。アルヴィスは苦笑しながら、その体軀《たいく》を撫《な》でた。

明日も早いことに加えて、夕方にはあの墓所へと向かうことになっている。そこで何が起きるのか。大聖堂で起きたことを考えれば、何かしら起きると構えておいた方がいい。

天を仰ぎながら、アルヴィスは右手を胸の上に置いた。この身に起きている胸騒ぎの正体。それを少しでも摑《つか》んでおきたい。明日の行動予定を考えながら、そのままアルヴィスの意識は落ちていった。

翌朝、アルヴィスが朝食を摂《と》っていると遠くの大木に腰を下ろしているジラルドの姿が目に入った。少し目が赤いようにも見える。恐らく眠れなかったのだろう。ジラルドは学園の演習以外に実戦経験はない。馬車以外の移動方法で王都外に出たこともないはずだ。当然、野営経験などあるはずもなく、全てが未経験だろう。

遠征中、休む場所は野外。当たり前だがベッドなどはないし、湯あみも出来ない。これは王太子であるアルヴィスも同じだった。尤も、アルヴィスは騎士団や近衛隊での経験があるので、特段不便は感じていない。そもそも王太子が遠征に参加すること自体が異例なので、これを当たり前と呼んでいいのかは微妙なところだが。

野営という不慣れな環境で眠ることが出来ないのは、遠征の初参加者にはよくあることだ。それでもジラルドは不満を漏らしていないので、今の置かれた状況は理解しているらしい。

「それだけでも進歩、か」

「……随分遅いですがね」

「ハーヴィ？」

「おはようございます、殿下」

アルヴィスの呟《つぶや》きを拾ったのは、副隊長のハーヴィだ。

「おはよう、見張り隊ご苦労だった」

「ありがとうございます。あの方は、昨夜は一睡もせずに外にいたらしいですよ。想像していた以上に、過酷に見えたのでしょう。我々にとっては普通なのですが」

「考えたこともないんだろうさ」

どれだけの人の力で、己が守られていたのかを。無論、アルヴィスとてまだまだ未熟者の部類だ。精進しなければならないことなど山ほどあるので、偉そうなことは言えない。

「俺も、頑張らないとだな」

「あまり頑張られても困りますが……そういえば」

「そういえば、なんだ？」

意味ありげに言葉を止めたハーヴィは、少し意地の悪い笑みを浮かべている。アルヴィスは反射的に身体を引いた。

「出発前に妃殿下がお見送りに来ていらっしゃいましたが、その時あの方が妃殿下を見て呆然《ぼうぜん》としていたらしいですよ。惚《ほ》れ直していた、というようにも映ったみたいでスッキリしたという隊士もいましたね」

確かにエリナが見送りに来ていた。思い出していると、ふと気づく。あれは遠征の出発前。つまり、近衛隊士らの目があるところだった。従僕として同行していたジラルドもその場にいたのだ。アルヴィスの様子から色々と察したハーヴィは苦笑する。

「意図的、ではなかったのですか」

「違うっ」

あの時、朝からエリナはどこか不安定だった。アルヴィス自身、そのまま出発していいか迷っていたところへ、寂しそうな顔をしているエリナが傍に来たのだ。放っておけなくなってしまうのも当然だろう。ただそれだけのことだ。周りのことなど頭になかった。あるのはただ、エリナを安心させたいという思いだけ。本当に他意はなかったのだ。

「それはそれで宜《よろ》しいと思います」

「……」

ほんの少しだけハーヴィの笑みが黒く見えたのは気のせいだろう。

王家の墓所

遠征も最終日となった。近衛隊《このえたい》が行う遠征自体は、既に終わっている。あとはアルヴィスの用事を残すのみ。

向かう先は、王家の墓所。いずれにしても護衛として近衛隊が来ることになるので、遠征の行き先に追加することについても何も言われることはなかった。むしろ別途予定を組み直すべきという声があったほどだ。だが、そうそう何度も城を空けることをアルヴィスはよしとしなかった。それは王太子宮でエリナを一人にすることと同義だから。

「ここか……」

木々の隙間からドームのような建物が見えたかと思うと、その奥には神殿が建てられている。大聖堂のそれよりは小さい。建て替えなどは一切されていないはずのそこは、不思議と朽ちることなくその姿を保てているという。ルベリアの建国時には既にあったらしいが、それ以上の情報は伝えられていなかった。それが意図的になのか、長い年月の果てに忘れ去られてしまったからなのかはわかっていない。

それを囲む石造りの壁へと来ると、アルヴィスは立ち止まった。暖かな風がアルヴィスの頬を撫《な》でていく。そのまま正面を見上げれば、肩に乗っているウォズもそれに倣うように前を向いていた。

「ここが王家の墓所、ですか」

「あぁ。俺も本物を見るのは久しぶりだ。元々、決められた時にしか訪れることが出来ない場所だからな、俺たちでさえも」

アルヴィスたち王家に連なる者でも、たとえ国王であってもそれは変わらない。頻繁に来る場所でもなく、生涯に一度来るか来ないかだ。アルヴィスが知っているのは、偶然でしかなかった。たまたまそういう機会があっただけなのだから。

皆が足を止めて、建物を見上げる。資料で見ていても、ほぼ全員の近衛隊が初めて目にするもの。見入ってしまっても仕方がない。

「しかし、アルヴィス様」

「エド?」

「こうも入口が開いたままですと、不用心ではないのでしょうか?」

エドワルドの指摘は尤《もっと》もだ。門が閉じられているわけでもなく、誰かが立っているわけでもない。常に開かれている。これでは誰でも入ることが出来るのではないかと思われても仕方がない。

「試してみるか?」

「え?」

見た方が早いと、アルヴィスはルークへと視線を向ける。すると、心得たとでもいうようにルークはレックスの肩を押した。

「俺ですか？」

「行ってみればわかる」

ルークに指名された形となったレックスが、困惑したまま敷地内へと入ろうと一歩足を踏み出した瞬間、レックスは何かにぶつかったように弾《はじ》き飛ばされてしまった。更には、足を押さえてうずくまってしまう。

「痛《い》てぇ」

「「……」」

一体何が起きたのか、周囲の誰もがわかっていなかった。否、アルヴィスとルークだけは知っていたのだが。

「アルヴィス様、今のは一体何だったのですか？」

「……ここには王家の者以外立ち入ることは出来ない。それ以外の者が立ち入ろうとすれば、レックスのようになる」

説明をしながら、アルヴィスは先ほどレックスがぶつかっただろう場所へと手を伸ばした。だが、アルヴィスの手は何かに当たることなく敷地内へと誘い込まれる。そのまま一歩足を踏み入れれば、阻まれることなく先へと進むことが出来た。肩にいるウォズも拒まれない。女神の眷属《けんぞく》だからだろう。

「アルヴィス様っ」

完全に敷地内へと入ってしまったアルヴィス。慌てたエドワルドがアルヴィスへ向かって手を伸ばした。だが、その手はアルヴィスに触れる前に見えない壁に阻まれてしまう。

「エドっ!?」

「っ……」

最早《もはや》反射と言っていい行動だ。アルヴィスが驚き目を見開くが、エドワルドは首を横に振った。手を押さえてはいるものの、大したことはなさそうだ。アルヴィスは安堵《あんど》の息を漏らした。

「エド、それにルーク、近衛隊の皆も暫《しばら》く待っていてほしい」

「はっ。お気をつけて」

「あぁ」

彼らに背を向けて足を踏み出そうとして、アルヴィスは止まる。そして振り返り、後方に立っていたジラルドへと声を掛けた。

「ジラルド、お前は付いてこい」

「え……あ、あぁ……はい」

アルヴィスはジラルドを待つことなく前を向いて歩き始めてしまう。名指しされたジラルドは、当人にしては珍しく困惑を隠すことなくあたふたしながらも敷地内へと足を踏み入れた。当然だが、ジラルドが壁に阻まれることはない。

「……アルヴィス、僕が何故《なぜ》」

「お前は俺の従僕だ。エドたちが入れない以上、俺の補佐として入っても不思議ではないだろう。尤も、お前に期待しているのはそういうことじゃないが」

「じゃあどうして――」

ジラルドが声を荒らげようとしたその瞬間、突風がアルヴィスとジラルドを襲った。と同時に、周囲に重苦しい気配が現れる。

「この空気は……？」

『ふむ』

周りを見渡してみれば、エドワルドたちの姿はもう見えなくなっていた。それほど奥まで歩いてきたわけではない。建物へ向かって真《ま》っ直《す》ぐに進んだだけだ。姿が見えなくなるということは普通に考えてあり得ないことだろう。

重苦しくはあるが、嫌な気配ではなかった。ただ空気が纏《まと》いつく感覚と言えばいいだろうか。壁の外よりもマナの濃度が高いせいかもしれない。

考え込んでいると、腕に重さを感じる。見ると、震えたジラルドの手がアルヴィスの腕を摑《つか》んでいた。

「ジラルド？」

「こ、怖いわけじゃないっ！　ただちょっとこう……近い方がと」

一応は、この雰囲気が普通ではないという感覚があるらしい。恐れるようなものではないのだが、得体の知れない事象に対して恐怖を抱くことは誰にでもある。ここは割り切るしかない。ほんの少しだけ連れてきたことを後悔したアルヴィスだった。

腕を掴んだままのジラルドのことはひとまず頭の片隅に追いやるとして、アルヴィスはもう一度周囲を観察した。パッと見は外から見た様相と変わらないようだが、よく見ると違和感がある。言葉では説明しにくいのだが、同じでありながらもどことなく違うように感じるのだ。

『まやかしの一種。ここには何も在らぬ』

「え……？」

横目で肩の上にいるウォズへと視線をやると、ウォズは真っ直ぐ正面を向いていた。この辺りには何もない。ウォズの言葉を信じるのであれば、建物があるように見えているだけだという。

「マナが濃いことと関係があるのか？」

『うむ、神子《みこ》にはわかるか』

「お、おい、アルヴィス……だ、誰と話をしている、んだ？　まさか幽霊じゃ……」

震えていた手がアルヴィスの腕から離れていく。ジラルドにはウォズが見えていない。アルヴィスが一人で話をしているように映ったのだろう。そしてここは墓所。つまりは死者が眠る場所だ。ならば、視《み》えていない存在を幽霊と思うのは仕方がない。

「はぁ」

「な、なんだよっ」

「別に」

思い返せば幼い頃のジラルドは、怖い話が苦手だった。それは今でも変わっていなかったらしい。何故そんなことをアルヴィスが知っているかなど、恐らくジラルドは覚えていないだろうけれど。

そんなジラルドに呆《あき》れながら、アルヴィスは正面へと向き直った。この先に道が続いている。確信めいたものがあったアルヴィスは己の勘を信じて足を進める。歩き始めれば、再び腕に重さを感じた。ジラルドだ。

「……子どもか」

ポツリと呟《つぶや》いたが、顔を強張《こわば》らせたジラルドには聞こえていなかったらしい。振りほどくのも面倒で放置しておく。

真っ直ぐ前に向かっていけば、やがて真っ暗なトンネルのような場所に差し掛かった。暗闇が怖くなったのか腕を摑む力が強くなる。痛みを感じて、アルヴィスは内心で大きく溜息《ためいき》をつく。

「ジラルド、流石《さすが》に歩きにくい。少し離れてくれ」

「わ、わかっている！」

若干隙間が空いた気がするが、それは直ぐになくなってしまう。学園でも演習はあったので、魔物との戦闘もこなしているはずだ。だが、得体の知れない空気というのは、目に見える魔物以上の恐怖がある。怖がるのも理解できないわけではない。だとしても元王族としては、堂々としていてほしいものだ。

「ア、アルヴィス前っ」

「え？」

ジラルドの声にアルヴィスは正面を向く。多少開けた場所の中央に、大きな石碑があった。どうやって作ったのだろう。アルヴィスたちの身長を優に超える高さだ。

「石碑、か。文字が彫ってあるが……これは古代語だな」

「読めるのか？」

「王族ならば必須の知識だろうが」

「うっ」

王となる者であれば、読めて当たり前だ。リティーヌら王女には不必要とされていることだが、王族の男児ならば必須だ。アルヴィスは個人的にも興味があり元々身に付けていたが、そうでなければ学園卒業程度の知識しかなく苦労したはずだ。王太子として過ごしていたジラルドがわからないというのは、怠慢としか言えない。

アルヴィスは石碑を背にして、腕を組みジラルドを見据えた。

「今更だが……お前は自覚が足りなすぎる。それでよくそのままでいられると思っていたな」

「古代語は苦手だったんだ。それ以外なら……言語系以外なら僕だってちゃんと」

言語系以外とはいうが、退学前の学園での成績を見る限り信用できない。学園での態度も含めて、自覚が足りなすぎるのだ。既に王族ではなくなったジラルドに何を言ったところで意味はないが、どれだけエリナが苦労していたのかがよくわかる。

「わかっているんだ。お前が言いたいことも、僕には覚悟も責任感も足りなかったことも」

ギュッと拳を握りしめるジラルドを、アルヴィスは黙って見つめた。王太子という立場にあった者の発言とは思えない。帝王学を学ぶ中で何度も繰り返し教えられるものが、身に付いていなかったということになる。王となる者が選択を誤れば、国も民も失いかねない。言葉で繰り返されても、本当の意味で理解していなかったということだ。

「今更遅い」

「……うん」

珍しく素直に頷《うなず》いたジラルドに、アルヴィスは目を見張った。荒療治ではあったが、遠征に連れてきた意味はあったのだろう。いずれにしろ全ては過去のこと。今更もう戻せない。アルヴィスが騎士に戻ることもなく、ジラルドが王太子となることもないのだから。

そんな話をしていると、背にしていた石碑からふわっとした気配を感じた。何かに呼ばれたような気がして、再び石碑を振り向く。と同時に、肩に乗っていたウォズが地面へと降り立った。

『来る』

ウォズの声に導かれるようにして石碑を見上げれば、今度ははっきりとアルヴィスの耳へ届く。

『吾子《あこ》……』

「この声」

「どうかしたのか？」

ジラルドには聞こえないのか、怪訝《けげん》そうな顔をしながら辺りを見回している。気配は感じているのか、再度アルヴィスの腕を掴みながらだが。

『私の声は吾子らにしか聞こえません……それと、今はウォズでしたか』

『うむ、神子がつけた名だ』

『良い名です』

女神の眷属であるウォズと主である女神。この二人が会話をするのを見るのは初めてだ。眷属ではあっても、常に会っているわけではないらしい。ウォズがいるのは、アルヴィスの傍《そば》だからということか。

『本来ならば立ち入ることのないこの時期。誰であろうと立ち入ることは出来ないはずなのですが、私の加護を持つ者がいるとはいえここに他の誰かがいるということは、つまりそういうことなのでしょう』

「どういうことですか？」

『何故、ここへ来たのかと問うのは無意味でしょうね』

アルヴィスらがここへ入ることが出来た理由。勝手に納得しているようだが、こちらには全く意味がわからない。しかし、ルシオラはこちらの質問に答えるつもりはないらしい。声だけというのは、交渉をする側としてはかなり不利だ。

「こちらの質問には答えてくれないのですね」

『私が言わずとも、吾子……貴方《あなた》は既にわかっているはず。だからこそ、この地を目指したのでしょう？』

わかっていると言われても、今のアルヴィスに心当たりはなかった。この場所へ来た理由は二つ。墓所が女神所縁《ゆかり》の地であること、そしてどこか焦燥感に似た勘だけだ。根拠も何もない。アルヴィスは胸に手を当てて目を閉じる。

「どこか胸騒ぎがしています。俺にはこの国を守る責任がある。だからこそ、この感覚を放置するわけにはいきません」

「アルヴィス？　お前誰に――」

「知らなければならない。この感覚が何なのか。だから俺はここに来た。ここなら、王家の墓所ならば何かがわかる。そんな気が、したから」

それは決して間違いではなかった。ここでルシオラの声が聞こえたのが何よりの証拠だ。どの場所で聞いた時よりも、濃くはっきりとルシオラの声が聞こえる。大聖堂にあるあの像は恐らく依《よ》り代《しろ》でしかないのだろう。こちらに本体がある。アルヴィスはそんな風に感じていた。

『私たちでは滅することが出来なかった、そういうことなのでしょう』

『女神よ』

『わかっています。これはもしかしたら、あの人の導きなのかもしれません。私の代わりではなく、きっとあの子の……』

「あの子？」

刹那、ふわりと風が吹いたかと思うと、目の前に女性が姿を現した。幾度となく目にしている女神ルシオラの姿そのままだ。

「ふぇ!?　な……」

ドサッという音がして、後ろを見てみる。すると、地面にへたり込んでいるジラルドがいた。完全に腰を抜かしているらしく、足は震え、口をパクパクさせている。

『吾子』

「ルシオラ」

ジラルドのことは見向きもせずに、女神ルシオラはただアルヴィスだけを真っ直ぐに見つめた。

『その様子ですと、私よりもあれを感知しているのかもしれません……貴方は私が思っている以上に親和性が高かったようです』

「……」

差し伸べられた手がアルヴィスの頰に触れる。身体《からだ》は透けており実体がないはずなのに、触れられた手はどこか温かく感じた。

『今の私からこれ以上を告げることはできません。ですが、貴方には知る権利があります。ルベリアの子として、それを背負う覚悟があるのであれば』

「……加護を得た時点で、俺に拒否権はないようでしたが」

覚悟もなにも、立太子式の時点で強制的に与えられた。既に賽《さい》は投げられている。この状況で、問いかけるのは卑怯《ひきょう》だろう。異論があるわけではないが、思うところがないわけでもなかった。

『神子、それは――』

『ウォズ、いいのです。こちらの事情など、吾子には関係がないのですから』

女神ルシオラたちの事情など、当然知る由もない。ただ確かなのは、アルヴィスが加護を得た事実は変わらないということだ。それに、背負う覚悟ならばとうにできている。慈愛と豊穣《ほうじょう》の女神と謳《うた》われている女神ルシオラが、考えなしにやっているわけではないことくらい、アルヴィスも理解しているのだから。

『ただ、吾子もあの誓いを偽りにするつもりはないはずです』

「今の俺はルベリア王国の王太子です。当然、貴女《あなた》に誓った言葉を偽るつもりはありません」

立太子の誓い。それは慣例とされている言葉を並べるだけのもの。だが、その意味を理解せずに宣誓したわけではない。アルヴィスの言葉に、女神ルシオラは微笑《ほほえ》む。まさに慈愛の女神というのにふさわしい笑みに、アルヴィスは一瞬目を奪われた。

『信じています。私が選んだ吾子ですから。では吾子、石碑へと触れてください。貴方に見せましょう。あの時の、私たちがせねばならなかった選択を』

石碑に手を触れよと女神ルシオラは告げる。恐らくまたいろいろな情報が入り込んでくるのだろう。この場にエドワルドたちがいなかったことに心から感謝した。この前は一方的にされたため体調を崩したが、今回は覚悟が出来るだけマシだ。

「ジラルド、暫くそのままで待っていてくれ」

「え？」

「俺が回復するまで、何もするなということだ」

「だからどういう意味だって――」

訳がわからないと叫ぶジラルドを放置し、アルヴィスは目を閉じて深呼吸をすると覚悟を決める。ゆっくりと手を伸ばして、石碑に触れた。

情報の流れを受け止めるため、アルヴィスはマナを展開する。この前のような乱暴なものはごめんだった。

アルヴィスが知るルシオラの姿と、創世記にその夫として描かれている大神ゼリウムが見えた。そして槍《やり》を持つ女性と、ルシオラによく似た子ども。まるで創世記を映像で観《み》ているかのような感覚だった。瘴気《しょうき》らしきものが晴れたあと、その場に大神ゼリウムの姿はない。場面が変わると、ルシオラと恐らくその子どもが成長した姿が並んでいた。彼らの目の前には、二つの像がある。それが何を示しているのか、何のためにあるのかをアルヴィスは理解した。否、してしまった。

「な、んで……」

アルヴィスの頭の中には、悲しみと憎しみが渦巻いていた。それはまるで頭の中をかき回される感覚と似ている。己のモノではない感情に翻弄され、アルヴィスは膝を突いた。

『神子っ』

慌てた様子でウォズが駆け寄り、頬を撫でてくる。何かを伝えたいが、今のアルヴィスは意識を保つだけで精一杯だった。未《いま》だ頭をかき回される感覚は治まりそうにない。蹲《うずくま》ったアルヴィスには、その感覚が治まるまでじっと耐え続けることしか出来なかった。

どれくらいそうしていたのか。何度か深呼吸を繰り返し、アルヴィスは息を整える。頭の鈍痛は治まりそうにないが、それでも大分落ち着いてきた。石碑に背中を預けて、天井を仰ぐ。

『大丈夫か、神子』

心配そうな顔をしたウォズがアルヴィスを見上げていた。苦笑しながら、その頭を撫でる。違和感は拭えない。それでもいつまでもここにいるわけにはいかないだろう。あまり遅くなると、エドワルドたちへ不安を与えてしまう。

もう一度目を瞑《つぶ》り、深呼吸をする。これならば行けるだろうと再び目を開けると、飛び込んできたのはジラルドの顔だった。

「だ、大丈夫、か?」

あの様子を見たからか流石に心配になったのだろう。その表情はどこかジラルドを幼く見せていた。まるで幼い頃に戻ったと錯覚してしまうほどに。

「大丈夫だ」

ゆっくりとその場から立ち上がろうとして、視界が黒く染まる。眩暈《めまい》だと思った時には遅かった。身体が倒れかけるのを他人事《ひとごと》のように感じていると、正面から抱きかかえられた。

「アルヴィス！」

抱きとめてくれたのはジラルドだ。それ以外に人はいないのだから間違いない。ジラルドはそのままアルヴィスの腕を首に回して横に並んだ。アルヴィスが倒れないようにと。

「すまん」

「そんな調子で出ていくつもりか？」

「はは……」

ジラルドからの思いがけない指摘に、アルヴィスは笑う。まさかジラルドからそんな心配をされるとは思わなかったからだ。笑われた形となったジラルドは不満そうに唇を尖《とが》らせる。

「なんで笑うんだ」

「悪い、お前からそんなことを言われるとは思わなかったんだよ」

「僕だって、そのくらいは……」

否定しながらも、その声は徐々に小さくなっていく。恐らくそれはアルヴィスの言葉を完全には否定できないからだろう。ジラルドが誰かを気遣う場面など、少なくともアルヴィスは見たことがない。もしかしたらリティーヌに対しても、そしてエリナに対しても気遣うことなどなかったのかもしれない。それは次のジラルドの言葉でわかる。

「いや、言ったことなどなかったかもしれない。侍従だったヴィクターにも誰にも」

「……そうか」

小さい頃からアルヴィスの方が少しだけ身長が高かったので、こうして顔がすぐ横にあるというのは初めてかもしれない。だからこそ今のジラルドの表情がよく見える。後悔している、ということがありありと見て取れた。

この墓所に入った時は連れてきたことを後悔したが、やはり連れてきて良かったのかもしれない。

ジラルドに支えられながら苦笑すると、ズキリと頭に痛みが走った。

「っ」

「アルヴィス、まだ休んだ方がいいのか？」

「いや、いい。このままここを出よう。あまり時間をかけすぎるとエドたちが心配する」

どのくらいここにいたのか。時間の感覚がわからない。なるべく早く姿を見せなければ、少し過保護気味な幼馴染《おさななじみ》に不要な心配をさせてしまう。

「それに」

「それに？」

「お前も、ここには長居したくないだろう？」

口元を緩ませながら告げれば、ジラルドがフイッと顔を背ける。だが耳が赤くなっているところを見るに図星のようだ。実際に幽霊のような姿を見てしまったので、ジラルドにとってはきつかったのだろう。視線だけで後ろを見ると、既に女神ルシオラの姿はなかった。挨拶くらいはするべきだったのかもしれないが、もう遅い。

「いずれにしても急ぎ城に戻らなければならない」

「……さっきの、あれは幽霊、だよな？　ルシオラってことは、女神の幽霊ってこと、だったり、いやまさかそんなわけ……」

「ある意味ではその類に含まれると言えなくもないだろうが」

女神を幽霊と言っていいものかと問われればノーだろう。しかし、実体がないという意味では違うとも言い切れない。そういう意味でアルヴィスは伝えたのだが、ジラルドには当然伝わっていない。腕を摑んでいる手に力が込められるのを感じて、アルヴィスは再び笑った。

「ぼ、僕は見てないっ！　幽霊なんて見てないからな」

「くくっ、そうか」

「お前っ！　調子が戻ったならもういいだろう！　僕は先に行くっ」

腕を放して、ジラルドは足早に先へと向かっていく。出るだけならば一人でも問題はないはずだ。まだ残っている頭痛を、深呼吸をして誤魔化す。トンネル付近まできたアルヴィスは石碑を振り返った。

「ルシオラ、貴女の子孫の一人として務めを果たすこと、お約束します」

胸に手を当てて、アルヴィスは頭を下げる。風が頬を撫でた気がして顔を上げた。恐らくそれはルシオラからの返答だろう。今ここですべきことはやった。再び石碑に背を向けると、アルヴィスはジラルドの後を追うのだった。

◆◆◆

アルヴィスの姿が完全に見えなくなった後で、ルシオラは石碑の前に顕現する。両手を組み、祈るようにして目を閉じる。

『……どうかお願いします。アルを、あの子をどうか』

届かないことはわかっている。今ルシオラがやっていることは卑怯なことであるということも。それでも願わずにいられない。自分たちが行ったことが正しいとは思わないし、それを認めてほしいわけでもない。それに、結果として今の世界をそうしてしまったのはルシオラたちの罪である。だが、それを変えるだけの力がルシオラにはない。既にマナだけの存在となって久しい自分たちには、何度も人間たちと関わることなど出来ない。神、と呼ばれる自分たちが関わればその人間が狂うことを知っているからだ。

ゆえに、奇跡のようなものだった。アルヴィスという人間に出会えたことは。少なくともルシオラはそう思っている。ルシオラの力を受けても狂うことのない器。本来ならば女性であることが望ましく、男性であるアルヴィスが受け入れられたのはまさに奇跡としか言いようがない。それでも今を生きる人間では、彼しかいなかった。大聖堂でマナを感じた時に即断したことを、ルシオラは間違いだとは思っていない。ただ、彼の周囲にいる者たちへは申し訳なさを感じてもいる。

『ですが清浄の巫女《みこ》がいない今、貴方だけなのです』

ルシオラが彼を選んだということは、つまりはある選択を突き付けてしまうことと同義なのだから。

墓所の外側では

アルヴィスとジラルドが中に入って一時間程度が経過した。それでも二人が戻ってくる気配はない。

「一体中はどうなっているんでしょうか……」

「ハスワーク？」

「外壁を越えてすぐに、アルヴィス様の姿が見えなくなったことも含めてですが、ここは普通ではありません」

そう、そもそもそこから不思議なことだらけだ。墓所という形をとっているこの場所は、外側からも建物が見えている。しかし、アルヴィスたちの姿は見えない。建物が目視できる位置にあるのだから、普通ならば移動している姿が見えてしかるべきである。それがアルヴィスたちの周囲に霧のようなものが発生した後、二人はそのまま見えなくなった。まるで建物の姿が絵画であるかのように。

「まぁ、な。俺も初めて見るが……陛下や閣下でもここを訪れることはほとんどない。王族であっても一生に一度あるかないかという程度で、ここに来ることが出来る日は決まっている。それを破ってここへ来たという時点で、そもそも普通のようにはいかないと思ってはいたが」

ルークもここへ来たことはあれど、中に入る王族と共に来たことはないという。この場にいる全員が同じ状況だ。これが墓所では普通なのか、それともイレギュラーな状態なのかを判断することは無理だろう。

「私たちには、ただ待つことしか出来ないと……そういうことですね」

「あぁ。この地は大聖堂以上に女神との繋《つな》がりが深いとも言われている場所だ。アルヴィスがその加護を持っているのだから、そうそう滅多なことは起きないはずだ」

「そうであればいいのですが」

女神ルシオラの加護を持っている。それは間違いなくアルヴィスの身を守ってくれるもの。そのことはエドワルドも理解していた。しかし、女神の加護というのは時としてアルヴィスへ負担を負わせているようにも見える。

「何も仰《おつしや》ってくれませんから、アルヴィス様は」

「まぁ、あいつはそういう奴《やつ》だろうな。お前とてわかっていて傍《そば》にいるんだろうが」

「そうですね。せめて私くらいには、何でもお話ししてほしいとは思います。それがどんな他愛ない話でも、ただの戯言《たわごと》であったとしても」

ただ胸の内を話してほしい。エドワルドの望みはそれだけだ。今回のことも、どうしてこの場に来たのかという理由さえ教えてもらっていない。ただ、アルヴィスがどこか焦っているようにエドワルドには映っていた。

そんな風に考え込んでいると、ポンと肩を叩《たた》かれる。振り返ってみると、それはルークだった。

「ほら、王太子殿下のご帰還のようだ」

「え」

視線を墓所へと戻すと、霧が立ち込める中からジラルドが、そして少し遅れてアルヴィスが現れた。

「アルヴィス様！」

急ぎ足でこちらへ来るジラルドとは違い、アルヴィスの歩調はやや遅い。よく見れば顔色も悪いようだ。何事もないとは思わなかったが、やはりアルヴィスに負担をかけるような何かがあったのだろう。

外壁から出てくると、エドワルドは真っ先にアルヴィスへと駆け寄った。

「エド」

疲れたような笑みだったが、安堵《あんど》しているようにも見える。エドワルドはアルヴィスの背中に手を回し、身体《からだ》を支えた。

「お帰りなさいませ、アルヴィス様」

「……ああ、待たせたな」

言いたいことは山ほどあるが、まずは休ませるのが先だ。休ませるための場所は既に用意してある。

「さぁまずはお休みください」

「いや、俺は平気だから——」

「そのような顔色で何を仰っているんですか。それとも、すべて妃殿下へお伝えしても宜《よろ》しいのですか？」

「……お前は最近エリナを頼りすぎじゃないか？」

それは当然だろう。何と言ったところで今一番アルヴィスに効果的なのは、エリナの名前だ。エリナ当人からも、アルヴィスが無茶をしそうならば遠慮なく名前を出してほしいと許可を得ている。以前よりは随分マシになっているといっても、未《いま》だアルヴィスは自ら率先して動きすぎる。特に最近のアルヴィスは。

「いいからお前は休んでこい。王都に戻るとはいえそのくらいの時間はある」

「……わかった」

ルークにも言われて渋々ではあるもののアルヴィスは従った。用意したテントに連れていき、横にならせる。アルヴィスは素直に目を閉じてくれた。それに安堵したエドワルドは、テントを出てジラルドの下へと向かう。

「ジラルド殿」

「何だよ」

「アルヴィス様と共にいてくださったこと、お礼を申し上げます。ありがとうございました」

「え」

実際にアルヴィスの世話をしてくれたわけでもないし、ただ一緒にいただけだということはわかっている。それでも一人で向かわずに済んだのはジラルドがいてくれたからだ。誰かがいるだけでアルヴィスの行動には制限がかかる。その役目を果たしてくれたことに対するエドワルドなりの礼儀のつもりだった。

しかし当のジラルドは、驚いたのかただ目を見開いている。何か言いたいらしく、口をパクパクさせていた。だがエドワルドが言いたいことは伝えた。その後ジラルドが何を感じたところで、エドワルドには関係がない。

「では失礼します」

「あ……」

エドワルドは茫然《ぼうぜん》としているジラルドを残して、アルヴィスの下へと走っていった。

妃と側妃の対峙

ちょうどアルヴィスが墓所に到着した頃、エリナの姿は王太子宮ではなく後宮の中庭にあった。エリナを招いたのは後宮の主である王妃ではなく、側妃であるキュリアンヌである。二人で話がしたいと言われ、迷いつつもエリナは承諾した。ただし、エリナの専属護衛であるフィラリータを伴うことを条件に。

「急なお願いにもかかわらず、ありがとうございます王太子妃殿下」

「いいえ、こちらこそお招きありがとうございます」

艶やかな黒髪はリティーヌと同じもの。癖毛のところはキアラにも似ている。姿を見たことはあるものの、こうして正面から対峙《たいじ》するのは初めてのことだ。王妃とはまた違った形で国王を支えているのが側妃という存在。エリナは緊張しつつも、それを顔に出さないように笑みを浮かべた。

「こうしてお話しさせていただくのは初めてになりますね」

「そうですね」

滅多に後宮から出てこない側妃。キュリアンヌは王妃とは違い、公の執務があるわけではない。時として王妃の代理を務めることはあったが、それもエリナが王太子妃となったことで、執務をこなすことはほぼないと言える。そもそも側妃は、国王の心の支えとなる存在だ。元々執務を行うためにいるわけではなかった。

「王太子妃殿下も大事な時だとわかっております。このように呼び出す形となってしまったことを、まずは謝罪申し上げたいと思います」

「謝罪を受け入れます」

心情的に、拒否することは簡単だ。しかし、面と向かって謝罪をしてきた相手を無下にすることはできない。キュリアンヌもわかっている。これが形式だけのものだと。だが、時として形式的なものでも必要なことがある。それだけのことだ。

「私にお話があるということでしたが」

「はい。王太子殿下のお考えをお聞きしたく、妃殿下にお越しいただきました」

「アルヴィス様の、ですか？」

予想外の話題に、エリナはほんの少しだけ目を見開いた。確かにここは後宮という場所。王太子であっても、直接的な血縁者ではないアルヴィスが立ち入ることは好ましくない。リティーヌやキアラといった従妹《いとこ》との面会ならば許されているが、キュリアンヌとの間には血の繋《つな》がりがないのだ。たとえ当人たちにそのつもりがなくとも、不用意な行動は慎むべきである。

しかしエリナは女性だ。王妃教育という名の下、何度か後宮にも入ったことがある。王太子妃ということは、いずれはエリナが後宮の主となるのだから、後宮の側妃や王妃を訪ねたところで不自然ではない。

「陛下が退位を求められていることは既に周知の事実です」

「はい、お聞きしています」

「時を置かずして私もここを去らねばなりません」

国王が退位後、慣例通りならば王都から少し離れた離宮へと渡ることになるだろう。それは王妃も側妃であるキュリアンヌも同じはず。であるならば、キュリアンヌの聞きたいことというのはキアラとリティーヌのことだろう。リティーヌは既に成人しているため、そのタイミングで降嫁させるという手はあるが、キアラは違う。まだ成人する年齢には遠いからだ。

「お二人の処遇、でしょうか?」

「その通りです」

エリナが後宮の主となれば、リティーヌたちは前国王の子という立場となる。アルヴィスの実の兄妹であるならば大きな懸念とはならない。従兄妹《いとこ》だからこそ確認したいということだ。実を言えば、この辺りについて事前にアルヴィスから話をされていた。即位の時期が早まる可能性や、後宮へと移った後のことについて。そして移った後の王太子宮の在り方など。

「第二王女殿下は、未《いま》だ社交界へも出られておりません。ゆえに、それまでは後宮にいた方がいいと仰《おつしや》っておりました」

社交界へ出るまでは今まで通りに後宮で過ごす。その後学園へ入学したら、エリナたちが去った王太子宮をキアラの仮宮とするというのがアルヴィスの考えだ。

「ただその場合は――」

「わかっています。あの子を王太子殿下に預けるということですね」

「はい」

キアラの処遇を決定するのは、全てアルヴィスという形になる。両親といえども、国王もキュリアンヌも関わることはできない。それを受け入れるのならば、ということだ。国王たちと離宮へ向かう選択も可能だ。しかしその場合、キアラは将来表舞台に出る機会がなくなってしまう。アルヴィスが国王になってしまえば、キアラは直系王族ではなくなる。隠居後の国王に爵位は与えられないので、微妙な立ち位置に置かれることになるのだ。

『正直、他の貴族に預ける手もある。でも、出来ればその選択はキアラ自身にさせてやりたい』

王女では臣籍降下という手段も使えない。ルベリア王国においては、王族男児にのみ許されていることだからだ。ましてやキアラは未成年であるので、どうしても保護すべき人が必要となる。

「もしくは、ベルフィアス公爵家に預けるという手もあります。ミリアリア様とは同年齢ですし、アルヴィス様の生家ですから安心も出来るかと」

「ありがとうございます。どちらかの選択をする方が、あの子にとってはいいでしょう。王太子殿下のお気遣いに感謝いたします」

本題はここからだと、エリナは悟っていた。キアラについては、アルヴィスの提案で問題ない。キュリアンヌも予想はしていたはずだ。アルヴィスがキアラを可愛《かわい》がっていることは、エリナも知っていた。キュリアンヌが知らないわけがない。アルヴィスならば守ってくれることなど確信していたはずだ。

「ではリティーヌのことはどうでしょうか?」

「リティーヌ様は、既に成人されております。そういう意味では、アルヴィス様の庇護下《ひごか》に入るというのは難しいでしょう」

リティーヌの年齢ならば、既にいずこかに嫁いでいてもおかしくない。他国からも打診が来ていたという噂《うわさ》もあったはずだ。それに反対してきたのは、キュリアンヌだとエリナは聞いている。

「……王太子妃殿下」

「はい」

「リティーヌのことを愛称で呼ぶのは、王太子殿下だけなのです」

その指摘に、エリナは動揺した。確かにその通りだ。アルヴィスはリティーヌのことを、リティと呼ぶ。幼い頃からベルフィアス公爵家に出入りしていたからだと聞いているが、同じベルフィアス公爵家のマグリアはリティーヌをそんな風には呼ばない。まるでほとんど関わりがないとでもいうように王女殿下と呼んでいた。

「だからこそ私は、あの子の嫁ぎ先は王太子殿下だけだと考えていました」

「……」

どういった意図があり、エリナにこのような話をするのだろうか。その思惑をエリナは考えていた。キュリアンヌの言葉の裏にあるのは、アルヴィスの側妃の件か。現時点で、直接的にアルヴィスに打診があった令嬢は、ヴィズダム侯爵令嬢、そしてリティーヌ。それとなく話があったのはフィラリータだ。アルヴィス当人から聞いているし、リティーヌからも憤懣《ふんまん》やる方ないとばかりに愚痴られた。

そっと横目でフィラリータを見れば、隠してはいるものの不機嫌さが滲《にじ》み出ていた。相手は側妃だ。そして今ここにいるのは侯爵令嬢としてではなく、エリナの護衛騎士として。表に出ることが出来ない歯がゆさを感じているのかもしれない。エリナは傍《そば》にいるフィラリータの手を、そっと握った。大丈夫だと安心させるように。

「王太子殿下は側妃を持つこと自体を固辞されたそうですね」

「その通りです」

側妃はいらないと、アルヴィスは通達した。持つべきだという貴族がいるのは、エリナも理解している。しかし、アルヴィスがそう決めたのならばエリナが揺らいではならない。アルヴィスの唯一の妃《きさき》はエリナだ。それだけは自信を持って言える。

「リティーヌにとって王太子殿下は特別のはずです。例外を作ることはできませんか？　あの子を大切に想《おも》ってくださるのならば」

だからこそこの提案には異を唱える。リティーヌの名を出した時点で予想出来ていた展開。ゆえに冷静に言葉を紡ぐことが出来る。

「アルヴィス様にとってリティーヌ様が大切なのは間違いありません。リティーヌ様にとっても同じはずです」

あの二人の間にはエリナも入れない絆《きずな》がある。幼馴染《おさななじみ》として、アルヴィスが一番つらい時期に傍にいたのもリティーヌだ。それを寂しいと思うし、リティーヌが羨ましいと思う。嫉妬していないと言えば嘘《うそ》になる。

それでも時を戻すことは出来ない。その時にアルヴィスが一人にならずに済んだことで、傍にいてくれたリティーヌには感謝をしているのも事実だった。第一に、エリナはリティーヌが大好きだ。だからこそ伝えなければならない。

「お二人にはお互いだけが支えだったという時期もあったはずでしょう。それは私には想像することしかできません」

ほんの少しだけ胸がチクリとしたのは、アルヴィスには内緒だ。アルヴィスならばそんなエリナの想いも許してくれる気がする。それでも、今ここでは凛《りん》としていたい。アルヴィスの妃として。今も尚《なお》、遠征に出向き頑張っているアルヴィスに、胸を張れるように。

「それでもお二方の間には、親愛の情以上のものはありません。私が断言します。アルヴィス様が愛してくださるのは私だけであり、リティーヌ様ではありません。そんな寂しい思いを、リティーヌ様にさせるおつもりなのですか？」

「そこまではっきりと言いきれるほどなのですね」

エリナの言葉にキュリアンヌの表情が緩んだ。何の意図があって、キュリアンヌがエリナにこのような話をしたのかはわからない。エリナに出来るのは、誠実に答えることだけだった。

だがこの反応を見るに、もしかしたらキュリアンヌの本心は違うのではないか。そんな予感が頭をよぎった。

「王太子殿下は、ちゃんと妃殿下へ言葉を尽くしていらっしゃるようです。正直に申しますと、私は妃殿下を見誤っておりました」

「……」

「王太子殿下のお言葉も、一時の想いでしかないと。ただ溺れているのではとも思いました」

アルヴィスの人柄を知っていれば、そのような考えなど浮かばない。しかしある意味では、キュリアンヌの言葉も否定できなかった。知っている者からすればあり得なくとも、何も知らぬ者たちからすれば、アルヴィスのすることは一時の気の迷い。そう、あのジラルドが起こした事件を連想させるのだ。その相手が公爵令嬢だったから問題視されなかっただけ。ジラルドとの違いはそれだけなのだと判断されることもあるかもしれない。

「王太子殿下が聡明《そうめい》であることは存じております。ですが、時として恋は人を狂わせる。そういうものでしょう」

「仰ることは尤《もっと》もだと私も思います。かつて、私は当事者としてその場におりましたから」

よく見ていた。ジラルドがリリアンに溺れていくのを。世間知らずの令嬢の世話をしている、王太子としての責務を果たしていると、エリナは周囲に伝えていた。けれど、見て見ぬ振りをしていただけだ。本当はわかっていた。ジラルドの行動が、王太子としての責務の範囲を超えていることを。と同時に諦めてもいた。エリナが何を言っても、ジラルドは耳を傾けないだろうと。

「あの方と私は信頼関係を築けませんでした。あの方は、私の言葉など聞きもしませんでしたが、それは言い訳でしかありません。私も、あの方を信頼はしておりませんでしたから」

ジラルドが王太子として相応《ふさわ》しかったかどうか。エリナが心を配るに足る人物だったのか。それを見極めることも、エリナには求められていた。その上で、必要なことを学び支えていかなければならなかった。だが、エリナは己を磨くことを優先し、王太子妃として相応しくあることだけを考えていたのだ。ジラルドを支えるのではなく、王太子を支えるために。

「学園での振る舞いが、王太子として相応しくないことを私はわかっていました。それでも指摘せず、あの方には考えがあるのだと振る舞った。そのようなことはないと、わかっていたのにもかかわらずです」

周りの皆は、エリナを褒めたたえていた。心が広いと、流石《さすが》は公爵令嬢だと。その心の中に、諦めがあったことを知る者はいないだろう。

「その結果はご存じの通りです。それでも、あの経験のすべてが間違いだったとは思っておりません」

「それはどういう意味でしょうか？」

最初からアルヴィスが王族で、エリナが婚約者だったらどうだったか。きっと、今のような関係は築けていなかったはずだ。アルヴィスの最初の態度を見ればわかる。一線を引き、あくまで婚約者としては大切にしてくれるが、逆に言えばそれだけ。義務として子を成した後は、国王の指示通り側妃を娶《めと》ったはずだ。

エリナはキュリアンヌと視線を合わせ、にっこりと微笑《ほほえ》んだ。

「あの経験は、私を強くしてくれました。だからこそ、私もアルヴィス様へ想いを伝えることが出来たのです」

恋慕を抱いたのはエリナの方が先だ。初めて恋した相手がアルヴィスで良かったと、心から思っている。

「では、王太子殿下だけでなく妃殿下も同じ考えということですか？」

「はい」

側妃を取らない。アルヴィスが断言したのならば、エリナはその言葉を信じるだけだ。その意志が揺らぐことなどない。

キュリアンヌは暫《しば》しの間エリナをじっと見つめていた。目を逸《そ》らしてはならないと、エリナも真《ま》っ直《す》ぐに見返す。すると、キュリアンヌが先に目を閉じた。

「意志が固いということですか。確かに、今の状況であればたとえ側妃を迎えたとしても、王太子殿下は見向きもされないでしょうね。陛下の時とは状況が違いすぎますから」

「キュリアンヌ様……」

国王の場合は、王妃が長い間懐妊されなかった。そのため、側妃としてキュリアンヌの重圧は凄《すさ》まじいものだったのだろう。王妃も同じだったはず。そしてキュリアンヌの下に生まれたのが女児だったことも、それに拍車をかけてしまった。

「妃殿下は知っていますか？　先代の国王のことを」

「いいえ、お名前を聞いたことはありますが」

エリナが生まれた時には既に亡くなった後だったので、名前くらいしか知らない。歴代国王の名前はその治世と共に学ぶ。だが、先代については詳しい話をする人がいなかった。

「先代は血筋に重きを置く方でした。有名なのは、ベルフィアス公爵閣下の件でしょう」

「ご嫡男のマグリア様のことでしょうか？」

「その通りです。先代は彼に継承権を渡すことを阻止していましたから」

既に王位を退いたにもかかわらず、口を出していたらしい。法的にも認められていることに、先代とはいえ国王の立場にあった者が異を唱えるなどあってはならない。

「そしてオクヴィアス様が懐妊されたことを知ると、生まれたのが男児であれば陛下に預けるように指示をするつもりだったのです。尤も、先代はその子に対面することなく身罷《みまか》られましたが」

「アルヴィス様を……」

オクヴィアスの第一子はアルヴィスのこと。時が時ならばアルヴィスが王族として育っていた可能性があるということになる。

「当時の私たちからすれば、先代のお考えは辛《つら》いものでした。それが王族へ嫁ぐ重圧なのだとわかっていても、一人で耐えられるものではありません」

先代とはいえ、その影響力は大きかったのだという。その姿を知らないエリナからすれば、想像することとさえ難しい。

「その後、ジラルド殿が誕生しました。私も王妃様も、ようやく肩の荷が下りたのです。この後は、男児を求められることもありませんでした。それがどれほど楽なことなのか。恐らく、私たちにしかわからないでしょう」

キュリアンヌの言いたいことが、エリナにはなんとなくわかる気がした。エリナも何度も考えた。お腹《なか》の子が男児であればいい、否、男児でなければならないと。だがもし、女児だったらどうだろうか。アルヴィスを落胆させてしまうのではないか。両親も民たちをも、ぬか喜びさせてしまうことになる。だからこの子が男児であるようにと、強く願ってしまうのだ。願ったところで、すべては女神の思《おぼ》し召《め》し。人の身ではどうすることもできないとわかっていても。

「既に妃殿下は懐妊されています。それが男児でなくとも、妃殿下はお一人でそれに耐えることができますか？」

キュリアンヌには同じ境遇だった王妃がいた。だがアルヴィスの妃はエリナだけ。その想いを共有できる者がいないということだ。そういう側面があるなど考えたこともなかった。側妃とは、王妃の重圧を分散させる意味をも持っていたのだろう。それをアルヴィスは拒否し、エリナもアルヴィスに同意した。

キュリアンヌにどう返答するのか。耐えられると答えればそれで終わりだ。しかし、キュリアンヌが欲しい答えはそういうものではない。そんな気がして、エリナは思ったことをそのまま口にする。

「私は不安でたまらない時があります。苦しい時もありますし、夜に一人で泣いてしまうことだってなかったとは言えません」

我儘《わがまま》を言って困らせたくない。それでも不安で寂しくて、傍にいてほしくてたまらなくなる。数日留守にするだけとわかっていても、一人で寝るのは嫌だ。アルヴィスが遠征に行っている間は、預かったお守りをずっと握りしめて寝ている。アルヴィスの匂いがして、少しだけ安心出来るから。

「ただ、私はアルヴィス様の言葉を信じています。男児でも女児でも構わないと。ただ、私と子が無事であることだけを考えていると。それだけでも救われるのです」

全く不安が消えたわけではないが、それでも他の誰でもないアルヴィスが望んでいるのは、無事に生まれてくることだけ。

普段の会話の中でもアルヴィスは、子どもを話題にすることがない。聞いてくるのは、いつもエリナのことだけだ。意図的かどうかはわからないが、性別の話をすることも一切ない。アルヴィスにとって性別は些細《ささい》なことだと伝えているようでもあった。他の誰でもないアルヴィスがそう考えていてくれるだけで心強い。

「同じことを共有することはできませんが、私が不安であることは理解してくださいます。ですから、私は一人ではありません」

不安がなくなることはないだろう。恐らくは子どもが生まれるまで、エリナは不安と戦うことになる。耐えられなくてアルヴィスを困らせることもあるかもしれない。けれど、それでもエリナにはアルヴィスがいる。サラやナリスたちもいる。決して一人ではない。

「そうですか、妃殿下はお強いのですね」

「いいえ、私は自分が弱いことを知っているだけです」

強いとは違う。弱いからこそ、一人で抱える問題ではないことを知っているだけだ。だが、キュリアンヌは首を横に振り否定する。

「己の弱さを認められるのは、お強いからです。本当の弱者はそれを認めません。ただ、謙遜しすぎも良くはありませんよ」

「承知しております」

己の弱さを認められるのは、受け止めるだけの強さがあるからだ。だが同時に、弱いことを吹《ふい》聴《ちょう》するのもよくない。特にエリナは王族の妃なのだから、弱みを見せるような発言は避けなければならない。

「妃殿下へは今更でしたね。年長者のささやかな愚痴とでも思ってください」

そう話すキュリアンヌは、ようやく柔らかな笑みを見せてくれた。その表情は、やはりリティーヌと雰囲気が似ている。カップを手に取り紅茶を口に含むキュリアンヌの所作も、リティーヌのその姿と被《かぶ》っていた。恐らくリティーヌに教えたのは、母であるキュリアンヌ自身なのだろう。

「この先、妃殿下には私たち以上の重圧が待っているでしょう。その時、それを共に分かち合う妃はおりません」

覚悟の上だ。それを背負っても尚、エリナはアルヴィスを独占できることが嬉《うれ》しい。と同時にそれが楽な道ではないことは、痛いほど理解している。

「それでも、不安になった時にはリティーヌを頼ってください。あの子ならば、王族の妃という存在がどういうものか理解しているでしょう」

「ですが、それではリティーヌ様が」

キュリアンヌの言葉通りにするならば、リティーヌを王城に縛り続けることになってしまう。

「リティーヌはきっとここに残ると言うでしょう。あの子にとって、花を育て研究することは唯一許されたことなのですから」

それが出来るのは、王城だけだとキュリアンヌは言う。ここにはリティーヌのために用意された温室もある。定期的に手入れをしているという王族の庭園へも近い。確かにリティーヌにとっては良い環境だ。だが、軽く頷《うなず》けないのはリティーヌの身分が問題だからだった。

「王族であることは、あの子にとって枷《かせ》でしかありません。出来ることならば、王太子殿下にはあの子の後ろ盾となっていただきたいと思っております」

「キュリアンヌ様は、それでいいのですか？」

その望みが叶《かな》った場合、キュリアンヌの下には誰もいなくなってしまう。それはキアラだけでなくリティーヌもアルヴィスの庇護下に入るのと同義。親として実質何も出来なくなってしまうのだ。

だがキュリアンヌは全てわかっていると微笑む。

「私にはあの子を抑えつけてきたという罪がありますから」

「そ、れは」

「全ては王太子殿下のお心のままに。陛下にも反対はさせません」

断言するキュリアンヌから、エリナは暫《しばら》く目を逸らせなかった。

◆◆◆

エリナを見送った後、キュリアンヌは再び中庭へと戻る。椅子に座ると、深く息を吐きだした。直ぐに傍に控えていた侍女がキュリアンヌの前に、紅茶の入ったカップを用意する。

「キュリアンヌ様、お疲れ様でございました」

「うふふ、そうね。でもこれで妃殿下とお会いするのは最後かもしれないわ」

本当ならば、あまり関わるつもりはなかった。キュリアンヌとアルヴィスの間に特別なものはない。子どもたちが良好な関係を築いているというだけで。ゆえにエリナとも特別な関係を築くつもりはなかったのだ。ただ、側妃を取らないというアルヴィスの言葉を確かめたかった。それだけのためにエリナを呼び出したのだから。

「色々と釘《くぎ》を刺したつもりだったのだけれど、妃殿下の心は動かなかった。きっと王太子殿下も同じなのでしょうね」

「それでは、例の件は」

侍女の発言に、キュリアンヌは唇の前で人差し指を立てた。それ以上は言うなという指示だ。

「全てなかったことにするわ。私が手を出す意味がなくなってしまったもの」

リティーヌをアルヴィスの下へ嫁がせる可能性もなくなった。そして、揺さぶりをかけようとしたことも失敗に終わった。あまり派手に動けば罪に問われる可能性もあるが、そもそも動く前にどれも意味を成さないことを悟ってしまったのだ。これではもう何もできない。

「本当に大変なのはこれから先。もう賽《さい》は投げられてしまった。妃殿下は逃げることが許されないのよ」

「それで王女殿下を、ですか？」

「王太子殿下がいるといっても、女性には女性にしかわからないことがあるものよ」

どれだけ仲が良かろうとも、言えないことは往々にしてあるはずだ。今は何もなくとも、今後はどうなるかわからない。エリナとアルヴィスの二人の絆が固いこととは別の問題なのだ。

「私が出来るのはここまで。後はあの子自身が切り開いていくことでしょうから」

王女としての降嫁を、リティーヌが望むことは恐らくない。ゆえに、国王の庇護下ではなくアルヴィスの庇護下にいる方がいい。何を言おうと、結局アルヴィスがリティーヌを大事にしていることは変わらない。だから安心して預けることができるのだから。

真実の一端

アルヴィスの体調を慮《おもんぱか》り、その日は野営地を作って休むこととなった。王都への帰還は明日になる。

横になっているようにと言われ、アルヴィスが一人テント内で休んでいるところへ、ルークが顔を出す。アルヴィスは身体《からだ》を起こした。

「予定を変更させてすまない」

「構わん。お前は休むことだけ考えていろ。その顔色のまま戻れば、どれだけ取り繕っても意味はない」

「そんなに酷《ひど》い顔をしているのか？」

多少気怠《けだる》さはあるもののそれだけだ。首を傾《かし》げると、ルークが大きく溜息《ためいき》をつく。

「酷い顔をしているから言っているんだ。ったく」

そう言うと、ルークがその場に膝を突いて手を近づけてきた。思わず目を閉じれば、額に冷たいものが触れる。ルークの手だ。

「何があった……？」

「……」

髪を掻《か》き上げられ、視界がクリアになる。その真正面にはルークの瞳。まるで逃げることは許さないとでもいうようだった。アルヴィスは観念するように、溜息をつきながら目を逸《そ》らす。

「ルシオラに会った。あの先で」

「女神ルシオラがいたのか？」

「正確には、現れたが正しい」

アルヴィスたちが向かった先。墓所内にあったトンネルの先には、石碑があった。そこに姿を見せたのがルシオラだ。大聖堂で声を聞いた時のような朧《おぼろ》げな存在ではなく、より鮮明にその存在を感じた。

「瘴気《しょうき》というのは負の因子だとウォズも言っていたが、ルシオラたちが存在していた時代は、今よりも濃い瘴気に満ちていた。それは空が薄暗くなるほどだったらしい」

空を覆いつくす瘴気。今のように特定の場所で発生していたわけではなかった。空が常に薄暗い状態。青い空も、強い輝きを持つ太陽もない。そんな世界では、人は生きていくことなどできはしない。作物も育たず水は渇き、そんな世界に抗《あらが》う術《すべ》はなかった。

「まるで創世神話だな。あれは世界に女神ルシオラらが現れたことに対する信憑《しんぴょうせい》性を高めるために作られたのだと思っていたが」

ルベリア王国を始め、各国々に大聖堂は存在する。その大聖堂を統括するのが、聖国スーベニアだ。信仰心を高めるために女神らが世界を救ったという話を広め、その偉大さを称《たた》える。その恩恵にあずかっているのが、今の世界だと。だからこそ女神らを敬い崇《あが》めることは当たり前なのだと教えていくのだ。

　しかし、それを素直に信じる者がいると同時に、懐疑的な意見を持つ者もまた存在する。どちらの言い分もあり得ると、肯定も否定もしないという者もいる。どの意見も推測の域を出ないため、あくまで個人の想像にすぎなかった。

「創世記が全ての真実を語っているわけではないだろうが、似たようなことがあったのは確かだ。俺はその一部を視たし」

「アルヴィス、お前」

　ふと前を見れば、目の前のルークが眉根を寄せていた。どこか痛みに耐えているような表情に、アルヴィスは苦笑する。

「俺は大丈夫だ。それに、最近俺を襲っていたこの感覚の理由がほんの少しだけわかった気がしたから」

　ただ感じ取っていた。ルシオラが言っていた親和性が高いという言葉の主語。その存在はルシオラではないということを。ルシオラがアルヴィスを吾子《あこ》と呼ぶ意味と、ウォズが女神の子だと言っていたことも含めて。その存在がどういうものかを。

「……」

「恐らくだが、聖国スーベニアでも何か予兆が起きているはずだ」

「まさか行きたい、というわけではないよな？」

本音を言えば状況を見たいという思いはある。しかし、それが難しいことは重々承知している。

「行かないさ。ただ、女王陛下には確認しておきたい」

「その程度ならいい。それで、お前はどう行動するつもりだ？」

行動を起こすことが前提となっていることからして、ルークにはアルヴィスの考えはお見通しなのだろう。理解してくれて喜ぶべきか、それともわかりやすい己を悲しむべきか。この場合は前者だろうか。

「国内の状況だけでは判断できない。それにすべての基点となっているのは、マラーナだ」

「マラーナ？」

「まずはあの国の状況を知るのが先だ。特に王都で、マラーナ国王と宰相がどう動いているのかを知らなければ、こちらからは動けない」

マラーナ国王は臥《ふ》せっている。それがマラーナ国民へと知れ渡っていることだ。国王という立場からすれば、最優先で治癒に当たるはず。薬草が必要なのか、それとも不治の病なのか。情報は一切ない。ただ臥せっているということしか。

そんな中、王太子であるガリバースも最近ではパーティーを行っていないらしい。父親が臥せっているのだから、その程度の配慮は当然だと思うだろうが、病に倒れてから暫《しばら》くは変わらぬ生活をしていたのだから今更取り繕っても意味はない。大人しくしているのは宰相の指示だから、と考えるのが妥当だろう。

「マラーナの宰相か……平民出身ながら、その才覚により抜擢《ばってき》された、異色の経歴を持つ男」

「ルーク？」

その言い方に淀《よど》みを感じ、アルヴィスは首を傾げた。ルークがこのような言い方をするのは珍しいからだ。

「何て言うか、そんなことあの国じゃあり得ない話なんだよ」

「どういうことだ？」

才覚があるのならば、平民だろうと起用されることは不思議ではない。マラーナ王国はルベリア王国以上に身分を重視する国だが、彼は平民の中でも異質だ。一度対面したが、あの風格はただの平民が纏《まと》っているものではなかった。元々はマラーナ国軍出身だと聞いているので、その辺りから出世したのだろう。そう考えていたが、実際はあり得ないという。

「まぁ、お前もこの国を出たことないからな、そういう意味では十分世間知らずに入るか」

「……」

それを言われてしまえば、アルヴィスも反論できない。公子であり王位継承権を持っていたため、アルヴィスは国外へ出ることが許されなかった。継承権第三位というのは、決して低いものではなかったから。知識として知っていても、それがうわべだけのものなのは理解している。

「あの国の身分ってのは、何よりも優先されるべきことなんだよ」

頭をガシガシと掻きながら、ルークはほんの少し寂しげに語った。

「何をするにも身分が先にくる。平民なんてのは奴隷より少しマシってだけで、貴族からすれば使い捨てのようなもんだ」

「っ」

「平民の軍属ってのは、大した武器もない状態で魔物討伐に向かわされる連中だ。そんなとこにいた奴《やつ》が、宰相になんてなれない、い、い、んだよ。どうあがいても、それ以上にはなれないんだ。それがマラーナという国の実情なんだ」

「なんだ、それ……」

平等ではないのは理解できる。だが、そのような横暴な真似《まね》が許される国があることが信じられない。

「奴隷制度がなくなったっていっても、それが建前だってのはお前も理解していると思うが」

「あ、あぁそれは……わかる」

納得してはいないが、それがマラーナの国だというのは知っている。恐らくルベリア王国の民の中にも、その被害者がいることも。救えなかった、守れなかった民のことを思い出し、アルヴィスは拳を握りしめた。

「そんな国で、平民が才覚だけで抜擢されるはずがないんだ。あり得ないんだよ」

「じゃあ、あの宰相は」

どうやって宰相の地位につけたのか。平民でありながら宰相になる。マラーナ王国ではあり得ないというのならば、その手段は正当なものではないということか。そもそも平民が正当に評価されない国だ。それこそあり得ない。

「脅したか、騙《だま》したかはわからんが、普通の手段を取ってはいない。それだけは確かだな」

「……ルーク、一つだけ聞きたい」

「なんだ?」

ここまで来れば、想像はつく。リリアンを利用したのも、昨年の建国祭でカリアンヌ王女が起こしたことも、裏で宰相が糸を引いていたのは間違いない。王族をも利用することができているならば、既にマラーナ王国は宰相の手の中にあると考えていいだろう。

「マラーナ国王の病は、治ると思うか?」

「……思わないな。意味がない」

アルヴィスもルークも確信に近いものを持っている。マラーナ王国の王は、病ではなく人為的なものに侵されて臥せっているのだと。

その翌日になって、アルヴィスは身体が重いのを感じた。どうやら、昨日の出来事が負担となってしまったらしい。頭が重いのもあって、アルヴィスは深く息を吐く。

『神子《みこ》?』

ひらりと現れたウォズの頭を、アルヴィスは撫《な》でた。赤い瞳がいつになく揺れている。心配させてしまったと、アルヴィスが苦笑した。

「大丈夫だ。王城に戻ったら休む」

『女神の映しを見たのだ。それだけで精神的負担はかなりのものだろう。あまり動かぬ方がいいのではないか?』

ウォズが言いたいことはわかる。だがそれでもアルヴィスは王城へ戻りたい。延期すればするほど、エリナに寂しい思いをさせてしまう。と思いながら、それは言い訳だと気づく。そう思っているのはアルヴィスの方だ。

脳裏に思い浮かぶのは、別れた時のエリナの顔だ。少し思いつめたような顔で、エリナは駆け付けてくれた。あの様子からして、かなり急いでくれたのだろう。エリナを抱えてくれたらしいミューゼは、珍しく肩で息をしていたのだから。

お守りを渡すとエリナは笑みを浮かべてくれた。だから大丈夫なはずだ。それでもどう過ごしているか気になってしまう。

『神子、どうしたのだ?』

「いや、エリナはどうしているだろうかと思ってな」

『番《つがい》か……』

「ウォズ？」

何か言いたそうにしているウォズ。アルヴィスがウォズへ視線を向ければ、その瞳がほんの少しだけ険しさを帯びた。

『我は……女神の眷属《けんぞく》だが、神子の傍《そば》に在るものだ。そのために我はいる』

「それは前にも聞いたが」

『本来、女神が契約するべきは清浄なる巫女《みこ》という存在だった』

「……以前にも言っていたな。その名前を」

大聖堂の書庫での出来事の後に、ウォズが言っていた言葉だ。清浄なる巫女。どこか懐かしい響きのある言葉だが、これまでアルヴィスが調べた書物に記載はない。

『その力を受け入れることが出来る存在だった。種族が同じ方が器として効率がよい。そういう存在が必ずいる。それが世界の摂理』

「お前、何を言って――」

『だが今ここにはおらぬ。その役目は神子が背負う。だが、神子の番にはその匂いがする』

「ウォズ、まさかエリナがそうだと言っているわけではないよな？」

どういう基準で判断しているのかは不明だが、ウォズの言い方を悪い方に解釈したならばそういうことになる。エリナがその清浄なる巫女という存在だと。だが、アルヴィスの言葉にウォズは首を振る。

『そうではない』

「じゃあどういうことなんだ？」

何が言いたいのか。アルヴィスは険しい表情のままウォズを睨《にら》みつけた。

『番には神子の子が宿っている。その力が、番と神子を繋《つな》いでいる。ゆえに……清浄なる巫女の代理が務まる可能性はある』

「……そんなことさせられるか」

アルヴィスはルベリア王族として、子孫の一人として女神ルシオラと約束した。その役目を果たすと。だがエリナは違う。役目が何を指しているのかを理解した今、エリナに背負わせることなどできるはずがない。

「そもそも、課せられるのは俺たちであるべきだ。世界の摂理がどうであろうと、無関係な女性に背負わせられることではないだろう」

ウォズの話だと、清浄なる巫女に選ばれる人間は王族と関係がないことが多いらしい。求められるのは、女神の力を受け入れられる器であること。それにはマナの力が大いに関係する。帝国のテルミナが武神に選ばれたことから判断するに、力の大きさが重要なのだろう。アルヴィスが知る限り、身近でマナが強い人間となると身内以外にはいない。そこまで考えて、アルヴィスはハッとした。

「……まさか、とは思うが」

『神子？』

一つだけ心当たりがある。そもそも、巫女という言葉は既に聞いていたのだ。あの時地下牢《ちかろう》で。あの令嬢、リリアンが口にしていた言葉なのだから。

『私が巫女になるはずだったのよっ！』

彼女はそう話していた。それがウォズの言う清浄なる巫女のことだとすれば、辻褄《つじつま》が合う。

『私を愛さなければ、死んじゃうのよ！』

今更になって、リリアンの言葉がアルヴィスを貫いた。彼女が言っていたことが真実ならば、その可能性があるということになる。

「……生かしておいた甲斐《かい》があったということだが」

これはアルヴィスも当事者だと考えるべきことだ。知らなければならない。リリアンが何を知っているのかをすべて。読み取った内容では、アルヴィスが知らないことが多すぎて判別しにくい。彼女の中は、死への恐怖と生や愛への渇望が渦巻いていた。あれを整理するのは骨が折れる作業だ。となれば、彼女から話を聞くしかない。

「頭が痛い」

リリアンと直接話をする。それだけで頭痛が酷くなる気がした。かといって、今アルヴィスが知っている情報を誰かに託すこともできない。非常に面倒な状況だ。

「アルヴィス様、起きていらっしゃいますか？」

頭を抱えていると、エドワルドがテントの中へと入ってきた。その手には朝食を持っている。だが、アルヴィスの様子を見るなり、近くの木箱に置いて駆け寄ってきた。

「大丈夫ですか!?」

どうやって誤魔化すかを考える暇もなく、詰め寄られてしまった。これでは弁解も何もできない。アルヴィスは力なく笑う。

「すまない、ちょっとな」

「出立を遅らせるよう伝えてきます」

「……悪い」

「……」

アルヴィスが謝罪すると、エドワルドが目を丸くして瞬《まばた》きを繰り返した。動かずに止まったままのエドワルドに、アルヴィスは怪訝《けげん》そうな顔を向ける。

「どうした?」

「いえ、アルヴィス様が素直に認めるとは思いませんでしたので」

エドワルドに言われて、アルヴィスは言葉に詰まった。誤魔化そうと考えていたことを見透かされていたようで返す言葉がない。

「……二時間くらいでいい」

「承知しました。ではそのように」

「頼む」

エドワルドの足音が遠のいてから、アルヴィスは再び身体を倒した。どうせバレているなら、外に出る必要もない。むしろ出れば、エドワルドがうるさいだろう。

「少し眠る」

『うむ』

アルヴィスが目を瞑《つぶ》ると、ウォズの気配が消えるのがわかった。今日中に戻るために、少しでも回復させせなければならない。脳裏にエリナの顔を浮かべながら、アルヴィスは寝入った。

表と裏と

予定より一日と少し遅れて、アルヴィスたちは王都へ向けて出立した。出立が遅れたため、王都に到着したのは夕方近くだ。

「アルヴィス様、どちらに向かわれるのですか？」

帰還してそのまま王城内へと歩くアルヴィスの背中を、エドワルドが焦りを見せながら追いかける。王太子宮へと戻ると思っていたのだろう。だが、アルヴィスはその前にやっておきたいことがあった。

「少しだけやっておかなければならないことがある。それが済めばすぐに下がるさ」

「出立前に体調が悪かったことをお忘れではありませんよね？」

「わかっている。少しだけだ。お前は先に戻っていてくれ」

「アルヴィス様っ!?」

声を荒らげるエドワルドを無視して、アルヴィスは回廊を歩く。その途中で気配を感じ、足を止めた。

「殿下？」

傍《そば》に控えていたディンとレックスがアルヴィスに合わせて足を止める。アルヴィスは黙って天井を見上げた。倣うように二人も顔を上げる。だがそこにはただ天井があるだけだ。数秒だけ一点を見続けると、アルヴィスは正面を向いた。

「おい、アルヴィス？」

「何でもない。行くぞ」

一体何だったのか。レックスとディンは顔を見合わせる。そんな言葉で二人が納得していないことなど、アルヴィスは承知の上だ。だが、それを告げるわけにはいかない。それは裏で動くものなのだから。

「何か気にかかることがおありなのですか？　エドワルド殿が言うように、今日はもうお休みになった方が宜《よろ》しいと思いますが」

「直《す》ぐに済む。ディンたちも詰所に戻っても構わないぞ」

「いやいや、そういうわけにはいかないだろうが」

当然のように返されて、アルヴィスは笑った。戻った方がいいというのはその通りだ。それでも王太子宮ではできないことをしたかった。そのためだけに執務室に戻るのだ。

執務室へ入ると、そこにはアンナが控えていた。侍女らしく笑みを浮かべて深々と頭を下げる様子からは、侍女以外には見えないだろう。

「アンナ」

「お帰りなさいませ。本日は遅くなるということでしたので、私が控えておりました」

アルヴィスの執務室で給仕などを行うのは、アンナかジュアンナが多い。どちらかと言うと、ジュアンナの方が率は高い。待っているという点についていえば、アンナがいるのは珍しかった。

「そうか。ディン、レックス」

「「はっ」」

「お前たちは下がってくれ。少し一人になりたい」

詰所に戻れと言ったところで聞かないだろう。アルヴィスを王太子宮に送るまでは。だが、ここに二人がいては話ができない。

「承知しました。では外で待機しております」

「あぁ」

そんな会話がされる中、アンナは紅茶を淹《い》れる準備をする。給仕をしているアンナへとディンが視線を向けた。視線に気づいたアンナが微笑《ほほえ》みながら頷《うなず》くと、ディンも納得したように頷く。ディンからすれば、アンナは給仕が終わり次第出ると取っただろうが、アンナからすれば違う。あれは、早く出ていけとでも言いたそうな顔だった。

パタンと部屋から二人が出ると、アンナは表情を一変させる。

「随分と過保護なように見えますが、何かしたのですか殿下は？」

纏《まと》う雰囲気と声色を変えたアンナは、決して侍女には見えない。何度も見ている姿だが、こんな風に一瞬で空気を変える様は、流石《さすが》としか言いようがないだろう。

「あれは不可抗力なものだ。ただそうさせてしまう要因を作ったことは理解している」

「そうですか……それはいいとして、俺に何か用なのでしょう？」

「話が早くて助かる」

世間話をするために、ディンたちを追い出してまで時間を作ったわけではない。そもそも、天井裏からアルヴィスを見ていた時点で、アンナには用件などわかりきっているはずだ。

「あれだけ真っ直ぐ視線を向けられれば、誰でも気づきます。殿下は勘が良すぎるんですよ」

「お前も隠すつもりはなかっただろう？　もう少しマナを抑えれば、俺でも気づかなかった」

「気づかれるようでは、影としての役割ができませんからね」

面白そうに笑うアンナに、アルヴィスもつられて笑みを浮かべながら、机に腰掛ける。するとアンナも笑みを消して、アルヴィスと向き合った。

「で、用件とはマラーナのことですか？」

「そうだ」

腰を上げてアルヴィスは本棚へと向かうと、上段にある大きめの資料を手に取った。それを机の上に広げて、アンナへ見せる。

「昔の地図ですね、これ」

「流石、わかるか」

「常識の範囲内でしょう」

さも当然だとアンナは言うが、決して当然ではない。学園では歴史の講義で見かける程度で、それもルベリア国内に限ってのものだ。大陸全体の地図など、見る機会はそうそうない。

「余程の専門家じゃない限り、興味を持たれない知識だな。一般人からしてみれば、触れる機会さえない」

「へぇー、面白いのにな」

昔の地図を面白いなどと言うのは、それこそ専門家たちだけだ。アルヴィスとて、必要だから覚えているだけで自ら知りたいと思ったわけではない。そんな風に考えていると、アンナは口元を上げてにやりとした。

「殿下の想像とは全く違いますよ。俺が面白いって言うのは、歴史的な価値があるからじゃなくて、知っていると色々と便利だからというだけなんで」

「便利？」

「知らない場所とか地下とかあると行動する時に役立ちますし、ああいった場所は身を隠すのにも重宝するんですよ」

全然違う観点からの理由にアルヴィスは目を瞬いた。そのような視点で物事を見るのは、アンナたち陰で動く者からすれば当然なのかもしれない。それでもアルヴィスのように表で動く人間からすれば必要のない観点である。

呆《あき》れたように溜息《ためいき》をつきながら、アルヴィスはある個所《かしょ》を指さした。その場所を見たアンナはわずかに表情を変える。言わずとも、そこがどういう場所かを知っているということだ。

「……行けるか？」

「行けなくはありません。ただまぁ……あまり近づきたくない場所ではありますが」

「それはどういう意味でだ？」

近づきたくない。その意図がどこにあるのかを尋ねれば、アンナは肩を竦《すく》める。

「現在《いま》は王家の所有地だというのはご存知ですか？」

「知っている」

そこは狩場の一つとして、娯楽に使用されている場所だ。それも湖がある手前までらしいが、マラーナ王太子であるカリバースもよく使用していると聞いている。

「他国ですから気にしちゃいけないんでしょうが、あそこで狩られるのは魔物とか動物だけじゃないんでちょっと」

「……そう、か」

明確に言葉にされずとも、アルヴィスはその意味を理解した。そもそもあの国は身分で物事を測ることが当たり前だ。己の意のままにしようと薬まで用意するほどだ。今更何をしていようとも驚くことではない。ただ、知っているのと聞くのでは抱く感情が違うだけで。思わず机に突いていた手に力が入る。

「ただ例の宰相が付いてからはそういうことはないらしいです。あくまで噂《うわさ》ですがね」

「宰相……シーノルド・セリアンか。聞くだけなら大層な御仁に思えるんだけどな」

「同感です」

改革者として、為政者として行っていることは国を良い方向に変えるものに映る。国王や王女の件がなければ、疑う余地などないほどに。

「体裁を取り繕うのは、当然のことでしょう。そういう意味では、殿下は少々甘すぎる気がしますがね？」

「……俺に裏工作は向いていないということか」

「貴方《あなた》は優しすぎますからね。覚悟があっても、それを割り切れなければいつか潰されます」

アンナの言葉を否定することは、今のアルヴィスには難しい。脳裏に浮かぶのは、トーグを手に掛けた時だ。この手で始末をつけると決めたが、その後も割り切れずにいた。事情があろうとも、それが甘さなのだと言われればそれまでだ。

「だからこその俺たちです」

「すまないな」

「それが優しすぎるというんですよ、全く」

悪態をつきながらもアンナは笑みを見せた。アルヴィスでは抱えきれない裏の部分を担ってくれるという。影という存在が国王直属であるという意味。アルヴィスができるのは、それを理解し共にいること。今はそれだけでいいとアンナは話す。

「あまり深く考えなくて結構です。国王陛下もそういう暗い部分は、敢《あ》えて避けているタイプですから」

「それは何となくわかる気がする」

腹芸が苦手というわけではない。ただ、どこかで闇を被《かぶ》ることを避けている。そんな風に見えた。それが悪いとは言えないが、良いとも言えない。

「我々としては、動かずにいる方が安全ですし楽です。何より、平和が一番ですからね」

「そうだな」

影が動く仕事が危険を伴わないものばかりであれば一番いい。ジラルドやエリナを監視していた時のように。影としての裏の役割を頼むということは、それだけ平和が遠ざかりつつあるということと同義なのだから。

「それに影を嬉々《きき》と使うなんて、先代くらいの傲慢さが必要らしいですよ」

「先代というと……祖父か」

アルヴィスは肖像画でしか見たことがないので、どういった人物なのかはわからない。父はあまり話したがらないし、母も口を濁す。それだけで好ましい人物ではないと想像しているがそれだけだ。嬉々として影を使う人物。きっとアルヴィスとは気が合わなかっただろう。

「その辺りは俺も知りませんけどね」

「知らない方がいいということかもしれないな」

誰も彼もが話題にしないということは、不要な情報だということ。少なくとも必要な情報ではない。アンナと顔を見合わせてアルヴィスは頷いた。

「っと話しすぎましたか……そろそろ怪しまれそうなので、俺は退散します」

部屋の外ではディンたちが待機している。アンナが部屋から出てこないということは、話し込んでいると思われてしまう。侍女で通しているアンナは女性で、アルヴィスと二人きりというのは好ましい状況ではない。

「暫《しばら》く俺は適当な理由を付けて休暇を取ります。あっちの部下と合流しますんで」

「わかった。頼む」

「仰せのままに」

アンナは手慣れた様子でティーセットを準備してから下がる。バタンと扉が閉まったあと、外から話し声が聞こえた。遅かったことで責められでもしているのだろう。助け船を出そうと思うが、アンナのことだ。こういう状況であっても逃げることなど容易《たやす》くやってのけそうだ。そうでなければ、影などやっていられないと。

「……そろそろ戻るか」

地図を片付けてからアルヴィスは部屋の外に出た。既にそこにアンナの姿はない。

「殿下!?」

「待たせたな、宮に戻る」

「……侍女と何をお話しされていたのですか?」

「いや、何も話してないが……どうかしたか?」

素知らぬフリをすると、ディンは何か言いたげな視線を向けてきた。アルヴィスがそれを受けて尚逸《なおそ》らさずにいると、根負けしたディンが深く溜息をつく。

「侍女殿が退出するのが遅かったので、お話をされていたのかと思ったのですが」

「気を遣わせてしまったんだろう」

アルヴィスの気が逸れないように退出を遅らせた。そう言えば、ディンには否定も肯定もできない。我ながら卑怯《ひきょう》な言い方だ。だが、アンナとの関係は近衛隊士《このえたいし》であっても教えられない。この先も伝えることはないだろう。

これ以上アルヴィスが話すことはない。ディンもそれは理解している。話はこれで終わりだと。

「わかりました。今はそれで納得しておきます」

「そうしてくれ」


その足で王太子妃宮へと向かったアルヴィスは、エントランスまで来ると足を速めた。こちらに向かって走り出そうとするエリナの姿を見たからだ。

「エリナ」

「アルヴィス様っ」

駆け寄ってくるエリナをアルヴィスが抱きとめる。今のエリナを走らせてはいけない。それを伝えようとして身体《からだ》を離せば、エリナの目が涙に揺れていることに気づいた。

「エリナ……」

「おかえりなさいませ、アルヴィス様」

アルヴィスは言葉に詰まる。泣いているように見えたのはその時だけだった。出迎えるその言葉に震えはなく、表情もいつものエリナに戻っている。気のせいだったと言われれば、納得してしまうほどに。だからアルヴィスも普段通りに答えるしかなかった。

「ただいま、エリナ」

頭に手を乗せれば、笑みを見せてくれるエリナ。アルヴィスが一旦部屋へ下がる旨を伝えると、先に食事の準備をすると中へと入っていった。

「イースラ」

「はい」

エリナの後を追わずに、アルヴィスは残っているイースラへと声を掛ける。何か言われるとわかっていたのか、エリナに付き添うサラを除いて皆が動かずに待っていた。

「エリナの様子におかしいところはなかったか？」

「多少、不安定になることはございました。ですが体調を崩されることもなく、無理をすることもなく過ごされておりましたよ」

「そうなのか」

不安定になるというのは、エリナ自身にも特師医にもどうすることもできないことだ。妊娠中というのは、自らの内に別のマナが常に宿っているという状態に等しい。そういうことがあるのは、何度も言われていることだった。本人であるエリナも理解しているはずだ。

「ただ一言申し上げるのであれば」

「なんだ?」

「これまでエリナ様は、こうあるべきだという姿を自ら体現しておられました。ですが、今の状態がそれとかけ離れているということに悩んでおられるのではと」

王太子妃としてあるべきだという姿。公爵令嬢としてもだったが、エリナはそれに相応《ふさわ》しくあれよと教育を受け、それを見せてきた。毅然《きぜん》とした態度を見せるエリナの姿は、確かに相応しいものだろう。それが、今は違う。エリナはそう感じているのだと。

「特師医様も、王族に入られる令嬢によく見られるものだと仰《おっしゃ》っておりました」

「……」

王族に妃《きさき》として迎え入れられる令嬢は、厳しい教育を受ける。高位貴族家でも似たようなものだろうが、公人としての重圧は妃とは比べるべくもない。

「ずっとその状態というわけではありません。アルヴィス様のお姿が見えたので、ほんの少し出てしまわれただけでしょう」

「普段はそうでもないということか？」

「アルヴィス様と、恐らくサラの前でだけだと思われます」

サラとはリトアード公爵家にいた頃からの長い付き合いだ。納得はできる。それがアルヴィスの前でも起きているということは、それだけエリナがアルヴィスと共にいる時に心を許してくれているということなのだろうか。

「そうか。わかった、ありがとう」

「はい」

アルヴィスがエリナにできることは多くない。今の状態では尚のことだ。できるだけ傍にいることくらいなのだろう。

「アルヴィス様？」

「いや、何でもない。部屋に戻る」

ここで考えていても仕方がないことだ。アルヴィスは王太子宮へと入ると、自室へと向かう。するとそこには、不機嫌を隠そうともしないエドワルドが仁王立ちで待機していた。

「……」

「ど、うかしたかエド？」

「随分と遅いお帰りでしたね。直ぐに戻られると思ったのですが」

「それほど時間はかかっていないだろ？」

アンナと話をしていただけ。時間にしても数分から十分程度だろう。長居はしていない。だが、エドワルドからすれば遅いと感じられるものだったらしい。

「こうなるとは思っていましたけれど、悪い意味で予想を裏切らない方ですからね、貴方は」

「悪かったな」

乱雑に上着を放ればエドワルドがすかさず手に取って片付け、代わりに羽織る上着を持ってきたかと思うと、そのままアルヴィスの肩へと掛ける。袖を通したアルヴィスは腰に携えていた剣を机の横に置いた。

「湯あみはどうされますか？　お食事の後に？」

「エリナを待たせることになるからな、後にする」

「承知しました」

帰還した時はまだ明るさを残していた空も、暗い色を帯び始めている。時間が過ぎるのはあっという間だ。


エリナと共に夕食を摂ったアルヴィスは湯あみを終えて、自室の机の前に座っていた。机の上に置かれているのは、不在の間に届けられた手紙たちだ。一通は両親からで、もう一通はシオディランからのものだった。両親からのものは定期的に届く。内容は、アルヴィスを案じる言葉と家族の様子についてがほとんどだ。以前は返事を書くこともなく、読むだけで終わっていた。今ではきちんと返事をするようにしている。問題はシオディランからのものだ。

「シオから私的な手紙というのは珍しいな」

まずはシオディランからの手紙を開く。今は領地にいるが、建国祭の時には王都に来るということが書かれている。その程度ならば手紙を書く必要などない。一体どうしたのかと読み進めていく。するとそこには妹であるハーバラについて書かれていた。内容を読んだアルヴィスは、返事を書くべく便箋を取り出す。

「……エド、いるか！」

外に聞こえるように多少声を張り上げて呼びかけた。すると慌てた様子のエドワルドが中へと入ってくる。

「何かありましたか、アルヴィス様？」

「お前……以前、ランセル嬢と一緒に城下に行っていたよな？」

ハーバラがエリナを訪ねてきた後、エドワルドに送るように指示をしたことがある。ただそれは名目上のもので、ハーバラとエドワルドが話せる時間を作るのが目的だった。当然、エドワルドもその意図に気が付いていたはずだ。

「はい、アルヴィス様と妃殿下に頼まれた時に」

「その時、ランセル嬢の元婚約者と会ったらしいな？」

「……はい」

エドワルドの表情が少しだけ陰った。そのような話をアルヴィスは聞いていない。ハーバラ側の事情であるし、二人の間に起きたことをすべて報告しろとは言わないが、絡まれたというのであれば話は別だ。

「何故《なぜ》言わなかった？」

「ハーバラ様より、言わないでほしいと頼まれました」

「はぁ……そういう令嬢だとはわかっていたが」

直接話をしたことは多くないが、人となりはそれなりにわかっているつもりだ。その外見にそぐわず、芯のしっかりした令嬢。言いたいことをはっきりと言う様は、シオディランとよく似ている。恐らくエドワルドからアルヴィスへ、そしてエリナへ伝わることを危惧したのだろう。

「何かあったのですか？」

「あぁ。諦めきれなかったのか認められないのか、令嬢に会うためにあれこれしているらしいな」

ハーバラは王都に滞在しているらしいが、そういったこともあって外出がしにくい状況にあるという。迷惑な話だ。

「どういった相手だったんだ？」

「そう、ですね。私見になりますが宜しいですか？」

「構わん」

暫《しば》し思い出すように目を閉じたエドワルド。僅かに眉間に皺《しわ》が寄っている。それだけで聞かずともどのような人物か想像できる。

「彼はハーバラ様が自らを好いていると疑っておりませんでした。幼い頃からの付き合いと聞いておりますので、その想《おも》いが抜けきれないのでしょう。何をしてもハーバラ様が自らの下を去るわけがない、と驕《おご》った考えで行動されている。現実逃避しなければ立ってさえいられない愚か者です」

「辛辣だな」

エドワルドは彼を愚か者と断言した。以前、アルヴィスに対して侮辱するような発言をしたジラルドへも、辛辣な言葉を吐くことがある。だから否定的な言葉は出てくるだろうと思っていた。結果、予想以上の言葉が返ってきたわけだが。

「お前がそう言うほどの人物ならば、受け入れた方がいいか」

「どういうことですか？」

「シオから暫く妹を預かってもらえないかという相談がきたんだよ」

シオディラン曰《いわ》く、ハーバラは完全に割り切っている。しかし、幼馴染《おさななじみ》として情がないわけではない。冷たく突き放すのにも限界がある。多少乱暴になるが対処をするが、その間だけでもエリナの下に置いてもらえないかということだった。

「そうだったのですか。申し訳ありません、アルヴィス様にはお伝えしておくべきでした」

「まだ直接被害を受けたわけではないし、大事にしたくなかった彼女の意図を汲《く》んだのだろう？　ならば謝らなくていい」

「はい」

シオディランが動くのだから、彼の末路は既に決まっている。ただ、流石のハーバラも思うところはあるだろう。それがわかっているからハーバラもシオディランの指示に対して拒否はしないはずだ。加えて、エリナにとっても友人が傍に来るのであれば息抜きになる。こちらにとってもメリットがある話だった。受諾の返事を書いた手紙をエドワルドに差し出す。

「これを出しておいてくれ」

「承知しました。今宵《こよい》はもうお休みになりますか？」

「そうするよ」

アルヴィスも疲労を感じている。両親の手紙は明日読むことにして、立ち上がると寝室の扉へと手を掛けた。

「おやすみなさいませ、アルヴィス様」

「おやすみ」

寝室へ入ったアルヴィスは、ベッドの上に座ったままの人影を見つける。明かりは点《つ》けていない。ベッドの近くの明かりを灯《とも》すと、アルヴィスはエリナの隣に腰を下ろした。

「明かりも点けないでどうした？」

「……」

「エリナ？」

表情を窺《うかが》おうと顔を覗《のぞ》き込むが、その前にエリナが抱き着いてくる。背中に回された手はいつになく力強い。

「……心配させたか？」

エリナは動かなかった。アルヴィスが何かをしてしまったわけではないらしい。では一体どうしたのか。アルヴィスが言いあぐねていると、消え入りそうな声が届く。

「……ぃたかった」

「え？」

「会いたかった、のです」

聞き返せば、今度ははっきりと言葉が届いた。会いたかった。エリナの指が更に力を増す。それだけで十分だった。アルヴィスもエリナの背中に手を回して抱き返す。

「寂しい思いをさせてすまない」

「……っ」

「ただいま、エリナ」

王太子宮へ戻ってきた時にも告げた言葉をもう一度伝える。エリナは肩を震わせてから、ゆっくりと顔を上げた。

「おかえり、なさいませ」

目に涙が溜《た》まっており、それが頬を伝っていく。右手でそれを拭ったアルヴィスは、そのまま頬に手を添えた。そして、どちらからともなく唇を重ねる。長い口づけを終えて顔を離すと、ようやくエリナが笑みを浮かべてくれた。


「眠ったみたいだな」

会いたかったと、切実な想いを吐き出してくれたエリナは、いつになく甘えるようにその身を寄せながら眠りについた。隣でエリナの頭を撫《な》でていたアルヴィスは、エリナを起こさないようにそっと傍を離れる。そのまま窓際へ移動し、近くにある椅子の手すりに腰を下ろした。カーテンの隙間から漏れる月明かり。その先には、闇色に染まった空が見える。

「……」

『眠れないのか？』

「ウォズ」

淡い光を帯びたウォズが姿を見せる。声を出してしまったため、チラリとエリナの様子を窺《うかが》った。寝息を立てながら眠っている。起こしはしなかったようだ。安堵《あんど》の息を吐いて、アルヴィスは再び闇夜の空を見上げた。

『疲れているはずであろう？　戻る時にも――』

「疲れているさ。これから何をする気にもならない程度には」

エリナの眠りを妨げぬようにと声を潜めながら話す。疲れているのは本当だ。このまま横になれば、恐らくそのまま寝入ってしまうことだろう。ただなんとなく、眠る気にならなかった。それだけの話だ。

闇夜の空には、欠けた月がぼんやりと浮かんでいる。雲がかかっているらしい。その時脳裏に浮かんだのは、昏《くら》い瘴気《しょうき》に染まった空だ。この空が閉ざされ、月を望むことが叶《かな》わなくなるなどと考えたくはない。あくまで過去の出来事であり、この先に起きるとは限らないし、起きないとも限らない。アルヴィスは己の胸に手を当てる。今は痛みを感じない。けれど、時折起こるそれがなくなったわけではない。これは予兆なのだから。

アルヴィスは眠るエリナへと視線を戻した。安心しきった表情で眠っている。エリナにはこのまま、女神などに関わることなく健やかに過ごしていってもらいたい。一度は裏切り行為を働き彼女を傷つけた王家の面倒事に巻き込みたくはない。

『神子《みこ》？』

「……ウォズ、俺は清浄なる巫女《みこ》という存在に心当たりがある」

アルヴィスの言葉にウォズの瞳が瞬いた。予想もしなかった言葉だったのだろう。

「ルシオラが認識し得なかった理由はわからないが、恐らく彼女がなるはずだったのだと思う」

『どういう、ことだ?』

彼女、リリアンという少女は異質だ。その中を読んだ時にも違和感を多く抱いた。生への渇望と、愛情への執着。見知らぬ言葉や知識たち。あの場では、必要な知識を得るだけで十分だったが、アルヴィスは不要な情報も読んでしまっている。整理したところで理解できない情報を。

「今は王城で下女をさせているリリアンという者がいる。庶子ではあるが貴族令嬢だった。ただ、末端貴族にしてはマナ保有量が多い」

『それがどうしたのだ?』

アルヴィスの説明が全くぴんとこないらしく、ウォズは怪訝《けげん》そうに首を傾《かし》げていた。

「そうか。この考え方は俺たちが勝手に作り上げているものなのかもしれないな」

これまでの実例や傾向から人間が勝手に当てはめているだけのものだ。女神の眷属《けんぞく》であるウォズからすれば不思議に思うのかもしれない。

ルベリア王国内に限れば、貴族と平民を比較した時、貴族出身者の方がマナ保有量は多い傾向にある。多い傾向というだけで、それは絶対ではない。筆頭公爵家出身であるエリナの保有量が多くないように、当てはまらない者もいる。ただ、マナ保有量が多いからといって特別視されるわけでもない。日常生活において保有量の多さは関係がないからだ。騎士や医師など一部の職業には関わりが深いものの、その志願者以外にはさして関係がない。

「だが、学園入学時にはその保有量を測ることがある」

『何故だ？』

「保有量が多いということは、暴発の可能性があるということだからだ」

『……有り余った力が噴き出すということか』

「そうだ」

過去のアルヴィスがそうしてしまったように、感情の高ぶりで我を失い爆発させてしまう。それは己や周囲を巻き込む危険をはらんでいる。そこでリリアンのマナ保有量が異常に多いことがわかったのだ。

「俺の父も国内では多いと言われていたが、聞くところによるとそれに匹敵するほどだったらしい。令嬢では稀《まれ》なことなんだよ」

『ふむ』

リリアンの出生からすれば異質だったマナ保有量。学園ではマナを制御するためにリリアンへ実技も含めて特別講義が行われていたはず。尤《もっと》も、あの様子では真面目に講義を受けていたかは怪しい。

だがそれでいてリリアンは暴走も暴発もしていない。現時点において己の内にあるマナを制御していると考えるのが妥当だろうが、なぜそこまで制御することができたのかという疑問が浮かぶ。男爵家で教育を受けたというのはないと考えていい。リリアンの秘めたマナを知ることさえできなかった連中が教えるはずがない。ではどうしてなのだろうか。

「学園でも学ばず、家でも同じ。ならば独学で手に入れたと考えるのが普通だが」

ただの男爵令嬢がマナに関する知識を得ていた。令嬢教育もままならない状態で、それだけを修めている。そのようなことがあり得るのだろうか。

『神子はどうだったのだ？』

「俺か？　俺は……そうだな。基本は家庭教師から教えてもらったが、あの事件以降は独学に近い」

『その学園という場所ではどうしていた？』

学園入学時に補講を受けるかという話はされた。しかしアルヴィスは断っている。無理強いされることがなかったのは、アルヴィスが公爵子息だったからだろう。もし暴発するようなことがあり、学園に害が及んだとしても公爵家ならばその後始末も可能だと。

そういう意味ではリリアンもジラルドが保護者のようなものだったのかもしれない。万が一の時は王家が後始末をすると。実際はあり得ない話だ。

『ふむ。その者、今は城にいるのだな？』

「あぁ」

『……だが巫女となり得る気配はない。我は既に神子の傍にあるものゆえかもしれぬが』

ウォズは顔を王城の方へと向けていた。気配を探っているらしい。それでもリリアンに巫女の力は感じないという。

「そうか。俺の考えすぎなのかもしれないな」

言葉ではそう告げたが、アルヴィス自身はリリアンが巫女となるはずだったということに確信めいたものを感じていた。あの時のリリアンの言葉、そして過去・未来を予測していたかのような言動。ジラルドたちの懐に容易に入り込めた理由も含めて、彼女は不自然すぎた。己で考えて策略を立てるようなことはなく、ただ求めればすべてが手に入ると考えている。庶子とはいえ男爵家の人間がそのような考えを持つだろうか。家を建て直すために力のある家の子息に近づいた、と言われた方がまだ説得力がある。

そこまで考えてからアルヴィスは、身体が倒れかかっていることに気づく。瞼《まぶた》が閉じかかっていた。ハッとして重たい瞼を開き目の前を見ると、ウォズが小さな体軀《たいく》でアルヴィスの身体を支えていた。

『神子どうしたのだ？』

「あ、あぁ。悪い……一瞬眠っていたらしい」

頭がぼんやりとするし、瞼も重い。考え事をしながらも眠りかけていたようだ。

『眠れ神子。そもそも起きている必要もない』

「そうだな。そうするよ」

このままここにいれば、ここで眠ってしまいそうだ。バレてしまえばエドワルドを筆頭に叱咤《しった》されることは間違いない。

ベッドまで行きエリナの隣に入り込んだ。すると、眠っていたはずのエリナが動き出す。

「え？」

ピタリと身体を寄せられた。起きているのかと顔を覗き込むが、瞳はしっかりと閉じられている。寝息も聞こえてくるので眠っていることは間違いない。無意識の行動なのだろうか。

『神子？』

「何でもない。寝るよ、おやすみ」

『良き夢を』

そう告げるとウォズは淡い光の粒となり姿を消した。再び静けさを取り戻した寝室で、アルヴィスはエリナの身体を抱き締める。

「君には背負わせない、絶対に」

ルシオラとの約束を果たすのは、彼女の子孫としての己の役目。この先、必要ならばその力を振るおう。今のアルヴィスは幼い子どもではない。あの時のように、ただ感情のまま力を爆発させることもしない。王太子として、国のために力を尽くす。だからエリナと二人だけの時は、ただのアルヴィスという人間でいてもいいだろうか。

「おやすみ、エリナ」

この穏やかな時間が続けばいい。そう願いつつも、それが叶《かな》わぬ願いだとわかっていた。その足音がそこまで近づいてきていることも。

色々と考えたいことはあるけれど、そろそろ限界だ。目を閉じたアルヴィスは、そのまま夢の世界へと向かうのだった。

◆◆◆

アルヴィスが眠った後、ウォズは淡い光のままでとある場所へ降り立つ。そこは大聖堂の奥、女神ルシオラの像が置かれている場所だった。

『女神』

見上げた女神ルシオラ像は、ただ静かに佇《たたず》んでいる。これは像であり、ただの器官的なものでしかない。マナを注ぐことで女神ルシオラへ言葉が届くと信じられているが、ウォズは触れることはしなかった。ただ声を掛けただけ。

『……ウォズどうかしましたか？』

女神ルシオラ像から声が届く。像は変わらず佇んでいるだけ。その声を聞くのはウォズのみだ。

『神子が言っていた。清浄なる巫女となるはずだった者に心当たりがある、と』

『……』

『それは真実か？』

『それを知ってどうするのですか？　既に失ったものを聞いたところで未来は変わりません』

失ったもの。それはつまりアルヴィスの言葉が正しかったことと同義なのではないか。

『その者は何故、女神の力を得られなかったのだ？　そうすれば神子も』

『国を、世界を選べる者ではなかった。それだけです』

それは当然であるはず。己を一番に考えるのが人間。それは本来の性質だ。

『私を受け止めたところで、押しつぶされるだけ』

『女神それは』

『長いこと待ちました。そして私は声を聞いたのです。我が子に最も近い力を、声を。時間がありませんでした。それに……この時のためにルベリア王家は続いてきたのですよ』

ウォズはそれ以上何も言えなかった。眷属としてこの場にいるため、女神の言葉の意味を理解していたから。清浄なる巫女、それが現れなかった時のために彼らが存在していることを。

番外編　淡い思い出

「ジラルド、この子はアルヴィス。貴方《あなた》の従兄《あに》よ」

そう言って母に紹介されたのは、自分よりも澄んだ金色の髪を持った子だった。その水色の瞳は真《ま》っ直《す》ぐにジラルドを捉える。ジラルドは茫然《ぼうぜん》としたまま、立っていることしかできなかった。

「初めまして、ジラルド王子。私はアルヴィス・フォン・ベルフィアスです。宜《よろ》しくお願いします」

「よ、宜しく」

表情を変えずに挨拶をするアルヴィス。整った顔立ちのそれは、まるで綺麗《きれい》な人形のようで、ジラルドは心を奪われてしまう。これがジラルドの六歳での初恋だった。

初顔合わせをした後、母は離席してジラルドはアルヴィスと二人だけになった。厳密にいえば傍《そば》に近衛《このえ》隊士《たいし》たちと侍女らがいたが、常にいる彼らなどいてもいなくても変わらない。向かい合わせにテーブルを挟む形で座り、二人の目の前にはカップが置かれた。アルヴィスは黙ったまま、カップを手に取る。

「あ、あのさ」

「なんですか？」

異母姉以外では、ここまで年の近い子どもと接することがほとんどないジラルド。どう話しかけてよいのかわからず、緊張しながら声をかけた。だが一方のアルヴィスは、感情が出ないのか全く表情が変わらない。チラリと視線だけを向けて、ただ淡々と言葉を返してくる。

「僕と、そのアルヴィス、はいとこなんだよね？」

「父親同士が兄弟ですから、そうでしょうね」

どこか他人事《ひとごと》のように話すアルヴィスに、ジラルドは戸惑った。それでもどうにかして会話を続けたくて必死に話題を探す。聞けば、アルヴィスはジラルドより二つ年上だった。年齢も近いからこそ、呼ばれたのだろう。

「えっと、城には誰かと来たの？」

「いいえ」

「アルヴィス、一人で？」

「そうです」

ジラルドの問いかけに答えるだけで、アルヴィスから会話をしてくる気配はなかった。それがもどかしく感じられる。こっちを見てほしい、もっと話をしたいと思っているのは、ジラルドだけなのだということが目に見えてわかるから。だが、ここでやめれば終わってしまう気がして、ジラルドは話を続けた。

「あの、もしかしてなんだけど」

「？」

「アルヴィスって、僕の……婚約者候補、とか？」

「……」

その時、アルヴィスはやっと表情を変える。驚きから、やがて険しいものへと。何か気に障ることでも言ってしまったのだろうか。

「え？　違うの？」

「僕が、女に見える、と言いたいのか？」

言葉から丁寧さが消えた。手に取っていたカップを静かに置き、アルヴィスはジラルドを睨《にら》みつけてくる。これは怒っているのだろうと思うが、その理由がわからずジラルドは首を傾《かし》げた。

「見える？　え、どういうこと？」

「僕は男だ。伯母上が仰《おっしゃ》っていただろう、従兄《あに》だと」

「……えぇ!!　だってどう見ても」

「どう見ても、なんだ」

怒気が込められた声に、ジラルドの言葉は尻すぼみになってしまう。どう見ても女の子にしか見えない、とは言えない。確かに服装はズボンだし、髪の毛も長いわけではないけれど、それでも外

見だけであれば女の子だ。

「だって可愛《かわい》いし、僕が知っている子の中では一番綺麗だから」

「それ、男にとっては誉《ほ》め言葉じゃないって知っているか？」

「どういうこと？」

「……従兄弟《いとこ》にまで女に思われるって……」

がっくりと肩を落とす様子に、ジラルドも戸惑っていた。ほんの少しの期待を込めて尋ねたことが、予想外の言葉で返ってきたことがショックで。

「本当に、男、なの？」

思わず確認してしまうくらいには、動揺していた。

「見てみるか？」

「……ほんと、なんだ」

「当たり前だ。それに、そもそも従兄弟同士で婚約があり得ない。ジラルドは唯一の王子だ。身内と婚約して何の意味がある」

どういう意味なのか、ジラルドにはよく理解できなかった。身内ということは、王族同士でということなのだろうか。

「なんでダメなの？」

「教育が始まっていない、わけないよな？」

「教育係のやつは嫌い。いつも比べるから……」

五歳になった頃から始まった教育。必ず付きまとうのが異母姉であるリティーヌのことだった。事あるごとに、リティーヌと比べてくる。リティーヌはこれくらいはいつ頃までにはできていたとか、リティーヌは算術が得意で計算が速かったとかだ。字を練習している時も、丁寧に書きなさいと言われて見本を出されたら、それがリティーヌの書いたものだったこともある。同じくらいの子どもの書いたものと言っていたが、それがリティーヌ以外にいないことはジラルドにもわかっていた。

「リティは要領がいいからな」

「え……？　アルヴィスも、あいつのことを知っているの？」

「……ジラルドは知らないだろうけど、リティは小さい頃からベルフィアス公爵家に顔を出していた」

そんなことは初めて聞いた。ジラルドは王城から出たことが一度もない。けれど、異母姉は既にアルヴィスとも面識があるという。

「なんで、あいつばっかり」

「王女だからだよ」

「なんで？」

王女だからって何故《なぜ》先に会うことができるのか。納得できない。頬を膨らませて不満を露《あら》わにすると、アルヴィスは肩を竦《すく》める。

「さぁな。けどまぁ、実際は余計なお節介だ。ほんと、大人ってのは勝手なことばかり……」

最後は小さな声で聞こえなかった。しかしそう話すアルヴィスの顔は、悲し気に見える。

「アルヴィス?」

「何でもない。いや、ごめん。ついリティと話しているみたいに話していたが、これはまずいか」

「どうして?」

「私は公子で、ジラルド王子は王族、ですから」

取り繕った言い方をするアルヴィスは、初めて会った時と同じ顔をしていた。まるで壁が作られたようで、ジラルドは嫌な気分になる。

「やめてよ、それ」

せっかく親しくなれそうだったのに、一気に距離が広がったみたいだ。そんなのは嫌だった。誰が何と言おうと、ジラルドは我慢できない。

「王子?」

「やめて。これからそういう風に話すなら、父上に文句を言う。そもそも、なんであいつはいいのに僕はだめなんだ!」

目をパチパチとさせるアルヴィスに、ジラルドはその場で立ち上がって人差し指を突き出した。

「僕だって従兄弟なんだからいいだろ!　これは命令だ」

「……命令か」

「僕は王子だ。だからアルヴィスは従わないとだめだ。そうだろ？」

ジラルドはこのルベリア王国では唯一の王子。命令と言えば、それに逆らう者などいない。従兄弟に対して命令していいかどうかなど、ジラルドは考えていない。ただ、命令すればアルヴィスは頷《うなず》かなければならない。そうすれば、これまで通りに話してくれる。そのことしかジラルドは考えていなかった。

「命令なら仕方ないが……ジラルド、一つだけ忠告しておく」

「なに？」

口調が戻ったことに満足して、ジラルドは再び椅子に座り直す。いい気分になって微笑《ほほえ》んでいると、正面のアルヴィスはどこか怖い顔をしていた。何かあったのかと首を傾げる。

「そうやって命令で自分の思い通りに相手を動かそうとすれば、いずれ本当の意味で傍にいる者がいなくなる」

「アルヴィスもいなくなるの？」

「……僕は次男で家を継がない。いずれは公の場に姿を現すこともなくなる。そうすれば、ジラルドに会うことはできないよ」

ジラルドにはアルヴィスが話している意味がわからなかった。次男というのは、兄がいるということだとわかる。けれど、それがどうして会えなくなる理由になるのだろう。アルヴィスとジラルドは身内で、親同士が兄弟なのだから縁が切れることなんてないはずだ。

「そんなことあるわけないっ」

「国のこと、貴族のことを学んでいけばわかるようになる」

「いやだ！　なら命令すればいいんでしょ！　ずっと僕の傍にいてよ」

王子の言葉に逆らうことはできない。ならジラルドが命令すればいい。ずっと傍にいるようにと。そうすればアルヴィスは傍にいる。いなくてはならなくなる。

「……悪いけど、その命令には従えないよ」

「どうして？　だって僕がそう望んでいるんだよ？」

「それでも……きっとジラルドは僕が邪魔になる。今は、他に誰もいないから珍しいだけだよ」

確かにアルヴィス以外で、こんな風に話せる相手はいない。珍しいと言われればそうかもしれないけれど、それがどうして邪魔になるという話に繋《つな》がるのだろう。

「僕はアルヴィスが何を言っているかわからないよ」

「今はそれでいい。僕も、今はジラルドの相手をするように言われているし、暫《しばら》くは付き合うよ」

「しばらく？　ならまた来てくれるの？」

「うん。僕も領地にいるより、こっちにいた方がいいから」

「やった！」

また会えるという言葉に、有頂天になった。だから気づかなかった。こっちにいた方がいいと話すアルヴィスの表情に陰りがあることに。子どもでしかなかったジラルドに、相手を労《いた》わるという発想はなかったから。

ふと目を開くと、目の前には土が見える。ここはどこだったかを思い出して、ジラルドはお尻が痛むのを感じ立ち上がった。地面に座ったまま眠っていたらしい。固い木に寄りかかっていたから、背中も痛む。こんな風に外で寝てしまうことなどこれまでの経験ではなかった。

「……夢だったのか」

それでも疲労が回復している気がしたのは、夢を見るほど深く寝入っていたからだろう。とても懐かしい夢だった。今思えば、随分と横暴というか我儘《わがまま》なことばかりを周囲にしていたことに気づく。あの頃は、何でも自分の思い通りになると考えていたし、実際誰も反論してこなかった。

あの後暫くして侍従となったヴィクターは、それまでの人とは違い鬱陶しい奴《やつ》だった。そして婚約者となったエリナも、時折苦言を呈するようになったが、恐らくそれはジラルドのことを想《おも》えばこその言動だったのだろう。

どれほど自分が恵まれた環境にいたのかが、こうして全てを失《な》くしてからわかる。きっと気づくタイミングはあった。けれど、ジラルドが王子である限り気づかなかった。そう断言できてしまうほど、王子であったジラルドは愚か者だった。

『僕が邪魔になる』

幼い頃のアルヴィスが話していた言葉。ジラルドはアルヴィスを邪魔などと思ったことはない。何だかんだと、王城に来て話し相手をしてくれた。何を言ってもアルヴィスは黙って『そうか』と言うだけだったし、アルヴィスは異母姉《リティーヌ》とジラルドを比較することはなかったから、ジラルドにとっては本当に兄のような存在だったのだ。

あの後、ジラルドもアルヴィスが立たされている状況を知った。公爵家の次男であるということと、嫡子とされているマグリアの存在のことも。

マグリアとも何度か会う機会があったが、あの男を兄とは呼ぶことはないだろう。アルヴィスの前では良い兄の顔をしているが、裏の顔を知っているからだ。マグリアは陰でアルヴィスを悪く言う貴族子息たちを、脅したり笑顔で弱みを握ったりしていた。それはジラルドに対しても同じだったのだから。きっとアルヴィスは知らないだろうけれど。

「本当、あの頃のアルヴィスは可愛かったんだよな……」

あの顔が心から笑うことがあれば、絶対誰でもそう思う。マグリアだって絶対に思っていたはずだ。でなければ、あれほど周囲を警戒することなどない。絶対に同類だったと、ジラルドは確信している。その笑みがジラルドに向けられることはないだろうけれど、あの頃の思い出はジラルドだけのものだ。

「あの時、どうしてそんな顔をしていたのか気づけていれば、未来は変わっていたのだろうか

「……」

ジラルドの呟《つぶや》きは、誰に聞かれるでもなく空へと消えていった。

あとがき

皆様こんにちは。紫音です。この度は「ルベリア王国物語6　～従弟の尻拭いをさせられる羽目になった～」をお手に取っていただき、誠にありがとうございます。

六巻目です。前回のあとがきでもお話していましたが、ここまでくると驚き以上に感謝しかありません。と同時に重圧も感じつつ、本巻の作業を進めてきました。ここをご覧の皆様は既に目を通されているかと思いますが、楽しんでいただけたのなら嬉《うれ》しく思います。

今までと同様、Ｗｅｂ版からの加筆修正を含んでおりますが、話の大筋に変化はありません。加筆として一番分量を割いたのは、エリナとキュリアンヌの対面シーンです。キュリアンヌは側妃ですので、側妃問題の決着をつけるにはやはりなくてはならない人です。彼女が何を企《たくら》んでいたのか。そこには母親としての想《おも》いがあったことが少しでも伝わっていただければ、と考えていたらそここの長さになっていました。

あとはハーバラとエドワルドのお話も加筆させていただきました。匂わせてはいるものの、はっきりと二人での場面はありませんでしたが、ここでハーバラはエドワルドに己の想いを伝えています。現時点でエドワルドにははっきりとした恋愛感情はありません。それでも一歩前進したのではないでしょうか。主役二人だけでなく、今後の彼らの関係性も見守っていてください。

そしてそして、今回久々登場のジラルド元王子。イラストも描いていただけたので、一巻からの変わりように驚きますね。それはリリアンも同じです。ジラルドは遠征に同行したり、番外編でも登場しているので、今回は出番が多くなっています。番外編はアルヴィスとの初対面での話で、イラストもあります。幼少期の二人が見たくて描いていただきました。凪《なぎ》先生、ありがとうございます。是非、皆様にも堪能していただければ（笑）。

今回はこれまで語られてきた女神関連について、伏線の回収を少しずつ行っています。一巻でのリリアンの発言や、アルヴィスが女神と契約をした理由についてなど。一巻から追いかけてくださっている読者様は、最初から伏線が多いと感じていらっしゃったのではないでしょうか。まだ全てを出しているわけではありませんが、今後はその回収も徐々に行っていきます。この先も、この物語を楽しんでもらえるよう頑張りますので、どうか宜《よろ》しくお願いいたします。

ここでお世話になった皆様に謝辞を。

イラストを担当してくださっている凪かすみ先生。アルヴィス衣装が素敵で、一枚絵で欲しいくらいに。毎回格好よく描いていただき、本当にありがとうございます。コミカライズ版を描いてくださっている螢子《けいこ》先生。いよいよ建国祭ということで、まとめるのが難しい場面を丁寧に描いてもらえていて、ワクワクしながら読ませていただいています。いつもありがとうございます。そして担当編集者H様を初め、出版に関わってくださった全ての皆様、本当にありがとうございました。

今後の皆様のご多幸をお祈り申し上げます。

紫音

次巻予告

神子の誓いを新たにしたアルヴィス。
国とエリナを守る意思も
より強固なものとなった。

そんな折、隣国マラーナから
国王の崩御が知らされる。

ルベリア王国の代表として
向かうアルヴィス。
その先で明かされる
マラーナの
真実とは——。

ルベリア王国物語 ⑦
～従弟の尻拭いをさせられる羽目になった～

2024年春発売予定

コミカライズ好評連載中!!
ルベリア王国物語
～従弟の尻拭いをさせられる羽目になった～
漫画：螢子　原作：紫音
コミカライズ最新情報はコミックガルドをCHECK！
https://comic-gardo.com/

作品のご感想、
ファンレターを
お待ちしています

あて先

〒141-0031　東京都品川区西五反田 8-1-5 五反田光和ビル4階
ライトノベル編集部
「紫音」先生係／「凪かすみ」先生係

スマホ、PCからWEBアンケートにご協力ください

アンケートにご協力いただいた方には、下記スペシャルコンテンツをプレゼントします。
★本書イラストの「無料壁紙」　★毎月10名様に抽選で「図書カード（1000円分）」

公式HPもしくは左記の二次元バーコードまたはURLよりアクセスしてください。
▶ **https://over-lap.co.jp/824005625**
※スマートフォンとPCからのアクセスにのみ対応しております。
※サイトへのアクセスや登録時に発生する通信費等はご負担ください。

オーバーラップノベルスf 公式HP ▶ **https://over-lap.co.jp/lnv/**

ルベリア王国物語 6
～従弟の尻拭いをさせられる羽目になった～

発　　行　2023年7月25日　初版第一刷発行

著　　者　紫音

イラスト　凪かすみ

発 行 者　永田勝治

発 行 所　株式会社オーバーラップ
〒141-0031
東京都品川区西五反田 8-1-5

校正・DTP　株式会社鷗来堂

印刷・製本　大日本印刷株式会社

Printed in Japan
ISBN 978-4-8240-0562-5 C0093

【オーバーラップ　カスタマーサポート】
電　　話　03-6219-0850
受付時間　10時～18時（土日祝日をのぞく）

第11回 オーバーラップ文庫大賞
原稿募集中!
イラスト：じゃいあん
【締め切り】
第1ターン 2023年6月末日
第2ターン 2023年12月末日
各ターンの締め切り後4ヶ月以内に佳作を発表。通期で佳作に選出された作品の中から、「大賞」、「金賞」、「銀賞」を選出します。
その物語は、
きっと誰かが
好きな物語。
【賞金】
大賞…300万円
(3巻刊行確約+コミカライズ確約)
金賞……100万円
(3巻刊行確約)
銀賞………30万円
(2巻刊行確約)
佳作………10万円
投稿はオンラインで! 結果も評価シートもサイトをチェック!
https://over-lap.co.jp/bunko/award/
〈オーバーラップ文庫大賞オンライン〉
※最新情報および応募詳細については上記サイトをご覧ください。
※紙での応募受付は行っておりません。